小桃花
-03-

宠惯六宫

CHONG GUAN LIUGONG

林音 著

贵州出版集团
贵州人民出版社

图书在版编目（CIP）数据

宠惯六宫 / 林音著. -- 贵阳：贵州人民出版社，
2017.4（2020.3重印）
ISBN 978-7-221-14112-5

Ⅰ.①宠… Ⅱ.①林… Ⅲ.①长篇小说－中国－当代
Ⅳ.①I247.5

中国版本图书馆CIP数据核字(2017)第097482号

宠惯六宫

林音 著

出 版 人　苏　桦
出版统筹　陈继光
选题策划　大鱼文化
责任编辑　潘　媛
特约编辑　廖　妍
封面设计　刘　艳
内页设计　蔡　璨
封面绘画　阿卫衢
出版发行　贵州人民出版社（贵阳市观山湖区会展东路SOHO办公区A座
　　　　　邮编：550081）
印　　刷　三河市华东印刷有限公司
开　　本　880×1230毫米 1/32
字　　数　220千字
印　　张　8
版　　次　2017年7月第1版
印　　次　2017年7月第1次印刷
　　　　　2020年3月第2次印刷
书　　号　ISBN 978-7-221-14112-5
定　　价　42.00元

目录

《第一章》强抢民男的胖妞 001

《第二章》有钱能使鬼推磨 022

《第三章》毛大珠的初恋 040

《第四章》恭喜未来皇后 058

《第五章》朕不想要你 074

《第六章》脱胎换骨的新生 089

《第七章》毁容我就杀了你 110

目录

- 第八章　毛大珠一战成名　130
- 第九章　请你别来纠缠我　152
- 第十章　三妻四妾臣不屑　170
- 第十一章　愿用此生守护她　189
- 第十二章　楚安阳的身份　210
- 第十三章　幸福的抉择　229
- 后记　246

第一章
强抢民男的胖妞

第一节

毛大珠从来不知道自己是个胖子。

她可是镇国将军的独女,谁敢说她胖?

她生命的前十五年都在自恋中度过,不管去哪儿,人家都昧着良心夸她:"哎呀,毛大小姐,您真是越长越水灵啦。看这小鼻子小眼的,比那国色天香的倾城公主不知美了多少倍!"

毛大珠每天都过得美滋滋的,她时不时带着狗腿子上街强抢民男。

她把自己脑补成仙子下凡,并将那些美男痛苦绝望的哭泣声当作是感激涕零。

爹说了,等她十六岁就能"娶亲"了!到时候,她一定要"娶"上七八房男妾!

毛大珠掳回了几十位男子打算细细挑选,发现有位白衣男子最为俊美,即使被关在地牢,他依旧素衣如雪,眉目如画。毛大珠看呆了,走上前托起美男的下巴。

"我怎么没见过你啊？敢问公子芳名？"

美男恶狠狠地打开她的胖手，冷冰冰地说出自己的名字："陆霜华。"

陆霜华？这个名字好像在哪儿听过……

毛大珠偏着头看陆霜华，他的衣襟有着华美的暗银色图腾，玉冠束发，银带束腰，浑身上下都显露着贵气！且不同于其他美男眼底的惊恐，陆霜华眼里只有对她的厌恶。

毛大珠被陆霜华眼里的厌恶刺伤了，她才不管陆霜华的身份是什么！还没有人敢用这种眼神看着她！毛大珠气得双手叉腰，她只要摆出这个动作，身为她称职狗腿子的楚安阳就会冲出来，对着对方大呼小叫："你知不知道站在你面前的是什么人！她可是毛大将军的千金！你有几条命敢得罪我们毛大小姐！我劝你放下武器，立地成佛！"

说到最后一句话的时候，楚安阳的声音突然发起抖来。

他看到陆霜华手里拿着块闪闪发光的令牌，那是丞相家的金牌……

毛大珠不知道发生了什么，还在后面叫嚣："把他给我绑起来！"

楚安阳回头看毛大珠，小声说："不行啊大小姐！"

毛大珠气得吹胡子瞪眼："为什么不行？！"

楚安阳的声音有些变调："他可是当今丞相之子啊！"

毛大珠愣在原地。

她隐约想起来，小时候自己见过陆霜华，那时候他也和现在一样，气质温雅，容颜绝美，简直比画中谪仙还要清逸脱俗。爹说他身体不好，所以他总是坐在一旁看着小朋友打闹，每次她试图调戏他，都被他骂回来，可就是这种文弱书生的设定，直戳毛大珠萌点啊！

毛大珠毫不退缩，色眯眯地看着陆霜华。她比陆霜华矮很多，只能踮起脚摸摸他的头发，像个大妈一样说道："陆公子都长这么高啦，真是一表人才，娶妻了没有呀？"

陆霜华厌恶地拍拍头发,好像碰到了什么脏东西似的:"和你有关系吗?"

毛大珠搓着手,扭扭捏捏地说:"要是没有意中人,不妨考虑一下我?"

陆霜华冷哼一声:"我对胖子没有兴趣!"

"胖子?在哪儿?"

毛大珠很疑惑,肥胖的身体笨拙地转了转。

身后全都是瑟缩在角落里的柔弱美男,哪有什么胖子?

"陆公子,你看错了吧,我毛大珠也不喜欢胖子,我身边的人都是身轻如燕的。"

陆霜华盯着毛大珠,她腰间的肥肉几乎要撑破漂亮的粉色纱裙,一脸横肉看起来凶神恶煞,嘴唇上涂着血红色的唇脂,乍一看跟吃了人似的,怪不得那些男子被她吓得半死。

陆霜华毫不留情地说:"你还往哪儿看?整个将军府数你最胖!"

毛大珠震惊至极,不敢相信陆霜华的话!

这辈子从来没人说过她胖!

陆霜华一定是恼羞成怒,恶意诋毁她!

她望向楚安阳,那双小眼睛可怜兮兮:"你说,我胖吗?!"

楚安阳睁着眼睛说瞎话:"小姐,你都快瘦成麻秆了!你可要多吃点!"

毛大珠松了口气,对陆霜华说:"你看,我家安阳说我太瘦了!我还要再胖点!"

陆霜华鄙视地说:"谁不知道楚安阳是你的狗腿子,他说的话能信吗?也许他早就看你不顺眼了,故意让你吃胖,让你越来越丑。不过,你已经这么丑了,再丑也丑不到哪儿去!"

陆霜华居然这样说她!

晴天霹雳啊!

毛大珠脸色苍白,活像一条咸鱼!

陆霜华居然还不放过她，变本加厉地说："你抓回这么多无辜美少年，有没有想过你配得上他们吗？毛大珠，你也该成亲了，随便找个屠夫、家丁什么的嫁吧，眼光别那么高。"

毛大珠的心碎成了豆腐渣子。

亏她还对陆霜华一见钟情，他居然这样说她。

毛大珠呜呜哭了，她扯过楚安阳的衣袖，把鼻涕眼泪一股脑儿抹了上去。

楚安阳当然不敢说什么，五官顿时皱成了苦瓜。

这身衣服，看来得拿去烧了……

陆霜华对毛大珠没有半点心软，他抽出长剑砍断牢门上的铁链，把那些美男全都放了出去。

毛大珠看见美男们都跪在地上痛哭流涕，纷纷感激陆霜华的救命之恩。

美男们逃走了。

毛大珠的幻想破灭了。

毛大珠号啕大哭，可陆霜华根本不管她，一把火点燃了地上的草席。

眼看着大名鼎鼎的毛家大牢就要变成火海，楚安阳拼死把沉浸在绝望中的毛大珠拖了出来。

这丫头实在是太重了，就算从小吃猪饲料，也不能这么胖啊！

毛大珠坐在地上，四周尘土飞扬。

无数家丁闻讯赶来救火，没人管坐在门口的毛大珠。

只有楚安阳心生不忍："小姐，别哭了，眼睛哭肿了就不好看了。"

"呜呜呜，陆霜华他欺负人！我的美男没了……没了……"

毛大珠哭相很丑，说起话来含混不清，绝望让她越发悲痛。

楚安阳拍着胸口信誓旦旦地说："没关系，咱们明儿个再去抢，小姐你看上谁只管跟我说，这天底下还没有抢不来的男人！"

可是毛大珠在意的不是这件事，她泪眼蒙眬地看着楚安阳，认认真真地问道:"楚安阳,你老实说,我胖吗?我丑吗?"

楚安阳愣了一下,吞了口唾沫,看着眼前的毛大珠。

浓妆艳抹,满脸横肉,粗眉细眼,血盆大口……还有发髻上那束用昂贵宝石精雕细琢的大红花……

毛大珠哪点跟"美"扯得上关系?

楚安阳想要像以前一样说些瞎话骗毛大珠,可看着她悲伤的眼神,谎言却卡在喉咙里说不出来。他突然觉得毛大珠挺可怜,实话也下意识地说得委婉了一些:"小姐你只有二百多斤,也不算胖……至于你的长相嘛,比较特别……总有一天,天下会以小姐的容貌为美的……"

平时楚安阳哄她骗她,毛大珠都欣然接受。可今日受到陆霜华的侮辱,再听楚安阳的话,越听越觉得他像是在说谎。

第二节

毛大珠病了。

平时一顿能吃八十个肉包子的毛大珠,今天居然只吃了十个包子!

毛将军心急如焚,看到女儿瘫在床上,要不是嘴唇还在嚅动,真跟一坨肥肉无异。

向来威严的毛将军吓得不轻,他抓住女儿的手颤声说:"大珠,你怎么了?你可不要吓爹啊!"

毛大珠呆呆地看着毛将军,老半天后,虚弱地吐出一个字:"饿……"

她平时饭量惊人,今天只是少吃一点,就饿得头昏眼花了。

毛将军抹泪,他一生戎马,什么苦没受过,可什么都比不上看着爱女挨饿心疼:"这孩子,饿就吃啊,硬忍着干什么?想吃什么跟爹说。看你瘦的,爹去杀两只猪给你补一补。"

毛大珠拼死抓住毛将军的手,脸色煞白地说:"我不吃!"

毛将军惊讶地看着她:"怎么了?吃坏肚子了?"

毛大珠摇头,虽然痛苦,却很坚定:"我要减肥!"

毛将军更惊讶了:"减什么肥啊!你这么瘦,再减你就没了!"

爹怎么能睁着眼睛说瞎话呢?

都怪爹,从小说她貌若天仙,让她真以为自己是绝世美人了。

爹说她身子虚,每日大鱼大肉,连水都给她喝的是参汤。

日复一日,年复一年……

不胖才怪!

毛大珠坚持不吃饭,不管毛将军露出怎样可怜兮兮的表情,她都不改初衷。

毛将军终于死心,他站在门口,含泪望着宝贝女儿虚弱憔悴的脸。

毛大珠的减肥计划持续了不到三个时辰就彻底中断了。

原因是她太饿了!

她饿得双眼放光,看什么都像吃的,差点把楚安阳的耳朵啃了。

楚安阳怕毛大珠饿极了做出什么人神共愤的事情来,连忙带她来到厨房找吃的。

毛大珠一整天只吃了十个包子,厨子惶恐,害怕是自己厨艺不佳让大小姐没胃口,此时见毛大珠虚弱地搀着楚安阳来到厨房,心中大喜,立刻为毛大珠开火。

数十位厨子以迅雷不及掩耳之势为大小姐做好了金丝乳酿鱼、芙蓉燕窝煲、鸳鸯鲍鱼膳、琥珀蟹肉盏、花酿凤尾翅、花香如意卷等若干珍馐佳肴,比过年还要丰盛。看着大小姐狼吞虎咽,厨子们擦了把汗,互相看了一眼,暗暗击掌欢呼。

毛大珠吃饱了，终于有了力气，脸色也逐渐变得红润起来。

可是想起自己的减肥大计破灭了，她又开始垂头丧气。

楚安阳不愧是毛大珠最心爱的狗腿子，他一眼看破大小姐的心事。

"小姐，你是不是还在惦记陆公子？"

毛大珠眼睛一亮，忙不迭地点头。

楚安阳扶着胖到快要走不动路的毛大珠，关切地提议："要不然小的备点金银珠宝送到陆府，给陆公子道个歉，陆丞相看在毛大将军的分上，一定不会怪罪小姐的。"

毛大珠想了想，楚安阳说得对啊！

毛府贵重宝贝多得是，随便挑几件送给陆公子，顺便还能再看看他。

上次仓促一别，她都没来得及多看陆霜华几眼。

那般美若谪仙的男子，多看几眼能增寿啊！

毛大珠将这件事全权交给楚安阳打理。楚安阳做事向来周全，将那华美玉如意、东海七彩珊瑚、金丝麒麟软甲等等，一股脑儿装进箱子里，又用绸缎系了个美美的蝴蝶结。

毛大珠有点等不及了，丞相府离将军府也不是很远嘛！

她看楚安阳还在忙碌，自己溜出家门，怕被人认出来，毛大珠还专程戴了张面纱。

她从小听说书人说，那些绝艳惊城的侠女都会戴着面纱行走江湖，轻纱飘飘，美不胜收。

毛大珠以为戴上面纱，就成了天仙，她昂首挺胸走在路上，脑补路人对她露出惊艳的神色。可她身形庞大，就算不戴面纱，大家也猜得出她是谁！况且她穿着大红大紫的锦衣华裳，头上珠玉叮咚作响，随便取下一根簪子都能买下城中一座宅子。

京城里，除了毛大珠，还有谁这么胖又这么有钱！

围观群众纷纷坐不住了!

毛大珠为非作歹,强抢民男,早已激起民愤!

无奈楚安阳武功高强,时刻守在毛大珠身边,没人能下得了手。

万万没想到!

毛大珠竟敢独自离开将军府,她是不是嫌自己命太长了!

平日里敢怒不敢言的乡亲父老激动得热泪盈眶,不知是谁壮着胆子,从毛大珠身后扑过去,用麻袋套住了她的头,大家一拥而上,拳头如雨点儿似的落在她身上。

毛大珠惊呆了!

她在一片漆黑中抱头尖叫。

楚安阳就在后面,正指挥着家丁把东西抬好别摔了。

听到毛大珠的声音,他皱了皱眉,觉得似乎有些耳熟。

路过毛大珠身边时,不知谁先看到了楚安阳,大呼一声:"楚侍卫来啦!"

围在毛大珠周围的人呼啦一下全都不见了!

楚安阳觉得纳闷,自己又不是洪水猛兽,怎么人们见到自己就没了命似的逃跑。

他望向地上,一个胖子瘫倒在那里,头上套着个麻袋。

楚安阳顿觉不妙,扶起那胖子,掀开麻袋,看到毛大珠瘀青的脸,她本就不漂亮,如今被打得肿如猪头,眼睛青紫,比原先还难看了好几个档次。简单地说,就是丑得没法看!

楚安阳大惊失色:"小姐!小姐你怎么了?"

毛大珠故作坚强:"没什么,他们认错人了,呵呵呵呵呵……"

众人顾忌她爹的身份,没敢下毒手,怕把她打死了官府追究起来。

杀害将军之女,这罪名可严重啦,毛将军发起飙来说不定把整个城都屠了!

还好毛大珠身上的脂肪层厚,受了这么一顿打,倒也没有重伤吐血。

毛大珠相信肯定是别人认错人了,谁会忍心去打一个戴着面纱的美人儿呢?

毛大珠怕楚安阳担心,努力对他挤出笑容。

只可惜那笑容……

呃,确实不怎么好看。

楚安阳看得身上的鸡皮疙瘩都起来了。

他心虚地提议:"小姐,你还能走吗?要不然我们改天再去陆府?"

毛大珠断然拒绝:"不行!我可不能让陆公子以为我们没诚意!"

楚安阳皱眉:"可陆公子烧了小姐你的地牢,你就不生气吗……"

毛大珠想起被烧得焦黑的地牢和被她强掳来的若干美男,心里又难过起来。

可这也不怪陆霜华,如今天下不提倡女子三妻四妾,陆霜华吃醋也是难免的。

以前爹常说,她身份尊贵,不能与那寻常女子相提并论,她将来想娶几个美男就娶几个!她深以为然,她的三观全是爹教的!不过自从遇到霜华公子,她突然觉得,她可以为了陆霜华抛弃所有美男,只要有陆霜华一人在身畔,胜似后宫佳丽数千!

毛大珠苦口婆心地说:"追男孩子怎么能计较这些呢?安阳啊,凡事要以大局为重。我现在忍下来,等我把陆公子骗到手,到时候再暴露我的夜叉本性,陆霜华可就没办法啦!"

她说着说着,已经脑补着陆霜华被绑在床上的限制级画面。

毛大珠脸上露出狞笑。

第三节

陆霜华连着打了两个喷嚏,怀疑有人在说他坏话。

下一刻,毛大珠便昂首挺胸地踏入了丞相府,指挥楚安阳将礼物放下来。

陆霜华看见她就来气,想将她赶出去:"你来这里做什么?陆府不欢迎你!"

毛大珠赔笑:"对不起啦陆公子,那日是我不对,虽然我抓了那么多美男回府,但我真的没变心哦。从十年前我有记忆的时候,我就对陆公子念念不忘了,地老天荒,此情不渝!"

毛大珠虽然不学无术,记忆却很好,她深情地背出前几天看过的小黄书内容。

肉麻兮兮!简直有伤风化!

陆霜华一点都没动心,扬起手打碎了楚安阳捧给他的玉如意。

楚安阳那个心疼啊!这玉如意是邻国进贡的宝贝玩意儿,价值连城,怎么说摔就摔呢!

楚安阳扯了扯毛大珠的衣袖,心疼地说:"小姐,这陆公子有暴力倾向,你嫁过去会受苦的。"

毛大珠推开楚安阳,声色俱厉地说道:"你说什么呢,陆公子怎么会是那种人!"

楚安阳见大小姐彻底沦陷在陆霜华的美男计里,痛心疾首地摇摇头。

毛大珠又打开另一个箱子,取出一把银光闪闪的宝剑,讨好地捧给陆霜华。

"我知道陆公子不是爱慕虚荣的人,你肯定不稀罕金银玉器。你看这把无极青霜剑怎么样,这可是兵器谱上一等一的神兵利器,配公子你再适合不过了!"

楚安阳头都大了,耳朵里嗡嗡作响,他甚至不敢看下去。

这丫头,什么时候把毛将军藏在密室里的宝剑偷了出来!

真是个重色轻友!轻家!轻国!轻天下的傻妞!

"这件倒是有些诚意……"

陆霜华接过宝剑,神色稍微缓和了一些。

他嘴角噙着一丝笑,宛如繁花盛开,天地瞬间黯然无光。

毛大珠看得呆了,她竟没有注意到陆霜华的笑容里没有半点温情。

陆霜华突然出剑,剑尖直刺毛大珠胸口,她一时没有防备,呆立在那里。

楚安阳反应极快,抽出腰间佩剑迎了上去,虽说他的佩剑没有将军的宝剑厉害,但他内功惊人,两把剑抵在一起,发出金属碰撞的声音,震落了树上枯叶,一时间满庭梨花纷飞,雪白如羽。

楚安阳很严肃,陆霜华却很随意。

他并没有出全力,也没打算杀毛大珠。

陆霜华收回剑,冷笑道:"不错,确实是一把好剑。"

楚安阳眯起眼看他:"刀剑无眼,陆公子差点就伤到我们家小姐了。"

陆霜华若无其事,看到毛大珠吓得煞白的脸,他觉得出了口恶气。

"我不过是试试剑而已,楚护卫这么紧张做什么,难不成楚护卫对毛大珠……"

陆霜华话说了一半,没有继续说下去,他淡淡瞥一眼楚安阳。

楚安阳正持剑护着毛大珠,他身形修长,拿剑的姿势豪气万千,风吹动他的衣袂,雪色梨花在他身边翩然而落,与丑胖丑胖的毛大珠站在一起,根本不是一个画风!

楚安阳脸色有些不太好,良久,他从牙缝里挤出一句话:"我与小姐是清白的。"

"哦?"陆霜华挑眉,走近楚安阳,丝毫不畏惧他手中散发凌厉剑气的青色长剑,"久闻楚护卫武功高强,今日一见果然名不虚传,只是陆某不懂,你为何甘愿做毛大珠的走狗?"

楚安阳并未生气,手中的剑也没有放下:"我家小姐是个善良的人。"

"善良?"陆霜华好似听到全天下最好笑的笑话,笑得眉眼如弯月,眸心皎洁碎光流转,"你要说毛大珠是让人闻风丧胆的女魔头,我倒还相信,你说她善良?"

接着,陆霜华的语气蓦然冷厉,说出的话残忍无比,直刺毛大珠心口:"谁不知道毛大珠是京城一霸,连小孩子听到她的名字都会被吓哭。她每天除了吃喝玩乐,就是上街调戏良家妇男,我不过是路过毛府,就被她强行掳进地牢,这是我陆霜华一生的耻辱!别人怕她,我可不怕她。想讨好我?就算把毛府家产全部变卖拱手送来,我也不会考虑!"

陆霜华这话说得无比决绝。

毛大珠万箭穿心!

这是除了她的初恋,第二个伤碎她心的男人。

毛大珠知道自己身为镇国将军之女,应该说些硬气的话来挽回尊严!

比如将陆霜华推倒在墙上咒骂:今日你对我爱理不理,他日我让你高攀不起!

毛大珠心里已经有了剧本,可她肥硕的身体摇摇晃晃走了几步,却不小心踩住自己的裙子,"啪叽"一声摔倒在陆霜华的鞋履旁,她嘴巴动了动,喉咙里只发出"哇"的哭声。

楚安阳急急忙忙去扶毛大珠,她却不肯起来,痛哭撒泼捶地。

丞相府被毛大珠这么一闹,顿时热闹起来,下人们也不干活了,都远远站着幸灾乐祸。

第四节

丞相陆知秋听到动静,从书房来到院子,看到一个胖子在地上滚来滚去,而陆霜华就那么冷冰冰地看着,居然也不制止。

陆知秋怒道:"何人在此撒泼?!"

毛大珠听见陆知秋的声音,突然以迅雷不及掩耳之势站起来,乖巧地望着陆知秋。

她与陆知秋没有任何交情,但她懂得察言观色,她从陆知秋的气势与服饰上立刻猜出他的身份,自来熟地打起了招呼:"陆伯伯您好,我是您的未来儿媳,我叫毛大珠!"

陆知秋看着面前灰头土脸的胖妞,知道肯定是毛大虎的宝贝女儿。

除了她,谁能这么胖,还敢肆无忌惮地在丞相府里胡闹?

"哦,是小珠儿啊,本相记得小时候还抱过你,现在长这么大了。"

陆知秋慈祥地看着毛大珠,他向来能言善辩,见人说人话,见鬼说鬼话,就算面对丑胖丑胖的毛大珠,他还是能脸不红心不跳地撒谎:"你一点都没变,看着胖嘟嘟的,一脸旺夫相,谁娶了你真是他的福气啊!"

陆知秋说完,突然后知后觉地想起什么:"你刚才说什么?你是谁的儿媳?"

毛大珠以为他耳背,凑过去在他耳边大声说:"是您的儿媳啊!"

陆知秋虎躯一震:"什么?你和霜华?什么时候的事?!"

陆霜华脸色铁青,他伸手点住毛大珠的穴,抢先说道:"爹,我们什么都没有!"

不料毛大珠的声音比陆霜华的大得多,将他的声音完完全全盖住:"就是今天的事情啊！聘礼我都带来了！陆伯伯您挑个良辰吉日呗，哎呀，择日不如撞日，就现在吧！"

"为何你还能说话……"陆霜华震惊地看着毛大珠，他不相信毛大珠竟有这样的功力，竟能不动声色地解了自己的穴，她只是个行动迟缓的胖子而已啊！

毛大珠不明白陆霜华在说什么。

她向来肉厚，点穴对她来说根本没用。

所以，楚安阳刚才并没有阻止陆霜华，让他的手指在毛大珠身上白戳了一下。

陆知秋听到毛大珠的话，吓得脸色煞白，不敢相信儿子的品位。

霜华向来清冷孤傲，多少女子投怀送抱，他都视若无睹，怎会看上毛大珠呢？

陆知秋将视线转向陆霜华，正想出声询问，却见他把毛大珠带来的礼物全都扔在了地上，正在满地碎玉中踩来踩去，远远看着都能感觉到他浑身那骇人的怒意。

陆知秋连忙拉住霜华，低声劝慰："毛大珠好歹是毛将军的女儿，给点面子。"

陆霜华怒道："爹，你怎么能胳膊肘往外拐呢，我到底是不是你亲生的！"

陆知秋叹口气："霜华，爹是为大局着想。"

陆霜华并不领情，冷睨陆知秋一眼，在他耳边说出一句话："毛大虎功高盖主，你就不怕吗？"

陆知秋微微眯了眯眼，但他的语气依旧温和："所以你才要对毛大珠好一些。"

陆霜华怒极，拂袖离去。

白衣如雪，迎着庭院里玉石的碎片，光芒流转。

陆知秋并不在意儿子去哪儿，他将毛大珠迎进正堂。毛大珠屁股左右扭动，才勉强将身体塞进陆知秋珍爱的镶金紫檀木椅，椅子腿发出咯吱咯吱的声音，好像随时都会被她坐断。陆知秋脸色微变。

陆知秋抚须问道："到底发生了什么事？"

毛大珠大大咧咧地说："我看上陆公子了。"

陆知秋一惊，他早就知道毛大珠横行霸道，却没想到她能如此厚颜无耻！

但不愧是狡猾丞相，回答时语气充满遗憾："可霜华已有婚约在身，怕是要辜负姑娘了。"

毛大珠一张胖胖脸惊讶地对着陆知秋："是谁？我怎么不知道？"

陆知秋微笑着说："是当今圣上的亲妹妹。"

陆知秋以为此话一出，毛大珠定会绝望放弃。

万万没想到！

毛大珠竟松了口气："哦，是倾城妹子啊，虽然不如我漂亮，但听说也是国色天香。"

陆知秋被毛大珠的自信震得吐血，白玉地板上顿时红梅点点。

毛大珠惊恐地看着满嘴是血的陆知秋，拿出锦帕递给他："陆伯伯，您怎么了？没事吧？"

陆知秋摆摆手，不肯接过毛大珠递过来的丑陋的翠绿色帕子："无妨，老毛病了。"

毛大珠着急地说："看起来很严重啊，还是把霜华叫回来吧！"

她急得站起来，屁股卡在椅子里，就这样把丞相大人的椅子带走了。

陆知秋忧伤地看着自己心爱的紫檀木椅渐行渐远……

良久，他忧伤地瘫在了那里。

脸上的表情，大概叫作生无可恋。

……

毛大珠没找到陆霜华。

她带着陆知秋的椅子回到家，坐在门口伤心。

楚安阳叹息："小姐，外面天凉，回屋坐吧。"

毛大珠抬眼望着，晶莹剔透的眼宛如含泪："你能先把我拔出来吗？"

深夜，楚安阳背着陆知秋的椅子飞檐走壁，悄无声息地将它放回陆府。准备离开时，他突然发现一间房亮着灯，隐约听到有说话声。

强烈的好奇心促使楚安阳潜伏过去，听到了陆知秋沉稳的声音："毛大虎坐拥百万雄兵，连皇上都是他的傀儡，你又如何对抗？"

陆霜华冷声说："那孩儿明晚就去将毛大珠灭口！"

陆知秋一惊："万万不可！毛大虎爱女至极！你若杀了毛大珠，被他查出来定会血洗丞相府，况且毛大珠身边那个侍卫楚安阳也不好对付。为父可不愿你为个丑女自毁前程。"

陆霜华颓然道："难道只能屈服于毛大珠的淫威之下了吗？"

陆知秋沉思片刻，说道："若毛大珠成了皇后，你便不需与她扯上关系。"

"爹是指……"

陆霜华的心猛地一跳，他已经猜到父亲的意思。

陆知秋点了点头，陆霜华稍微松了口气，但他心中的大石还未完全落下。

"可皇上年纪尚轻，根本不懂男女之情，就算懂，也不会看上毛大珠……"

陆知秋冷哼一声："若是毛大虎要求皇上娶毛大珠，皇上又怎敢拒绝？"

陆霜华没有说话，虽然让毛大珠入宫实在委屈了皇上，但他如今也没别的办法。

毛大虎手握重兵，权倾朝野，他若来逼婚，谁也拦不住他……

"放心，这件事爹自会去打点，绝不会让你嫁给毛大珠！哦，不对，不会让她嫁给你……"

楚安阳听到了丞相父子俩的对话，他沉思片刻，又回到正堂，把椅子搬回了将军府。

第五节

毛大珠每天都来看陆霜华。

有时搬着把小凳子,坐在陆家门前托腮发呆,逢人便笑呵呵地打招呼,一副当家女主人的模样。

有时坐在陆霜华房顶,面前放几只烤鸡,与楚安阳一起假惺惺地吟诗作对。

陆霜华不胜其烦!

怎么会有一个女人这么烦?!

当他晚上入睡的时候,抬头看到房顶凹陷下去的地方,生怕半夜毛大珠突然掉进他屋子里。

丞相府的建筑虽然坚固,却经不住毛大珠的蹂躏啊!

夜已深,陆霜华在书房看书,房梁上一直传来毛大珠朗诵诗文的声音:"菩提本无树,明镜亦非台,本是同根生,相煎何太急……唉,安阳啊,你说这菩提怎么这么狠心呢,居然要煎了明镜。有什么仇什么冤,为何不坐下来聊聊呢?"

楚安阳也附和道:"小姐说的极是!小姐真是善良通透,蕙质兰心。"

毛大珠受到鼓励,越发得意,晃动粗胖的双腿,压得房梁摇摇晃晃。她生怕陆霜华听不到她才华横溢的话语,又大声吟诗一首:"但使龙城飞将在,六宫粉黛无颜色。芙蓉帐暖度春宵,从此君王不早朝……啊!帝王将帅之间的爱情,真是美得令人心碎!我何时才能与霜华公子比翼双飞……"

楚安阳面露为难:"这……"

这淫词浪曲的,要怎么夸下去……

陆霜华忍无可忍,对着房梁怒道:"毛大珠,你有完没完!"

毛大珠很开心,陆霜华终于注意到她了!

她递给楚安阳一个眼神,他便携着她从房梁上飞到了地上。

楚安阳用尽了吃奶的力气,才让毛大珠落地的样子不那么狼狈。

在毛大珠心里,她是衣袂飘飘,身轻如燕,宛如仙子一般出现在陆霜华面前。

在陆霜华眼里,毛大珠像投错胎的猪头一样砸在了他家地上,晃得整个丞相府都地动山摇。

"我这几天没理你,你还蹬鼻子上脸了是吗?"

"怎么会呢?我看陆公子一个人读书怪寂寞的,想陪陪你。"

毛大珠扭扭捏捏搓着衣角,脸颊红扑扑的,她特意打扮了一番,浑身珠玉叮当作响,满身奢靡。

陆霜华白衣清雅,黑丝落于肩头,极简却极美,与大红大绿的毛大珠根本不般配。

若不是毛大珠身份显赫,以她的模样,根本没资格接近陆霜华这样的美男子。

楚安阳不由得感叹,有钱真是好啊!

陆霜华冷冰冰地说:"我不需要你陪。"

毛大珠眼睛亮晶晶的:"那你要不要吃些什么?烤全羊?卤猪头?大锅炖牛肉?"

陆霜华不耐地皱眉:"我晚上不爱吃这种油腻的东西,会发胖。"

他特意把"胖"加重读音,希望毛大珠听出他的意思,能够有些自知之明。

可毛大珠一脸纯真:"陆公子还怕胖?我家安阳说了,胖点可爱啊!"

陆霜华很郁闷:"你遇到楚安阳之前,也有这么胖吗?"

毛大珠惊讶地看着他："我不胖啊！"

陆霜华和她没法沟通，只好换了个说法："你遇到楚安阳之前，比现在更瘦吧。"

毛大珠认真想了想，煞有介事地点点头："对！那时我还不到二百斤，楚大哥一直说我太瘦了！面黄肌瘦的很不好看，让我多吃点！他说能吃是福。爹也说现在的我才是女子最标准的体型呢。"

这两个人教了毛大珠什么啊……

这不是毁她吗？

本来她就胖，现在更胖了！

如果毛大虎一朝失势，再也没人讨好毛家，这毛大珠恐怕得孤老终生了。

陆霜华突然有些同情毛大珠了，他指着墙上的画卷，那是陆知秋搜罗来的古画，上面画着个妖娆多姿的女子。

"喏，看见没有，最标准的体型应该是这样的。丰腴而不肥胖，就你这样的，至少要减个一百多斤。"

毛大珠大惊失色："那就没我了！"

陆霜华保持微笑："放心，就算减了一百多斤，你也是个胖子。"

毛大珠有些动摇了。

她转向楚安阳，再次忧郁地问："安阳，你说我胖吗？"

楚安阳迎着陆霜华鄙视的目光，硬着头皮撒谎："不胖……"

他很心虚，所以声音很小，毛大珠却高兴得跳起来："你听！我家安阳说我不胖！"

陆霜华摇摇头，终于放弃和毛大珠谈论关于胖瘦的问题了。她根本活在自己的世界里啊！

而且楚安阳还睁着眼睛说瞎话，让她在谎言里越陷越深！这楚安阳到底和毛大珠有什么仇？

可看他上次持剑保护毛大珠的样子,又似乎忠心护主,看不出端倪……

陆霜华突然有些好奇楚安阳的目的了,他决定,要派个瘦弱美人儿去试探试探楚安阳……

毛大珠突然解开衣带。

陆霜华看着她的动作,脸上红云顿起,他掩面呵斥道:"你干什么?!大庭广众之下宽衣解带,成何体统!"

毛大珠完全不管陆霜华在说什么,解开衣襟,从怀里取出个食盒,她那么胖,怀里塞了些物件根本看不出来。

毛大珠殷勤地说:"陆公子,我带了红烧肉和烤鸭,你若是不爱吃,我这儿还有玫瑰酥和如意糕。"

陆霜华没有伸手去接,他别开脸不看毛大珠:"你就知道吃!"

毛大珠委屈地小声嘟囔着:"这不是看陆公子太瘦弱,怕将来把你压死嘛……"

陆霜华危险地眯起眼:"你说什么?"

毛大珠察觉到陆霜华在生气,她抿住嘴唇,不敢多说,把食盒放在桌上,拉着楚安阳转身就跑,丞相府又一次地动山摇。

对于毛大珠经常来丞相府的事情,陆知秋睁一只眼闭一只眼。外人还以为他默认了毛大珠的地位。

陆霜华就是讨厌别人这么想!讨厌得,甚至连一个好脸色都不想给毛大珠。

他遇到的美女多了,什么类型没有?到头来怎么能选了毛大珠呢,这连想一下,他都不肯想!

若毛大珠是个美丽秀雅的女子,纵使生在将军府又何妨?别人会觉得他们门当户对,天生绝配。

可瞧瞧毛大珠这副尊容,谁会为了真爱和她在一起?不管她将来嫁了谁,别人都觉得那男人是为了名利地位!

陆霜华此时最想不通的,是楚安阳这个尽职尽责的狗奴才!

说起他,当真是武功绝世、帅气逼人,每次他护着毛大珠嚷嚷着:"让开让开!知道这轿子里坐的是谁吗?这可是镇国将军之女——身份尊贵又貌若天仙的毛大小姐!要是撞了我们家小姐,你们担当得起吗?!"

那闹市中哗啦啦的声音,都是一地破碎的少女心啊!❀

第二章
有钱能使鬼推磨

CHONG GUAN　　LIU GONG

· 第一节 ·

陆霜华派去了三位美人试探楚安阳。

为何是三位呢?

因为他不知道楚安阳喜欢什么类型的,为了投其所好,找了三位性格截然不同的女子。

第一位是娇娆魅惑的青楼花魁——含烟姑娘。

三日后,含烟来找陆霜华,说她外衣都脱了,楚安阳却说天气渐冷,给她披了件裘皮大衣,将她的身体完完全全裹了起来。含烟出了一身汗,毛茸茸的大衣简直变成浴桶。她热得快要哭出来,楚安阳却好像什么事都没有发生,兴冲冲地说:"我从外域游民那里学到一招好玩的,来,我练给你看!"

接着,他在含烟面前演练了数遍口吐火柱的游戏,一阵阵火浪让整个屋子都变成了火炉。

直到含烟被热得快要口吐白沫,楚安阳才依依不舍地告辞。

含烟眼中带泪，跪在陆霜华面前哀求："世子大人，求您不要再让奴婢接近楚安阳了……"

第二位是才貌双全的官家千金——诗玉姑娘。

五日后，诗玉来找陆霜华，说她在胭脂店等了三日，终于等到前来为毛大珠挑选胭脂的楚安阳。她见楚安阳选了紫红色的胭脂，好心提议换成粉色，更显得毛大珠肌肤白里透红，引入垂涎。

可是楚安阳声色俱厉地拒绝了她，还说她眼光太差，他的原话是："我们家小姐最配这种姹紫嫣红的颜色，挑什么粉红啊，那颜色早就过时了！"

诗玉掩住粉红色的脸颊，当时就流下了羞愧的泪水。

陆霜华看着诗玉紫红色的脸蛋，什么话都说不出。

第三位是清丽朴实的农家少女——彩媛姑娘。

七日后，彩媛一瘸一拐地来找陆霜华，说她制造了好几次偶遇机会，楚安阳都没理她。有一次，她甚至在楚安阳面前故意坠马，捂着流血的腿，梨花带雨地说："这位少侠，能否搀扶我一把？"

楚安阳眼中无她，只顾着大声嚷嚷："来人啊！保护好小姐，别被受惊的马儿伤了！"

人群躁动起来，有人从她身上踩过去，等毛大珠的轿子离开，彩媛已经浑身脚印奄奄一息了。

三位绝世大美女的回答都一样——

"楚安阳肯定不喜女色，世子大人您挑几个美男说不定还有用。"

陆霜华觉得有道理，万一楚安阳真有龙阳之癖，他不就找到楚安阳的惊天大把柄了吗！

陆霜华又找了三个性格截然不同的美少年。

第一位是勾栏院里身经百战的男宠——肖霖。

三日后，肖霖来到丞相府，跪在陆霜华面前，说他办不到此事，自愿领罚。

陆霜华问到底发生了什么，肖霖却不肯说，只是脸色铁青，似有难言之隐。

直到陆霜华发了火，肖霖才吞吞吐吐地说出，那日在勾栏院灌醉了楚安阳，楚安阳醉意蒙眬，与肖霖勾肩搭背称兄道弟，就差歃血为誓了！肖霖趁机问楚安阳喜欢哪个男人，楚安阳竟说……竟说……

陆霜华眯着眼看着跪在地上面色煞白的肖霖，追问："他说什么？"

肖霖望向陆霜华，那张美得妖娆的脸此刻五官紧绷，他害怕说出来，陆霜华会勃然大怒。

陆霜华的脸色更加阴沉："我让你说！"

肖霖心惊胆战，道："他说，这世间论容貌、论气度，无人可与陆霜华公子比拟……"

陆霜华没有说话，他周身都飘浮着让人害怕的气压。

肖霖继续说："他还说，若非大小姐爱慕陆霜华，他早就……呼哈哈哈哈哈！"

陆霜华本就有气，看到肖霖笑得肆无忌惮，怒道："你笑什么！"

肖霖收起笑，狭长眼睛望向陆霜华，严肃又委屈地说："属下没笑，这是楚安阳的原话，他说出这句话的时候，就发出了这样的狞笑。"

"……"

第二位是温文尔雅的富绅之子——侯良。

五日后，侯良披头散发冲进丞相府，哭求陆霜华为他做主。陆霜华问发生了什么事，侯良说，楚安阳一见他，就喜滋滋地说："侯公子是我们家小姐喜欢的类型，我带你去见我们家小姐！"

侯良百般挣扎哭喊，楚安阳充耳不闻，指挥几个彪形大汉便将他抓入了毛府。

那在毛府的日日夜夜，简直是侯良终生都挥之不去的噩梦啊！

陆霜华见他比以往胖了一大圈,问道:"毛大珠到底对你做了什么?"

若毛大珠对侯良动手动脚,陆霜华完全可以给毛大珠扣上"水性杨花"的帽子,到时候远离她,也在情理之中。可侯良迟疑半晌,说道:"我平日为了保持体型只吃蔬菜水果、水煮肉和蛋。那毛大珠却嫌我太瘦,说胖点可爱,一天三顿差人送来大鱼大肉,偏偏毛府的厨子很厉害,饭菜可口得很,我忍不住吃了几天,就胖成这样了,简直不堪入目!呜呜呜,我再也不是那个风度翩翩的诱人少年了。世子大人,您可要为我做主啊!"

议事堂里,侯良放声大哭,绕梁三日不绝于耳……

第三位是武艺高强的江湖剑客——贾行之。

虽然他脸上有道伤疤,却不掩男儿气概,很多女子都对他芳心暗许。

贾行之也想会会楚安阳,尽管他不喜男色,却还是爽快地答应了陆霜华的要求。

男人自然有男人的办事手段,贾行之对楚安阳下了战书,说要与他比武,并签下了生死状。

他是打算以武会友,也许双方爱好相同,情投意合,会成为好兄弟呢。

于是比武时……

楚安阳手起刀落,贾行之就这样死了!

死了啊!

陆霜华在楚安阳身上折损六员大将,心中的郁闷可想而知!

当初还不如找人去勾引毛大珠,那可比勾引楚安阳容易多了!

可是陆霜华因此证实了自己的猜测,楚安阳并不简单!

他调查过楚安阳的背景,却什么都查不到,楚安阳是几年前来到毛家的,他的身世无人知晓,就好像凭空出现的一样。短短时间,他便得到毛大珠的信任,用甜言蜜语轻易将毛大珠喂成了猪头。不过也不能全怪他,毛大珠从小就胖,一个大胖子和一个超级大胖子,其实没什么区别。

第二节

毛大珠每次来陆府,陆霜华都不理她。

陆知秋倒是笑眯眯的,可也不多说什么,毛大珠不知道自己何时才能嫁入陆家。

毛大珠很郁闷,她坐在梳妆镜前,将那镶金嵌玉的簪子一根根往头上插,生生把自己插成了一只花枝招展的孔雀。毛大虎来看女儿,站在门口望着毛大珠肥硕的背影,欣慰地点了点头。

唉,这世间,何人能配得上如花似玉的大珠啊……

真是忧心。

毛大虎转身离开,走廊里几个丫鬟背对着他,没看到将军过来,正嘀嘀咕咕议论着大珠。

"大小姐喜欢那个陆公子好一段时间了吧,怎么也没见陆公子登门拜访过?"

"听说啊,这次是我们小姐一厢情愿,陆公子并不愿意搭理她呢。"

"那般凉薄之人,小姐为何痴心爱他,真是替小姐不值!"

"可陆公子身为丞相之子,论地位,与咱们小姐是平起平坐的,他当然也想挑个喜欢的……"

毛大虎听后很生气,这都是什么事,为什么他一点都不知道?!

他故意咳嗽了几声,丫鬟们转身看到他,纷纷白了脸,跪在地上不敢说话。

毛大虎沉声问道:"你们说大珠看上谁了?"

为首的黄衣丫鬟战战兢兢地说:"是丞相大人的儿子——陆霜华。"

毛大虎不高兴,他一直觉得,大珠要么嫁入皇室,成为国母,比如垂帘听政什么的……要么就三妻四妾,哦,不,三夫四君,在自己的后院里与夫君们缠绵恩爱,潇洒自在。

可陆霜华是什么人!陆霜华要是娶了大珠,大珠既做不成皇后,又降不住陆霜华,到时候他年事也高了,只能眼睁睁看着陆霜华霸占他家财产,冷落大珠。

一个是人生赢家,一个是悲剧黄脸婆……

毛大虎一瞬间脑补了很多。

他强忍着没有冲进大珠闺房问个明白,等到日暮,毛大虎亲自去了丞相府。

其实他也是爱女至极,若大珠一意孤行,而陆霜华又是真心爱着毛大珠,他也是勉强可以接受的。

况且陆霜华一表人才,毛大虎看他第一眼就觉得满意,将来大珠带着陆霜华出门,肯定被城中女子嫉妒死。生下的孩子也会遗传陆霜华,男的帅、女的美……

毛大虎美滋滋地想着,可是陆霜华却残忍地打碎了他的幻想。

"我根本不喜欢毛大珠,以后也不会喜欢她!"

毛大虎的心碎了。

陆霜华却还火上浇油:"毛将军,你要是逼我娶你女儿,倒也可以。我想过了,毛家富可敌国,休妻之时我能分到不少金银吧。啊,不休也可以,反正将来毛家的一切都是我的,用那些钱换我一生幸福,勉强也能接受。"

毛大虎怒火攻心,双手竟然发抖,几乎握不住手中宝剑。

陆知秋一直在门外偷听,生怕儿子说出什么不得体的话来。

这下好了,陆霜华说的话何止不得体,简直是残忍冷酷!断其后路!

陆知秋怕毛大虎盛怒之下用剑砍他的宝贝儿子,连忙推门冲进来,赔笑说道:"犬子心知配不上毛大小姐,怕辜负了她,只得说出些决绝的话,其实犬子的心比将军你的还痛呢,望将军不要见怪。"

毛大虎的脸色稍微好转,他就是喜欢听些好听的,更何况对方还是一朝之相。

不过,毛大虎知道陆知秋这个老狐狸城府很深,自然不会信他。

"既然陆公子不喜欢大珠,还望你跟她说个清楚。"

"我怎么没说过?可也要她听得进去啊。"

毛大虎陷入沉思,陆知秋不知道他在想什么,心里有些忐忑。

虽然毛大虎是一介武夫,但他在朝堂混迹多年,绝不是有勇无谋之人,没那么好糊弄的。

陆知秋连忙打断毛大虎的思考:"大珠今年芳龄十五了吧,也该说媒了。"

毛大珠瞪他一眼:"我女儿的事,轮不到你操心!"

陆知秋笑道:"大虎,看你这话说的,怎么这么生分呢?我是看着大珠长大的,她的事就是我的事,我怎么能坐视不理?虽然大珠和霜华有缘无分,但她温柔漂亮、才貌双全,我也想为她谋个好夫婿啊。"

陆霜华面无表情地看着父亲撒谎,他觉得自己一生也学不会那套见人说人话,见鬼说鬼话的套路。

但对毛大虎来说,他很吃陆知秋这一套,心中的怒火也已平息了下去。

陆知秋继续说道:"大珠那么好,京城谁又能配得上她呢?"

他话里有话,在引诱毛大虎朝他说的方向去想。但毛大虎什么都没想,认认真真地说:"我也想过了,觉得除了你儿子勉强配得上,还真是没人能配得上大珠。这么好的闺女,不能让她烂在家里啊!"

陆知秋的太阳穴突突跳动,他继续诱导:"你当真愿意让她做个平凡的妇人吗?"

毛大虎终于听出端倪,皱起眉:"你什么意思?"

陆知秋笑道:"大珠那么完美,我们怎能让她屈就在这小小丞相府呢?"

· 028 ·

毛大虎隐约察觉到陆知秋在暗示什么，他没说话，因为他觉得陆知秋说得在理！

陆知秋扶毛大虎坐下，拍拍他的肩膀，宛如挚友一般。

他们在朝堂上经常见面，也有过意见不合针锋相对的时候，但陆知秋很会做人，哪怕前一天唇枪舌剑争得焦头烂额，第二天还是会笑眯眯地打声招呼，嘘寒问暖。毛大虎就做不到这样！他军功赫赫，大权在握，为人处世也固执蛮横，但他吃软不吃硬，别人搞不定他，陆知秋却能搞定。两人表面上关系倒也和睦。

陆知秋最后又意味深长地补了一句："虎兄，令千金的幸福，可不能白白葬送啊！"

毛大虎回到将军府已经很晚，他彻夜难眠，在思考陆知秋说的话。

是的，若大珠成了皇后，他不就成了受人敬仰的国丈吗？

一人之下，万人之上！

那些说闲话的人都该闭嘴了！

· 第三节 ·

毛大虎开始思考女儿的人生大事，毛大珠却什么都不知道，依旧吃了睡，睡了吃，没事就跑去丞相府调戏陆霜华。城中开始有些风言风语传播，说毛大珠很可能嫁入陆家，这让陆霜华愤慨万分！

月光洒落白玉地面，毛大珠硕大的影子在陆霜华卧室地板上摇来晃去。

陆霜华抬头看着坐在他房梁上正啃着猪蹄的毛大珠，气不打一处来："本公子要就寝了！"

毛大珠眼睛一亮，丢下猪蹄，将油乎乎的手在绣着金丝孔雀的昂贵裙子上擦了擦,脸颊浮起羞涩的红晕:"陆公子你别着急,我擦了手就过去陪你。"

陆霜华气得口不择言:"陪个屁啊,我让你走!"

"哎呀,陆公子,你怎么变得这么粗鲁……"

毛大珠掩面,发出招牌式的狞笑:"不过我喜欢,吼哈哈哈哈哈!"

她抱着粗大的柱子滑了下来,一屁股坐在了地上。

在房梁上待久了,毛大珠已经驾轻就熟,她每次让楚安阳把她放在房梁上,然后让楚安阳在外面候着,不要打扰她和陆霜华独处,需要下地的时候她就自己滑下来,别提多顺溜了。

不过屁股着地还是有点疼的,毛大珠哼哧哼哧半天,才扶着柱子勉强站起来。

陆霜华怕她霸王硬上弓,抽出挂在墙上镇宅的宝剑对着毛大珠,他还没打算杀掉毛大珠,只是想吓吓她。谁料,她一点都不害怕,扶了扶歪掉的发髻,迈开脚步,震得地面颤动。

毛大珠可不相信陆霜华舍得杀她,谁会对一个弱女子下此毒手呢!

陆霜华心中已经怒吼了十几遍:"你别以为你是毛大虎的女儿我就不敢杀你!放马过来吧!"

但毛大珠没过来,她无视陆霜华手中削铁如泥的宝剑,直接坐在了陆霜华的床上,压得床垫陷下去很深。毛大珠拍拍床铺,对着陆霜华说:"傻站着干什么啊,快上来吧!"

陆霜华一动不动,脸色很难看。

他的清白,难道要被这个胖子毁了吗……

毛大珠看看窗外夜色,担忧地说:"天色这么晚了,陆公子,早睡早起身体好啊。"

陆霜华从牙缝里挤出一句话:"你在我床上,我去哪儿睡?"

毛大珠张开手臂,指了指自己的腋窝:"睡这儿啊,我搂着你,很暖和的。"

陆霜华忍不住干呕起来。

好不容易止住,他抬眼看到毛大珠,又再次干呕起来。

毛大珠疑惑地看着他:"怎么回事,是不是饿了?我这儿还有些卤猪蹄,要不要吃?"

听到卤猪蹄,又联想到毛大珠的腋窝,陆霜华再次干呕起来。他觉得,这辈子他再也无法直视卤猪蹄这种食物了……

这样下去不是办法,陆霜华决定对毛大珠说点过分的话!

陆霜华坐在椅子上,手里的宝剑一直没有放下,但他剑上并无杀气,所以楚安阳也没敢破门而入。他一直在门外严阵以待,生怕毛大珠说错什么激怒了陆霜华。

陆霜华看着毛大珠,问道:"你觉得你配得上我吗?"

毛大珠重重点头:"配得上啊!世人都说我与陆公子郎才女貌,天生一对呢!"

陆霜华深吸一口气,强迫自己不要动怒。

毛大珠会这样想也正常,毕竟她接触的人,大多是一些恭维、讨好毛家的人。

陆霜华又问:"哪里配得上?"

毛大珠不假思索:"你是丞相之子,我是将军之女,我们门当户对!"

"除了门户呢?"

"你文武全才、俊美无双,而我呢,又长得萌萌哒。外表方面,也是绝配呀。"

陆霜华皱了皱眉,真正萌萌哒的姑娘,也不长毛大珠这样啊!

他冷声说:"我不喜欢萌的!"

毛大珠惊讶地看着陆霜华,不理解他喜好怎会如此古怪:"那你喜欢什么样的?"

陆霜华将宝剑放在桌上,沉声说:"你听说过无双美人榜吗?"

毛大珠点了点头,她知道无双美人榜,那可是当今天下最权威的评判美人的机构!

每年都会有一次评选,优胜劣汰,名单上的人不断变换,只要上了此榜的女子,都会一夜成名,有些嫁给皇室贵族,有些行走江湖留下动人传说。多少女子以上此榜为荣,而倾城公主已经连着两次夺冠了!若无意外,这次榜首铁定也是倾城公主,她如同含苞待放的花蕾,每一天都更加璀璨明艳。

毛大珠不知道无双美人榜与自己有什么关系,她从来没关注过那玩意儿。

陆霜华本来不想说得太绝情,可看着毛大珠一脸迷茫的模样,他越发来气,放下那些不必要的同情心,他斩钉截铁地说:"只有无双美人榜排名第一的美女,才配与我陆霜华携手相伴!"

毛大珠有些失落,她站起身,走近陆霜华:"只有上榜的女子,才能嫁给陆公子吗?"

陆霜华点点头。

他想过了,就算毛大珠说他肤浅,说他以貌取人,他也认了,只要能让她死心。

但毛大珠什么都没说,双眸垂下,纤长的睫毛遮住细小的眼睛。她缓缓地走到门口,推开了门,就这样走掉了。

看着她胖胖的背影,陆霜华居然有些于心不忍。

怎么能不忍!

陆霜华回过神来,气得牙痒痒,唤来下人将床铺全都换了,他才不要睡在毛大珠屁股坐过的地方!

毛大珠好几天都没来烦陆霜华。

陆霜华终于有了难得的安宁,他差点感动得热泪盈眶。

第四节

几天后，就是一年一度的无双美人榜公布之日。

陆霜华知道榜首肯定是倾城公主，这是毫无悬念的事情。

可万万没想到！

那巨大红榜榜首，赫然写着"毛大珠"三个字！

而绝世美丽的倾城公主，竟排在毛大珠之后，这简直是前无古人后无来者的事情！

陆霜华站在拥挤的人群后，望着红榜上刺眼的大字，气得连肩膀都在颤抖。他怎么忘记了，毛家富可敌国，什么东西买不来？！

连号称公允的无双美人榜都收钱为毛大珠办事，这世间还有什么值得相信？！

红榜悬挂在无欲殿外，进入大殿观看美人画像，是需要花钱买票入场，那门票还挺贵，但进去的人却是络绎不绝。

陆霜华也买了张票进来，这是他第一次进入无欲殿，虽起名"无欲"，殿内却金碧辉煌，华美奢靡。

首位便是毛大珠的名字，在她的名字下面，是一幅画像。

作画之人技艺高超，堪称画艺精湛，精妙绝伦，只是看着那画上女子如水的双眸，便不忍离去了。

但画上绝美的女子，根本不是毛大珠啊！

那女子虽然身材略有些丰腴，却是恰到好处，多一分嫌胖，减一分嫌瘦，她腰肢轻扭，粉唇微启，欲语还休，青丝与轻纱齐飞，宛如绝世独立的仙子。

排在第二名的倾城公主，与毛大珠的画像相比，竟显得有几分瘦弱，还真被比下去了一些。

很多人是慕名前来的外地人,并不知道毛大珠是谁,也不知道她到底长什么样,只看画像,神魂便被她勾去了大半,陆霜华听到有人发出赞叹。

"真不愧是无双美人榜的榜首,果真婀娜多姿,国色天香啊!"

"往年的榜首都不如珠儿姑娘,只看她的画像,我便深陷其中不能自拔了!"

"可是听说,珠儿姑娘已经有了意中人。"

"那又怎样?不管是谁,我都要抢过来!"

"坤元兄有所不知!这次的情敌可是丞相家的公子陆霜华。"

"什么?陆霜华,我曾有幸见过他一面,确实玉树临风,连我的初恋都视他为偶像!论外表我不如陆霜华,论家世财产,我还是不如他!也罢,只要珠儿姑娘幸福就好,能一睹这绝世风华,洒家这辈子值了!"

陆霜华的耳朵被很多声音充斥着,大多数都是羡慕嫉妒之声。

有些人以为毛大珠与陆霜华已经定了亲,纷纷流下失望的泪水。

陆霜华怒不可遏,一把拽下画像,撕得稀烂,扔在地上踩来踩去,却还是不解气。

无欲殿内顿时一片混乱,有人震惊,有人愤怒,有人绝望。

侍卫大喊着"抓刺客",冲向陆霜华,将他抓住,但陆霜华武艺高超,三两下便挣脱了。为首之人认出了他,震惊之余却也不敢对他动粗,对其他侍卫交代了几句,侍卫们便不再为难陆霜华。有人去安抚受到惊吓的群众,有人将相同的画卷重新挂在毛大珠的名字下面,有人有条不紊地维护治安。

名单上美女众多,很多美女都有着强大后援团,若是心仪的偶像没能成为第一,愤怒失望的仰慕者便会前来寻衅滋事。撕画像,那是常有的事!所以他们早就备好了上百幅一模一样的画像。

但没人想到,这次来闹事的,居然是毛大珠的未来夫君——陆霜华。

没错，江湖中已经有人听信谣言，认为毛大珠和陆霜华即将成亲。

离开无欲殿以后，陆霜华仍然气得发抖，真恨不得冲到将军府将毛大珠胖揍一顿！

正想着，毛大珠便出现在陆霜华视线里，她一蹦一跳奔向陆霜华。

地动山摇！

那些慕名前来的外地人，没一个发现她就是那绝代风华的画中仙子。

"陆公子，我得了第一，你是不是该履行诺言了？！"

陆霜华强压下内心怒火，冷冰冰地看着毛大珠："什么诺言？"

毛大珠羞涩地说："你说我得了第一，就跟我成亲！"

陆霜华气极："我什么时候这样说了！"毛大珠到底是怎么听的！

毛大珠震惊地望着陆霜华，眼中的委屈汇成了眼泪："我不管！你说话不算话，不是君子！"

陆霜华索性无赖到底："我何时说过我是君子？！"

毛大珠坐在地上，红着眼捶地撒泼："你耍赖，呜呜呜……"

眼见围观的人越来越多了，很多人是认得毛大珠的，纷纷指手画脚，对陆霜华的名声造成了极大影响！

陆霜华觉得丢脸，他想拉走毛大珠，可她实在太重了，一口气没拉起她，松了一下，毛大珠又跌在地上，她哭得更大声了。屁股好疼，可哪里比得上心疼？

毛大珠越想越伤心，哭得上气不接下气。

正在给她买糖葫芦的楚安阳听见毛大珠的哭声，远远便冲了过来，看到毛大珠灰头土脸地在地上滚来滚去，他抽出剑便指向陆霜华，言语没有半分善意："陆公子，你为何又欺负我家小姐？！"

陆霜华气极反笑："我欺负她？我能欺负得了她吗？"

楚安阳想想也觉得有道理，他能大概猜到毛大珠为何如此伤心。

还不是陆霜华毁约了呗!

虽然他本来也没承诺什么……

"有钱能使鬼推磨,果不其然……"

周围人太多,陆霜华没有直接拆穿毛大珠,但毛大珠一听便懂,只是她不明白,陆霜华为何知道她买榜呢?她以前不在美人榜上,那是因为她低调,看淡浮华虚名,这次她奋起直追,成为第一不是很合理吗?

陆霜华懒得与毛大珠多说,拨开楚安阳的剑,径直离去。

· 第五节 ·

等陆霜华走了,毛大珠也不哭了,反正哭也没用了。

她在楚安阳的搀扶下站起身,拍拍裙子上的尘土,问楚安阳:"糖葫芦呢?"

楚安阳无奈:"你还惦记糖葫芦?看你满手脏兮兮的,怎么吃?"

"我又不用手吃,我用嘴吃啊。唉,要不然怎么说你们这些武林高手有勇无谋呢,这种小事还要我教。"毛大珠好像看傻子一样看着楚安阳,脏兮兮的胖脸被眼泪冲出了两道沟壑,显得她更丑了。

楚安阳也没敢问陆霜华的事,他怕惹毛大珠伤心。

他扶着毛大珠走到糖葫芦摊子旁边,给她买了十串糖葫芦。

毛大珠张嘴,楚安阳就给她喂一颗,就这样慢慢走回了将军府。

一路上,毛大珠除了吃,一句话都没和楚安阳说过。

虽然她平时没心没肺的,可这样被心爱之人屡次伤害,谁都不好过吧……

楚安阳心中叹了口气。

毛大珠在家里好生安静了几天,没去纠缠陆霜华,也没上街强抢民男,周边百姓欢呼雀跃。

毛大虎察觉到女儿郁郁寡欢，觉得自己该出面了。

傍晚时，毛大虎走进大珠房间，看到女儿呆坐在梳妆镜前，面前金银首饰摆了一桌。毛大珠正在为挑选哪件首饰为难，她从镜中看到毛大虎的身影，艰难地转过头叫了声"爹"，最近她越来越胖了，连转头这种简单动作都做得费力。

毛大虎怜惜地"哎"了一声，开门见山地说道："大珠，明天随我进宫一趟。"

毛大珠有些吃惊："怎么了？爹，你以前入宫从来没叫过我呀。"

毛大虎慈祥地说："以前是怕进宫路途遥远，累坏了你。最近看你体力尚好，就随爹去锻炼锻炼吧。"

其实皇宫就在城里，离将军府也不是太远，但毛大珠太胖，走几步就喘得不行了，毛大虎不忍她劳累奔波，所以毛大珠一般只在毛府附近横行霸道。

可毛大珠不进宫，又怎能认识皇上，成为一国之后呢！

毛大珠不疑有他，乖乖点头。

换个环境散散心也好，还能见一见传说中美若天仙的倾城公主呢。

次日，毛大珠陪着毛大虎进宫上早朝，她没让楚安阳接送，但因为毛大虎的缘故，也没人敢向她丢石头扔鸡蛋。毛大珠顺顺利利进了宫，毛大虎上朝的时候，她就在殿外候着。

宫里好像也没什么好玩的，毛大珠四处看了看便累了，她一大早就起床梳妆打扮，此时觉得瞌睡，坐在湖边的玉石椅子上，手托腮打盹，好几次硕大的脑袋都从手上滑了下去，差点磕到石板上。

也不知过了多久，毛大珠感觉到眼前的光好像被遮住了，她迷迷糊糊睁开眼，冷不防看到面前一张脸。

那是一张惨白的脸，双眸血红，嘴里还吊着根软趴趴的红舌头。

近在咫尺！

毛大珠吓了一跳，站起身狂叫："鬼啊！"

面前那人做了与她一样的动作，只是叫声比她还大："鬼啊！"

毛大珠正欲逃跑，突然觉得不对劲，大白天哪来的鬼，况且她在皇宫啊！

她强迫自己冷静下来，仔细一看，才发现对方脸上只是戴着副漆成白色的鬼面具，显然不是真的鬼。

对方正要逃走，毛大珠连忙拉住他，那是一双带着温度的手，细腻柔软，好像还没有发育完全。

毛大珠一把揭开面具，看到一张眉目如画的脸，她的呼吸竟然停滞了一瞬间。

这是个唇红齿白的少年，绝色容貌比起陆霜华毫不逊色！

只是少年此刻正惊恐地望着毛大珠，澄澈的眸子晶莹闪烁，好像要哭出来一样。

毛大珠有些不知所措，连忙松开手，想要安慰少年："别怕，我不是鬼！谁家的鬼长这么漂亮？"

少年本来有点害怕，听到毛大珠说话，却忍不住扑哧一声笑了出来："那你是谁，我怎么没见过你？"

毛大珠挠挠头："我也是第一次入宫，我陪我爹来的，他上朝去了。"

少年说道："早朝早就结束了，现在都快晌午了。"

毛大珠大吃一惊："我睡了这么久吗？完了，爹找不到我，一定很着急的！"

胖子本来就容易出汗，毛大珠一着急，脸颊通红，满头都是汗，少年觉得她的模样更好笑了。

他绕到她身边，牵住她的手。那柔软的触感让毛大珠如遭电击，浑身都颤了一下，好像每一个毛孔都被打开，有种通透的爽快感，她觉得自己的世界拨云见日,晴空万里!

少年温柔地说道:"你爹是谁,我帮你一起找,好吗?"

毛大珠呆呆地望着少年绝美的面孔,声音轻了几分:"毛……大……虎……"

少年略微有些意外,但他也知道,普天之下有这种体型的女子,恐怕只有毛大虎的女儿了……

少年牵着她沿着湖边行走,他虽年幼,却比毛大珠还高了一些,远远看去像是一位修长少年牵着一个圆球,毛大珠太胖了,长宽高几乎等同,不过这么一来,两人在一起还有些萌萌的反差呢。

当然,要是陆霜华也能这么温柔地牵着毛大珠的手,他们的反差萌就更感天动地了。❀

第三章
毛大珠的初恋

CHONG GUAN　LIU GONG

第一节

阳光很温暖，御花园里缤纷的花草上跳跃着金色的光芒，宛如梦境。

毛大珠一直低头看着少年牵住她的手，他的手指真好看，宛如玉石雕琢。

虽然毛大珠在宫外为非作歹，但她抓来的，大多都是些手无缚鸡之力的良家美男，并无宫中之人的贵雅气质，而此刻身畔的少年显然跟那些普通男子不一样。

毛大珠听见自己的心跳声，扑通！扑通！

也不知走了多久，少年突然松开毛大珠的手。

毛大珠正在失落，却听到少年欣喜的声音："喏，那不是毛将军吗？"

毛大珠顺着少年的目光望过去，看到爹正在不远处对着平静的湖泊哭天喊地："大珠啊！我那貌美如花的大珠！你怎么这么想不开？！不就是一个陆霜华吗？！你要那么喜欢他，你跟爹说啊！爹派人把他抓回来逼入洞房！你怎么能做出这般傻事？！你怎么能抛下爹，跳湖自尽呢？！"

毛大虎一边哭喊，一边就要往那湖里冲去，要不是身后侍卫死死抱住他，他恐怕早就跳进湖里了。

毛大珠一头雾水，走过去问："爹，你干啥呢？"

毛大虎虎躯一震，僵硬地转过头来，看到女儿站在一旁，满脸的嫌弃表情。

毛大虎忍不住扑过去抱住女儿，哭得一把鼻涕一把泪："大珠！大珠你还活着！太好了大珠！"

毛大珠被勒得喘不过气来，好不容易等毛大虎哭完，她推开他："谁说我死了？"

毛大虎一边抽泣，一边指着湖边，那细碎的绿草边，整整齐齐摆着一双绣花鞋。

毛大珠忍不住笑了："爹，你怎么不看清楚呢，那鞋子也不是我的尺码啊。"

毛大虎忍不住看了一眼大珠的脚，那肥硕的脚丫子上穿着一双专门定做的超大号绣花鞋，简直是湖边那双鞋子的五倍！毛大虎向来心思缜密，可是一旦牵扯到大珠，他就乱了分寸。此时他才察觉到自己失态，抽出帕子擦了擦脸，心有余悸地说道："爹看你不在殿外，又找不到你，还以为你想不开，做了傻事……"

毛大虎说着，又忍不住抽泣起来，他不敢想象失去大珠该如何活下去。

毛大珠拍拍爹的肩膀，安慰了几句。

毛大虎在外人面前失态了，心情不太好，他很快冷静下来，看了看四周有没有认识的人，他怕这一幕被陆知秋看见，到时候他在陆家人面前抬不起头来，但好在没有认识的官员。

除了那个青涩的锦衣少年……

毛大虎表情顿时严肃起来，拉着毛大珠过去下跪："叩见皇上。"

毛大珠被爹拉着"扑通"一声跪在地上，惊讶地抬头望着面前的少年。

原来他便是当今天子——颜霄！怪不得和一般人的气质不同！

颜霄轻声说:"爱卿不必多礼。"

在毛大虎面前,颜霄一直都有些畏惧,他曾经只是个不受宠的小皇子,若不是毛大虎扶持,他早在当年的夺嫡之争中丧命。不过大家心知肚明,毛大虎扶持颜霄,只是看他年少易欺,将他视为傀儡。

毛大虎拉着大珠站起来,对大珠介绍了几句,他察觉到大珠看着颜霄的眼神发直,心中暗暗满意。

虽然陆霜华风姿卓越,但颜霄是帝王之后,遗传了其母盈妃的倾城之貌,比起陆霜华毫不逊色。而且颜霄性情温和,任凭毛家捏扁搓圆也不敢说什么,哪像陆霜华,胆敢声色俱厉地拒绝大珠。

毛大珠走向颜霄,喃喃说道:"没想到皇上长得这么好看。"

她已经完全中了颜霄的毒,根本不知道自己在说些什么。

颜霄脸一红,羞涩地说:"珠儿姐姐过奖了。"

毛大珠听得心花怒放!

颜霄的声音多好听啊,仿佛珠玉一颗颗落在她心里。

他还叫自己为珠儿姐姐!天啊,皇上居然用这么好听的声音称自己为珠儿姐姐!天啊!

毛大珠沉浸在狂喜中,想想陆霜华对自己的冷漠,再想想颜霄的温柔害羞,顿时觉得……

为啥人与人的差别那么大呢?!

毛将军看大珠与颜霄相谈甚欢,悄悄退到不远处的亭子里,喜滋滋地看着女儿与皇上"打情骂俏"。

毛大珠也没注意到爹走了,她难得进宫一次,以后可能再也遇不到颜霄了,当然要好好过个瘾。

"皇上,你皮肤怎么这么好,这就是传说中的吹弹可破吧!"

"皇上,你这块玉佩哪儿买的啊?!做工这么好,能给我也做一块吗?"

"皇上，你才比我小几个月，怎么看起来那么嫩？这手指头跟白玉似的。"

毛大珠忍不住上了手，又是戳颜霄的脸，又是摸颜霄的手。

颜霄脸红红的，轻轻避开毛大珠的咸猪手，求救般地看了一眼不远处的侍卫。那几个侍卫早就不满毛大珠调戏皇上了，碍于她的身份，没敢直接阻拦，如今看到皇上的眼神暗示，他们连忙走过来，装模作样地说："皇上，既然毛大小姐没有落水，那双鞋不知道是何人的？"

毛大珠想起这件事，顿时觉得事态严重！

她放过颜霄，问道："会不会是别的人寻了短见？！"

她看了一眼无波无澜的湖面，若有人跳湖，现在早就沉到湖底了！

侍卫前去查看一番，捧着绣花鞋走过来，说道："这双鞋是崭新的，没有穿过的痕迹，脚下甚至没有沾到河边的软泥，应该是有人刻意放在这里的。"

颜霄温和地说："大概是个恶作剧，不用查探了。"

侍卫领命告退。

湖畔有微冷的风吹来，毛大珠身体缩了一下。

颜霄脱下外衣披在毛大珠身上，他素白色的锦衣带着男性体温，让毛大珠心跳如擂鼓。

第二节

可惜毛大珠太胖了，颜霄的衣服根本没办法裹住她，只能遮住她后背的一部分。毛大珠扯了扯衣服，想要完完全全藏在颜霄的袍子里，却撑得颜霄的衣服都快破了。毛大珠觉得纳闷，此时她依旧不觉得自己太胖，只觉得颜霄的衣服怎么这么小呢？

唉，皇上什么都好，就是太瘦弱了。要多吃一点！吃得身形圆圆的，才有王者霸气啊!

毛大珠这么想着,便开口问道:"皇上,你真体贴,娶妻了吗?"

颜霄愣了愣,轻轻摇了摇头,脸好像又红了。

毛大珠顿时化身媒婆,兴致高涨:"哎呀,皇上你也老大不小了,该娶些嫔妃了!看你这么瘦弱,肯定是吃得不好,等以后三宫六院,嫔妃们争着服侍你,每天给你炖鸡汤、参汤各种汤,玫瑰酥、栗子糕各种点心,到时候皇上肯定被喂得白白胖胖,别提多诱人了!"

颜霄有些犹豫:"白白胖胖?像你这样吗……"

毛大珠用力点头,满脸自信。

颜霄沉默着没有说话,也不知道在想些什么。

气氛有些尴尬,毛大珠努力想找话题:"对了,皇上,我可以见见倾城妹子吗?"

颜霄有些疑惑,一时没反应过来:"什么倾城妹子?"

毛大珠说道:"就是传闻中国色天香的倾城公主啊!"

颜霄恍然大悟:"你说锦若啊。"

"锦若?"毛大珠愣了一下,觉得这个名字格外陌生。

颜霄笑道:"倾城公主是外人所取,宫内称她锦若长公主。"

原来"倾城公主"这个名号是外界起的名字,可见锦若长公主是真的倾国倾城。

不过毛大珠并未失去信心,她相信,这世间所有美人儿都是不同的,所谓环肥燕瘦,锦若自有锦若的优点,她毛大珠也有她的过人之处,绝不会被锦若比下去的!

毛大珠的自信,全都仰仗于毛大虎教导有方。

颜霄想了想,说道:"锦若现在大概在梅园,我带你去找她。"

颜霄带毛大珠来到梅园,这院落中冬天会开满蜡梅,但此时刚刚入秋,梅花还未绽放。

满园梅花树，清清冷冷，院中有个白衣女子在抚琴，雪纱曼妙飞舞，美不胜收。

颜霄站在门口，望着那女子发呆。

而毛大珠的视线，完完全全被锦若长公主面前站着的黑衣男子所吸引了！她甚至没看到那么显眼的一个绝世美人！

毛大珠瑟缩着退后，想要退出梅园，颜霄却唤了一声："珠儿姐姐，你去哪儿？"

毛大珠浑身僵硬，定在原地，进也不是，退也不是。

那男子回眸，看见皇上，与锦若长公主一起行了礼。

虽然他看见了毛大珠，却不怎么想理她。

毛大珠心中悲伤，这才两年未见，表哥就把自己忘了。

没错，面前那冷傲的黑衣男子，正是毛大珠的"初恋"——镇守边关的七刹军统帅林瑾天。

过了这么久，表哥还是和以前一样帅，大概是经常行军打仗，风吹日晒的，以前白皙的肌肤变成了健康的小麦色，他身形高大挺拔，有种军人的轩昂气宇，看毛大珠的眼神还和以前一样冷冰冰的，好像她是隐形人。

毛大珠突然想起自己与林瑾天那些青涩甜蜜的回忆……

"表哥，我会等你的，你一定要活着回来啊！"

"你此番话岂不是逼我战死沙场？"

"为什么这样说？表哥，你不爱我了！"

"我从未爱过，谢谢。"

"为什么？我这么好，为什么不爱我？！"

"哪里好？"

"我长得漂亮……"

"……丑。"

"你会娶我吗？"

"不会。"

"为什么？！我喜欢你那么久了。呜呜……"

"你喜欢我，我就一定要喜欢你吗？"

"你就要走了，说句好听的也不行吗？"

"别等我了，什么时候你变心了，我什么时候回来。"

"……"

毛大珠越想越不开心。

记忆里明明应该是甜蜜的回忆啊！

怎么真的回忆起来，全都是不堪入目的悲剧！

林瑾天和颜霄聊了几句，完全无视毛大珠。

毛大珠沉浸在悲伤的回忆里，也不想主动和林瑾天搭话。

锦若长公主不知道毛大珠是何人，但看她胖乎乎的其貌不扬，以为只是个侍女，也没有放在心上。她轻声细语地与林瑾天说话，林瑾天在回她话的时候，居然可以那么温柔，毛大珠几乎要惊呆了！

在她印象里，林瑾天不是这种性格啊！

怎么两年不见，他音容未改，性情却大变！

到底发生了什么事？！

毛大珠忍不住插话："表哥，你什么时候回来的，怎么也不告诉我。"

林瑾天冷淡地说："我回不回来，都与你没有关系吧。"

毛大珠嘟嘴："可我一直惦记着你呢。"

林瑾天挑眉："惦记我做什么？你不是有了陆霜华吗？"

毛大珠眼睛一亮："你可是知道我和陆公子的事情，心里吃醋，所以连夜赶回来！"

林瑾天太阳穴跳了一下,毛大珠真能曲解他的意思,他分明是知道毛大珠移情别恋,心花怒放!那喜悦程度简直跟六十岁高龄喜得贵子一样!但碍于公主在旁,他也不好对毛大珠说些恶劣的话,只得淡淡说道:"因为你变心了,我终于敢回来了,就这么简单。"

林瑾天的残忍程度简直不亚于陆霜华!

· 第三节 ·

毛大珠想起这两位令她倾心的男子都对她拒之千里,悲从中来,但她依旧坚决地说道:"表哥,虽然现在我有了陆公子,但我不会忘记你的,毕竟对于一个女人来说,初恋的地位是无法撼动的。"

林瑾天的脸色很难看:"什么初恋?谁是你初恋?!"

毛大珠好像听不见林瑾天的话,她嘴角绽开笑容,宛如回忆到什么幸福的事情:"我不会忘记我们在一起的过去,那时候我天真烂漫,你器宇轩昂,我们一起追蝶逐月,骑马射箭……"

林瑾天从牙缝里挤出一句话:"那时候我怎么没射死你?!"

毛大珠睁着水汪汪的小眼睛看着林瑾天:"你说什么?"

林瑾天深吸一口气,强迫自己不要动怒,他可不想吓到锦若:"过去的事,不要再提了。"

毛大珠发现林瑾天并没有变,他还是和以前一样对她凶巴巴的,也许他只是对锦若长公主态度好一些。

想到这些,毛大珠有些失落,她望向锦若长公主,左看右看,根本没觉得锦若长公主比自己漂亮!

不就是眼睛大一些,皮肤白一些,嘴巴小一些吗?

她那么瘦,纤腰不堪一握,表哥身强力壮的,压死公主不是分分钟的事吗?

可他怎么会压死公主……

毛大珠老脸一红,知道自己想歪了,心里觉得有些对不起长公主。

锦若并不知道她在想什么,轻声说道:"你就是毛将军的千金吗?"

毛大珠点点头,她心中已经将锦若长公主视为强劲的竞争对手,故而态度谨慎。但锦若长公主真是好温柔,她与毛大珠年龄相仿,却完全不是一个类型,听她说话身子都要酥了,怪不得男人都喜欢她。

毛大珠很快便放松了警惕,林瑾天和颜霄议事的时候,毛大珠便拉着锦若到一边玩耍。

锦若长公主刚才听到陆霜华的名字,一直有些疑惑,此时找到机会,才问毛大珠:"刚才林将军说你有了陆霜华,是什么意思?"她久居深宫,大门不出二门不迈的,对外界的事情所知甚少,况且也没人告诉她。

毛大珠蹲在地上玩泥巴:"没什么啦,就是外面在传我和陆公子有一腿。"

锦若长公主掩唇笑道:"那到底是有,还是没有呢?"

毛大珠想了想,老老实实说道:"实质性的发展还没有,但我心里是很想有的。"

锦若长公主若有所思地点点头,她蹲在毛大珠身边,如雪的白裙也沾上了泥巴。

毛大珠蹲在地上还是挺费力的,好像一个肉球,浑身的脂肪都在压迫心脏,但锦若就蹲得轻松优雅。毛大珠这时才逐渐发现了锦若与她的不同之处,她行动不便,走几步就喘,锦若却身轻如燕,什么高难度动作都做得了。

林瑾天和陆霜华喜欢她也是有原因的。

到了洞房那天,当然是锦若娇柔易推倒了!

毛大珠又一次想歪了,看着锦若那清澈如水的大眼睛,突然觉得自己好猥琐。

和长公主比起来，自己真是卑鄙无耻下流肮脏！怪不得连无双美人榜都将长公主捧上榜首！

毛大珠有些心虚，她不知道公主是否喜欢陆霜华。进宫之前，她还挺自信的，遇到锦若之后，她突然有些怀疑自己了，要是锦若喜欢陆霜华，他肯定不会严词拒绝。谁会忍心拒绝这样水一般的美人儿呢？

毛大珠迟疑着开口："长公主不吃醋吗？"

锦若愣了一下，眸心波光粼粼宛如碧水："为什么吃醋？"

毛大珠说："听说长公主与陆霜华有婚约，那我就是你的情敌，情敌见面怎么能不吃醋呢？！"

锦若笑道："那都是小时候大人们随便说的，不作数，你要是不提起，我都忘了呢。"

锦若笑起来真美，仿佛满园的梅花都开在她的眼底，璀璨斑斓。

毛大珠异常开心，听到锦若的回答，她觉得她眼里的长公主比初见时更美了。

她看了看不远处正与颜霄说话的林瑾天，那完美的侧脸在日光映照下，仿佛镀了一圈金边。毛大珠又想起陆霜华，一个是战场出生入死的将军，一个是文武兼备的世子，出身环境都不一样，按理说应该是截然不同的两个人，怎么性格都差不多呢？

她心生好奇，忍不住问锦若："你说，现在是不是流行高冷美男？"

锦若不明所以地望着她。毛大珠解释道："你看，林瑾天和陆霜华都是万千少女追捧崇拜的梦中情人，可他们全都冷冰冰的，对人爱理不理，那性子，简直一模一样！是不是现在的女孩子就吃这一套？"

锦若惊讶地看着毛大珠："他们不一样啊。"

毛大珠也惊讶地看着锦若长公主："怎么不一样？"

锦若柔声说道："陆公子温文儒雅，林将军和蔼可亲，他们一点都不高冷。"

"什么？！"毛大珠难以置信。

公主口中说的那两个人，和她认识的，真的是相同的两个人吗？

毛大珠追问："你口中所说的，温文儒雅的陆公子，是丞相陆知秋的儿子陆霜华吗？"

锦若认真地点点头，毛大珠又问："那你说的和蔼可亲的林将军，是我的表哥林瑾天吗？"

锦若继续点头，那双潭水般深黑的眸子里写满了肯定。

毛大珠觉得自己心里哗啦啦碎成了渣。

原来他们只是在她面前冷漠残忍，在锦若长公主面前，全都是绝世难寻的好男人啊！

毛大珠哀怨地看了一眼林瑾天，她不想再理他了，也不想待在宫里了。

啊！突然觉得，活着好没意思啊……

啊！连好吃的红烧肉也提不起她的兴趣了……

不对，想起红烧肉，毛大珠还是忍不住吞了口口水，突然想起来自己还没吃午饭。

这事想不起来还好，一想起来，毛大珠就觉得浑身力气跟被抽干了一样，肚子咕噜噜地叫，差点瘫倒在地上。

· 第四节 ·

毛大珠艰难地起身，锦若连忙搀扶她，只是毛大珠太重了，锦若又太瘦弱，根本搀不起毛大珠，这可是几百斤的肉球啊！锦若差点被毛大珠连累，一起滚到地上,还好林瑾天察觉有异,眼疾手快地扶住她们。

不,不是她们……

而是她——锦若长公主一个人。

毛大珠便重重摔在地上,屁股好像摔成了两半。

毛大珠抬眼便看到锦若正靠在林瑾天怀里,长公主的脸颊白里透红,也不知道是不是在害羞,而林瑾天则拉着她左右检查,看看她有没有哪里受伤,他如此专注,眼里仿佛没有别人。

毛大珠心里难过,再加上林瑾天如此放肆地偏心锦若,她越想越伤心。正准备大哭,突然有人牵住她的手,她抬起含泪的眸子,看到颜霄半跪在她面前,担忧地问:"珠儿姐姐,你哪里疼?我给你揉揉。"

毛大珠抽泣着说:"屁股疼。"

"……"

毛大珠看颜霄没说话,觉得委屈,鼻子抽了抽,又准备放声大哭。

颜霄突然捏住她的鼻子,笑盈盈地说:"别哭啦,姐姐还是笑起来比较好看呀。"

毛大珠惊呆了!她甚至忘记了哭,耳边萦绕的全是颜霄真挚的话语——姐姐还是笑起来比较好看呀……

笑起来好看……

好看……

毛大珠不哭了,眼泪挤都挤不出来。

罢了,虽然林瑾天不疼惜自己,还有颜霄宠自己爱自己,此生足矣。

她扶着颜霄的手缓缓站起来,看到林瑾天还拉着锦若的手,他们郎才女貌,看起来赏心悦目,但毛大珠就是觉得不爽!这对野鸳鸯,居然在皇上面前做这种苟且之事!到底懂不懂礼义廉耻!

毛大珠恶狠狠地咳了几声,林瑾天没理她,她咳得更厉害了,仿佛一只

· 051 ·

病重的鹌鹑，连肺都要咳出来了。

林瑾天冷淡地看她一眼，终于松开了锦若。

毛大珠觉得自己受到了一万点伤害！

那是什么表情，在炫耀自己与锦若长公主互生情意，在鄙视她是可悲的单身狗吗？！

嚣张个屁啊！她毛大珠才不是没人要！

毛大珠心中愤愤不平，更紧地挽住了颜霄的手臂，完全没注意到皇上被她勒得脸色发白。

晚上回到将军府，毛大珠坐在院中发呆，楚安阳拿来点心，她都没有胃口，只吃了两筐就吃不下了。

毛大虎站在院门口，看到女儿萎靡不振的模样，心中泛起丝丝疼惜。

在宫里的时候，大珠不是和皇上相谈甚欢吗？走的时候，她依依不舍地拉着皇帝的手，很久都没有放开。毛大虎以为女儿会很开心，他以为大珠会忘掉陆霜华，没想到大珠情深义重，真是令他唏嘘不已……

毛大虎叹了口气，转身离去，暗红锦袍在风中猎猎飞扬。

毛大珠趴在冰凉的石桌上，脚下全都是点心碎屑，几乎将她的绣花鞋埋了进去。

楚安阳不忍地拉起她："小姐，你怎么了？困了就进屋睡吧，院里太凉。"

毛大珠抬眸看了一眼楚安阳俊美的面孔，叹息："唉，你不懂的。"

楚安阳皱了皱眉，他从来没有见过毛大珠这副样子。

"小姐，在宫中到底发生了什么事，为何你回来就变了副模样？是做错事被皇上训斥了？还是想吃肉了？"楚安阳说到这里，突然大惊失色，"小姐，你不会为了减肥，又打算把自己饿得奄奄一息了吧！不行，绝对不行！你不能再瘦了！会出人命的！"

楚安阳说得真诚，放在平常毛大珠一定会惊惶地冲到厨房觅食，今天却无精打采地看着楚安阳。

"安阳,你说,我真有那么瘦吗?"

"真的,小姐不信的话可以随便在府里拉个下人问问!"

"可为什么陆霜华说我又丑又胖?"

楚安阳的表情僵了一下,突然觉得不知该如何编下去。

他硬着头皮说道:"也许是陆公子喜欢骨瘦如柴的女子,小姐,你可千万不能变成那样啊!"

毛大珠偏着头看他:"可是我看街上的姑娘都是骨瘦如柴,只有我身材正常,好像有什么不对劲……"

楚安阳有些心虚,不敢与毛大珠对视,他移开视线,望着天边银白的残月,赔笑说道:"大概是城中流传瘟疫,导致她们无法吸收营养,故而越来越瘦,还好小姐健健康康的。"

毛大珠盯着楚安阳,看到他一袭青衣,身材绝佳,即使隔着布料都能看出他肌肉的弧线,她忍不住吞了口唾沫。寂静的院落中,她吞咽的声音格外清晰,楚安阳吓得后退一步,下意识地护住了胸。

毛大珠有些不开心:"你干什么?离我那么远,我又不吃人。"

楚安阳心中天人交战,良久,没有往前挪动。

还好,毛大珠没有计较。

· 第五节 ·

毛大珠低头看着自己硕大的绣花鞋,喃喃道:"可你也很瘦啊,到底是什么瘟疫,我怎么就没感染上呢?在陆霜华之前,从来没人说过我胖,你们都说我貌美如花,可我如果真的貌美如花,陆霜华为什么对我那么冷漠呢?

· 053 ·

表哥为什么屡次拒绝我呢？我真是想不通。"

楚安阳没敢说话，虽然初秋的天气微冷，但他额头依旧有汗流下来。

毛大珠继续说道："今天我我看到传说中的倾城公主了，其实我也没有觉得她多漂亮，脸色白得像鬼，手脚瘦得跟麻秆一样，好像风大一点就会被吹跑。可她说起话来轻声细语的，听得人骨头都酥了。她摔倒的时候表哥紧张得很，扑过去就把她死死揉进自己怀中，完全不管我的死活。"

毛大珠话语中有几分夸张的成分，那是她为了泄愤，将林瑾天的行为说得跟自己看过的小黄文一样，她特意用了"揉"这个字，随后又觉得自己才华横溢，心中有些得意，等着楚安阳夸她。

楚安阳却没说话。

他没见过倾城公主，但听毛大珠描述，就知道公主一定是雪肌玉肤，纤瘦美丽，宛若仙子。

毛大珠见楚安阳发呆，推了推他："楚安阳，你在想什么？"

"哦，没什么。"楚安阳回过神来。

怕毛大珠怀疑，他连忙说："我在想，公主与小姐的美有所不同，陆霜华和林瑾天恰好喜欢公主那种类型，小姐一定也会遇到喜欢你这种类型的！"

毛大珠若有所思。

她突然想起颜霄，他带着暖意的手指牵住她的手，带笑的绝世容颜温柔无比……

他说，珠儿姐姐还是笑起来比较好看……

毛大珠脸一红，心中忽然雀跃："对！你说得没错！我觉得我已经找到了！"

"是谁？！"楚安阳一惊，他只是随口说说罢了。

毛大珠又把四五块栗子糕塞进嘴里，边吃边说："就是当今圣上——颜霄。"

楚安阳眉头微微皱了一下,他不知道这是丞相谋划的,还是皇上迫于毛大虎的淫威……

但他知道,毛大珠身为镇国将军的独女,成为皇后,并不是没可能的事情。

"哎呀,安阳,你的表情别那么严肃,我也不是移情别恋了……"毛大珠扭扭捏捏地搓着衣角,脸颊上紫红色的胭脂也遮不住她羞涩的红晕,"我就是听你那么说,觉得皇上对我挺好,他应该喜欢我这种类型吧。"

"皇上……怎么对小姐好了?"

"他拉了我的手,还说要揉我的屁股。"

"……"

楚安阳不相信毛大珠说的话。

听说皇上还是个青涩少年,怎么可能揉毛大珠的屁股?!

况且,谁对毛大珠的屁股下得了手啊!

但看着大小姐粉面含羞的模样,楚安阳也不敢多说,他咬牙切齿地拍着马屁,为毛大珠鸣不平:"小姐貌美无双,连皇上都把持不住!陆霜华和林瑾天真是没眼光,将来一定会后悔的!"

毛大珠也坚定地点点头,突然觉得心情超棒!

开心就要吃肉!

不开心也要吃肉!

肉乃幸福的源泉!

毛大珠挽住楚安阳的胳膊,哈哈大笑:"走!陪我去吃肉!"

次日,吃过午饭后,毛大珠突发奇想,要楚安阳教她,怎样才能成为锦若长公主那样的美人儿。

她以为她和锦若美貌程度相同,只是环肥燕瘦,风格不同。

她以为自己粗浅学习两天,就可以化身娇弱美女,引得陆霜华刮目相看。

楚安阳百般劝说无效,只能硬着头皮接下这个苦差事。

闺房里,毛大珠端坐在她的雕花大椅上,肚皮吃得圆圆的,她低头看到自己鼓起的肚皮,刻意驼了驼背,自以为藏起了一身脂肪。毛大珠粗声粗气地说道:"开始吧,小安子!"

楚安阳摇摇头:"这第一句话就不对!小安子,那是称呼太监的,你应该叫楚大哥。"

"对哦。"毛大珠聪明剔透,一点即通,"楚大哥……陆大哥……林大哥……"

楚安阳继续说道:"还有,女孩子应该显露柔弱,别什么事都争着去做。小姐一直在说锦若长公主,虽然我没见过她,但美女的言谈举止自然和普通人不一样。说话的时候必定温言软语,那眼神流转之间,宛如碧波春水,花开刹那,盈盈一笑,倾国倾城……"

"对!对!"毛大珠越听越激动,"楚大哥说得极是!"

楚安阳给毛大珠布置了第一个作业:"小姐,你来笑一个。"

毛大珠抚着肚皮,使出吃奶的力气,放声狂笑:"吼哈哈哈哈!"

将军府地动山摇,惊起树上的鸟儿,满树枯叶纷乱飞舞,顿时院中树木变为光秃秃一片。

楚安阳头上滴下汗来。

毛大珠发现楚安阳没有用赞许的目光看着她,疑惑地问:"有什么不对吗?"

笑得太大声,毛大珠的嗓子都哑了,说起话来更难听了。

楚安阳深吸一口气,强迫自己保持微笑:"小姐,是轻笑,不是狞笑……"

"轻笑?"毛大珠皱起眉,挫败感让她开始烦躁,"啥是轻笑?"

楚安阳以手掩面,咯咯咯地轻笑,狭长凤目,风情流转,还真是令人心动。

毛大珠依葫芦画瓢,以手掩面,咯咯咯地狞笑,好像一只打鸣的公鸡。

毛大珠也不知道自己笑得好不好看，因为楚安阳没说话，只是一张俊脸白得吓人。

毛大珠关切地问："楚大哥，你是不是便秘？"

楚安阳悲痛地摇头："我只是看到小姐进步神速，感动得不知道说什么……"

毛大珠与楚安阳击掌庆祝："放心吧，本小姐冰雪聪明，学什么都很快的！"

楚安阳猝不及防，差点被毛大珠的巨大掌力击倒，还好他内功深厚，换作一般人肯定会飞出好远。

毛大珠对着镜子练了几日，连吃饭时都不忘苦练，毛府时不时传出她"咯咯咯"的笑声。

毛大珠觉得楚安阳能笑得那么好看，她自己冰雪聪明，肯定也学到了七八分精髓。

将陆霜华勾引到手，指日可待！❀

第四章
恭喜未来皇后

第一节

陆霜华以为毛大珠不喜欢他了,满心欢喜。

可是没逍遥几天,那个阴魂不散的女人,又出现在了陆府!

空寂的院落中,明月清辉,洒落一地皎洁的光。

陆霜华一袭素衣站在月光下,冷眼看着背了半筐药草的毛大珠。

毛大珠擦擦头上的汗,假惺惺地说道:"哎呀,陆大哥,真是巧啊,居然在这里遇见你。"

药草并不重,但毛大珠人胖体虚,只是背了一会儿装装样子,就累得满身大汗,浸湿了脚下一大片青石地板。她脸上的胭脂和唇脂也花了,一片红一片白的,在月光下跟鬼一样。

"巧?"陆霜华冷笑,"你在我家遇到我,这算什么巧?"

"陆大哥,你别这么说嘛。"毛大珠扶一扶头上的大红花,按照楚安阳给她的剧本努力演下去,"珠儿上山采药,回家路上凑巧遇到你,这药草太重了,珠儿精疲力竭,能否麻烦陆大哥帮我背回去?"

陆霜华眯了眯眼，突然觉得今天的毛大珠有些古怪。

"你这体型爬得上山吗？还上山采药，恐怕还没走到山脚下就累死了吧。而且这草药重吗？全都是晾干的，你刚刚自己去药铺买的吧！刚采下来的草药根本不长这样，你也不可能凑巧遇到我。老实交代，你到底有什么目的？那些草药是什么东西？有毒的对吧！一定是有毒的！"

陆霜华越想越觉得可疑，抽出宝剑对着毛大珠。

"你这毒蝎妖女！别想骗我上当！"

毛大珠嘴角抽了抽。

这和剧本里不一样啊！

但她依旧想做最后挣扎："陆大哥，你在说什么啊？珠儿怎么会做那种事情呢，咯咯咯咯……"

毛大珠还没笑完，只觉脖子一凉，陆霜华的俊脸近在咫尺。

杀气！

浓重的杀气！

毛大珠浑身僵硬，动也不敢动，脖子上抵着的是陆霜华的宝剑。

她看到剑鞘上的青色玉石，可不就是自己送给陆霜华的那把无极青霜剑嘛！

"你你你……你要干什么？！"毛大珠的声音带着哭腔，"陆霜华，你可不能乱来啊，你要是杀了我，我爹不会放过你的。呜呜呜，你这个始乱终弃，抛弃糟糠的坏男人，呜呜呜，亏我还这么喜欢你……"

毛大珠越想越伤心，顾不得脖子上的剑，放声大哭。

谁始乱终弃？！谁抛弃糟糠？！毛大珠真会扯！

陆霜华低吼一声："闭嘴！"

毛大珠立刻噤声，看着陆霜华凶巴巴的模样，她扁着嘴，努力忍住不哭。自己可是将门千金，一定要坚强，要在陆霜华这个刽子手面前视死如归！

自己死了,爹一定会为自己报仇的!

毛大珠紧紧闭上眼,宝剑破风而来,毛大珠以为自己要死了,殊不知肩膀轻了一下,背在身后的药筐掉在了地上。毛大珠眼皮颤抖着睁开,看到陆霜华砍落了她的药筐,正用宝剑在里面谨慎地扒拉着。

"归吾子、山桃枝、宁参、蛹砂……"

陆霜华眉头紧皱,他略通医术,这都是些常见的草药,并没有毒性。

陆霜华察觉到自己好像冤枉了毛大珠,表情僵了一下,但他不肯在毛大珠面前示弱。

陆霜华转向毛大珠,冷冷问道:"这些草药是用来做什么的?"

毛大珠哭丧着脸,老老实实回答:"诱你跟我回将军府的。"

陆霜华眯了眯眼:"为什么诱我?"

毛大珠说:"我让厨子做了卤猪蹄,想跟你一起吃。"

陆霜华面色一沉:"我不喜欢吃卤猪蹄!"

毛大珠望着他,抽了抽鼻子,似乎又要哭了。

陆霜华冤枉了她,本来心中有愧,见她又要哭了,心里更加烦躁,下意识地捂住她的嘴,也不在乎她猩红的唇脂沾在了他的手心:"好了,以后有事直接跟我说,别偷偷摸摸撒谎骗人。"

陆霜华居然摸了她的嘴!

毛大珠惊呆了!

她抑制住了泪水,满心悲愤化为欢喜。

楚安阳在门外久等不见毛大珠出来,心中有些担心。

他知道自己的剧本有那么点问题……

他是想跟着大小姐一起进去的,可是大小姐执意不肯。

现在也不知道大小姐是不是被陆霜华灭口了……

楚安阳握住剑鞘,忍不住想冲进去救毛大珠,突然看到一个圆球从丞相府滚出来……

哦，不，是毛大珠欢天喜地地奔出来，她嘴里还哼着小曲儿，仔细一听根本不押韵，显然是她现编的："大妹子美哟，大妹子浪，大妹子今晚把郎睡；大妹子美哟，大妹子俏，大妹子明晚还要把郎睡……"

毛大珠居然毫发无损地出来了，太出乎楚安阳的意料了！

他迎上去，看到毛大珠喜滋滋的模样，试探着问："小姐，陆公子没把你怎么样吗？"

毛大珠摇头，在夜晚无人的街上咯咯咯地笑："我这么萌，他哪里忍心对我怎么样呢？安阳，你太厉害了，我按照你教我的剧本一说，陆霜华就被攻陷了！你没见他看我那小眼神，哎呀，真是淫荡啊！"

楚安阳心中一震，就算毛大珠这样说了，他还是不相信！

陆霜华怎么可能对毛大珠露出淫荡的眼神，他又没中毒……

就算是中了必须男女交合方可解毒的合情欢，对着毛大珠，他也下不了手啊……

楚安阳嘴唇颤抖着问："府中，究竟发生了什么……"

毛大珠兴高采烈，夸大其词："也没什么啦，就是陆霜华他摸了我的嘴……"

她粗胖的手指摸了摸自己的嘴唇，仿佛回忆到什么甜蜜的事情，满脸的娇羞。

第二节

院落中，草药散落一地。

陆霜华唤人前来打扫，他倚门而立，看着地上的竹筐。

他本不该同情毛大珠的,可确实是他不对,居然不分青红皂白就冤枉了她……

唉,他多心什么啊,毛大珠怎么会毒害他呢,他应该早就看清那些草药的……

归吾子,无毒,可益肾填精,利尿消石。

山桃枝,无毒,可滋阴补肾,对便秘有奇效。

宁参,无毒,可健脾益肺,强精固肾。

蛹砂,无毒,用于肾虚咳嗽,腰痛阳痿……

陆霜华突然抽出宝剑,一剑砍在墙上,划出一道深深的印记。

他目光阴冷,从牙缝里挤出一个名字——毛大珠!

这个女人用心险恶,居然背着一筐壮阳药来他家,恬不知耻地想诱他去将军府!

而他不但放过了她,甚至还以为自己冤枉了她,心中隐隐有些愧疚……

他到底在愧疚什么?!对毛大珠那样的女人,根本不应该有半点同情!

就算将她千刀万剐,也不解他心头之恨!

自从陆霜华"摸"了毛大珠的嘴巴以后,她连嘴也不擦了,吃东西的时候嘴巴张得很大,把鸡腿撕碎了小心翼翼地放进去,生怕不小心抹去陆霜华留下的痕迹。

毛大虎从饭桌上抬起头的时候,正看到毛大珠龇牙咧嘴的惊悚表情。她腮帮子里塞了俩包子,咧着嘴唇露出牙龈,跟即将发狂的恶狼一样,要多可怕有多可怕!

毛大虎吓得差点从椅子上滚下去。

毛大珠含混不清地问:"爹,你咋了?"

毛大虎心有余悸地摇了摇头，低头看着自己碗里的米饭，却怎么也吃不下了。

毛大珠从筐里取了个肉包子递给毛大虎："吃啊，爹！"

毛大虎接过包子，突然觉得很心酸。

一定是大珠追不到陆霜华，受尽打击，连吃相都变丑了。

毛大虎叹息着说："大珠啊，明天再随爹进宫一趟吧。"

毛大珠瞪着眼睛看爹："怎么又要进宫，宫里又没什么好玩的？"

毛大虎循循善诱："有皇上啊，几日不见，你不想皇上吗？"

毛大珠想起颜霄，口水忍不住流了出来，没有嘴唇兜住，口水从牙缝里淌出来，一副智障儿童的模样。毛大虎越发心疼女儿，取了块抹布抹了一把大珠的嘴："看你吃得到处都是。"

毛大珠惊得呆在那里，一张胖脸顿时惨白如纸。

"啊啊啊啊！爹，你知道你做了什么吗？！"

"什么？"毛大虎将抹布丢掉，抬眸看到女儿的表情终于不再狰狞，很是欣慰。

"你抹掉了陆大哥的痕迹！啊啊啊，我好几天没漱口了，就为了保存他的气息啊！"

"哦，"毛大虎淡淡应一声，"抹掉也好，省得你对他还留有痴念。"

毛大珠欲哭无泪，包子也不吃了，哭丧着脸跑回了屋子里。

第二天，毛大珠本来赌气不想进宫的，但是毛大虎说颜霄病了。

朋友生病怎么能不去看望呢？毛大珠不愿做那种残忍冷漠的人！于是她美美打扮了一番，跟着毛大虎进了宫，由于还对昨日的事情耿耿于怀，毛大珠一路上没和毛大虎说几句话。

毛大虎也没计较，毕竟是他最心爱的女儿。

他只想为大珠铺好路，让她有个光辉灿烂的未来……

颜霄知道毛大虎进宫，强撑着病体前来迎接他，他一袭白色单衣，站在殿里身体微颤，好像一阵风就能将他吹倒，毫不修饰的黑发泻落肩头，苍白的脸颊，微微泛着病态的红。

毛大虎假惺惺地扶住颜霄，说道："陛下病得如此严重，怎么能随便下床呢？"

颜霄乖巧地说："朕没什么大碍，只是偶感风寒，让爱卿担心了……"他说着还咳了几声，看起来虚弱无比。

毛大虎扶他上床："陛下快快躺下，让大珠给陛下号号脉！"

毛大珠一脸懵逼，就被毛大虎推到了颜霄面前。

号什么脉？谁会号脉？爹到底在说什么啊？！

毛大虎使了个眼色，毛大珠只好硬着头皮抓住颜霄纤瘦白皙的手腕。迎面看到他水汪汪的眸子，好似碧波秋水，让毛大珠的心脏猛地一跳，她忍不住抓紧了颜霄的手。看着他憔悴的容颜，毛大珠眼中含泪，她已然置身情境之中，幻想自己正在与深爱之人生离死别。

"陛下……"

毛大珠声音哽咽，心里那句"臣妾会等你的，陛下千万不要死"还未说出口，身后就传来毛大虎的声音："大珠，陛下怎么了？不是说小小风寒吗，你哭什么？"

"啊？哦……对……只是小小风寒……不碍事的……"

毛大珠从幻想中醒来，庆幸自己没有太失态。

可是皇上真是太诱人了，他躺在铺着白色丝绸的大床上，衣领微开，可以看到他白玉般的肌肤，唇瓣虽然有些苍白，却依旧娇嫩如玫瑰花瓣，真是身娇体柔易推倒的绝世少年啊！

毛大珠不由得看呆了，甚至忘记松开颜霄，直到他轻轻抽出手。

毛大珠回过神来，心虚地说道："陛下没事，休养休养就好了……"

毛大虎趁机赞叹："哎，不愧是我家大珠，真是医术高超啊！"

毛大珠不好意思地挠挠头："爹，你过奖了，珠儿只是略懂皮毛罢了……"

颜霄没有说话，他双眸微合，看起来有些累了。毛大虎却不肯放过他，装模作样地叹息："陛下体弱多病，还好这次有大珠在身边，要不然可怎么办啊？微臣真为陛下担心。"

颜霄轻声说道："无妨，朕身边有太医，不用劳烦珠儿姐姐。"

毛大虎见颜霄装傻，忍不住直截了当地说道："陛下已经到了封后纳妃的年龄。"

颜霄抬眸望向毛大虎，脸色越发苍白，嘴唇动了动，却没有发出声音。

毛大虎拍拍大珠圆润粗壮的肩膀，朗声说："陛下看我们大珠如何？！"

颜霄看了毛大珠一眼，那墨黑的双眸晶莹如珠玉，却暗无光彩。

毛大珠心中一窒，生病的颜霄真是让人心疼啊。

不过……

爹在说什么？

还不等颜霄回答，毛大珠便瞪着毛大虎问："爹，你在说什么呀？"

毛大虎慈祥地说："爹看你与陛下性情相投，恰好你们也都到了适婚年龄，所以爹问问陛下的意思，要是没意见的话，就择日举行册封大典吧。"

听到毛大虎的话，候在一旁的侍女太监全都吓白了脸，但他们知道毛大虎只手遮天，他说的话几乎等同于圣旨。

皇上不敢拒绝，甚至不敢多问一句，他只是紧紧抿着唇，紧得好似要滴出血。

万万没想到！

胆敢拒绝的人居然是毛大珠！

她气得直呼她爹的名讳："谁安排的？毛大虎，你和我商量了吗？！"

毛大虎有些意外，但他也能理解，大珠情深义重，必不能轻易忘掉陆霜华。他并没有生大珠的气,爱怜地抚摸她的头发:"跟你商量有什么用,难道你不想嫁给皇上?"

听到"嫁给皇上"四个字,毛大珠有些动心。

可想到陆霜华曾那么温柔地抚摸她的嘴,她又用力摇了摇头。

"不行不行,我有陆霜华呀,怎么能见异思迁呢?"

毛大虎苦口婆心地劝道:"大珠,陆霜华配不上你,只有皇上才与你相配。"

毛大珠望着爹:"可皇上还小,我只把他当弟弟的。况且我们才认识,还不熟啊。"

毛大虎皱起眉:"皇上会长大的,感情也是可以培养的,你可要为自己将来打算啊。"

毛大珠就是听不进去,她泪眼汪汪地望着毛大虎,觉得爹是拆散苦命鸳鸯的大恶人。

毛大虎有些烦躁,他可不想在颜霄面前与大珠争吵,不想让别人看毛家笑话。

这丫头真是的,明明给她找了个绝佳的归宿,她竟然拒绝!这让他的面子摆在哪里?他连皇上都能随意摆布,怎么能被自己女儿牵着鼻子走?

毛大珠转身想走,毛大虎拉住她的胖手,怒道:"你去哪儿?给我回来!"

毛大虎功力深厚,毛大珠挣脱不开,她回头恶狠狠地望着毛大虎,眼里满是不屈的泪水:"爹要抛弃我了,肯定是嫌我吃得太多。我要去找陆霜华,让他收留我!"

"荒谬!"毛大虎死死箍着毛大珠的手腕,气得口不择言,"你去找陆霜华也没用!他根本不喜欢你!大珠,你醒醒吧!就算你以死相逼,陆霜华也不会多看你一眼的!"

爹的话太残忍,毛大珠忍不住"哇"的一声哭了出来。

"你骗人！陆霜华对我很好的，他还摸我的嘴！他要对我负责的！"

毛大虎松开大珠，怒极反笑："那你去找陆霜华问问，看他肯不肯娶你！"

毛大珠气呼呼地转身："去就去！"

第三节

毛大珠独自一人离开皇宫，守在宫门口的楚安阳见大小姐哭哭啼啼地奔出来，很是纳闷，迎过去问毛大珠："大小姐，发生什么事了？你怎么哭成这样啊？"

"爹欺负我！"毛大珠抽泣着爬上轿子，"你带我去找陆霜华！"

楚安阳不敢怠慢，立刻指挥下人抬着轿子来到丞相府。

陆霜华约了锦若长公主喝茶，听到门响，他以为长公主来了，亲自打开大门，却看到毛大珠扑进自己怀里。陆霜华猝不及防，一下子被毛大珠扑倒在地，骨头咯吱作响，也不知道断了没有。他怒视毛大珠，正想出言训斥，却见她满脸是泪。

陆霜华愣在那里。

他向来心软，就算不喜欢毛大珠，看到她的眼泪，满腔怒气也只能闷在心里。

毛大珠抱着陆霜华，呜呜地哭着，她几百斤的重量压得陆霜华快要吐血。

陆霜华用力推了推，毛大珠纹丝不动！

陆霜华只得侧了侧身，让毛大珠从他身上滚下去。

他站起身，看到崭新的白色锦衣满是灰土，也顾不得去换衣服，使出浑身力气拉起毛大珠，没好气地说："你怎么了？"

毛大珠脸上挂着泪珠，可怜兮兮地说："陆大哥，你带我走吧。"

陆霜华一头雾水:"带你去哪儿?为什么要带你走?"

毛大珠理直气壮地说:"你摸了我的嘴,要对我负责的。"

陆霜华脸色一黑:"我什么时候摸你的嘴了,青天白日你可别污蔑我!"

毛大珠异常委屈:"就是前几天我采药过来找你,那是我的初吻,你怎么能忘了呢?"

不提这茬还好,一提起来,陆霜华就气得牙痒痒:"什么初吻?你可不能乱说,我最多是捂住你的嘴!捂嘴和摸嘴根本是不同的概念!跟吻就差得更远了!"

"我不管,你摸了我,就要对我负责!"

毛大珠连"嘴"这个字都省略了,说出来特别引人误解。

陆府的丫鬟、家丁在一旁偷听,脸上皆是震惊之色。

陆霜华怒视毛大珠,虽然愤怒,但他不想把事情闹大。

"你要我怎么负责?你要多少钱,我赔给你就好了。"

毛大珠愤愤然:"女孩子的初吻,难道就值你几个破钱吗?!"

"我再说一遍,你的初吻和我没关系!就算过五十年,你的初吻也还在!"

"呜呜,你不想负责没关系,为什么要说得那么恶毒?我爹让我嫁人,我很快就不再属于陆大哥了。带我私奔吧,我们逃得远远的,让我爹再也找不到我们!"

毛大珠此时脑补着自己是爱上穷小子的地主千金,被自私贪财的爹卖给城中恶霸。她凄苦地拉住陆霜华,却被他面无表情地甩开:"哦?毛大小姐要做皇后了吗?恭喜。"

什么?毛大珠要嫁给皇上?!

全府上上下下都沸腾了!

有钱有权就是好啊,丑胖如毛大珠也能成为一国之后。

毛大珠的幻想被陆霜华残忍打碎了！她讨厌陆霜华冷冰冰的表情。

"你怎么知道爹让我嫁给皇上？我又没告诉你。"

陆霜华的表情僵了一下。

他别开脸，睁眼说瞎话："因为你身份尊贵，与陛下最为般配。"

毛大珠盯着陆霜华冷漠的眼："可我喜欢的是你啊。"

陆霜华反问："你喜欢我，和我有关系吗？"

毛大珠抿着唇没有说话，陆霜华的话一直回荡在心里。

你喜欢我，和我有关系吗……

和我有关系吗……

有关系吗……

楚安阳一直站在她身后，此时看到毛大珠肩膀微微发抖，他有些担心了，走上前扶住毛大珠庞大的身体，问道："小姐，你没事吧？"

毛大珠没有反应，楚安阳又重复了几遍，她才反应过来，轻轻摇了摇头。

身后传来环佩叮当的声音，毛大珠回过头，看到锦若长公主在侍女搀扶下走进丞相府，她一袭白纱，身段纤瘦苗条，行走如弱柳扶风，带着一种令人怜惜的柔弱。

陆霜华连忙走过去搀扶长公主，动作小心翼翼，与面对毛大珠时截然不同。

锦若对他嫣然一笑，顾盼生姿："陆公子，我来晚了，等着急了吧。"

陆霜华摇头："不急，只要是等你，多久都无妨。"

他是故意说给毛大珠听的，所以言语温柔，听起来异常暧昧。

锦若的脸颊微微泛红，她正要与陆霜华走进内堂，突然看到了毛大珠。虽然毛大珠低着头，但从她的体型上很容易判断出她的身份。

锦若面露欣喜："珠儿姑娘，你怎么在这儿？"

陆霜华有些紧张，怕毛大珠又说出什么话来玷污他的清白。

毛大珠看到锦若与陆霜华站在一起,同样白衣飘飘,如同谪仙玉女,格外般配。

她万念俱灰,总觉得自己要是添油加醋说些什么,就像心怀嫉妒的恶毒怨妇。

罢了,她也不屑做那样的事情,她对锦若露出笑容,勉强说道:"我本想约陆大哥吃饭,但他说约了你,不能陪我。锦若妹子,你可要好好对陆大哥,他是个好人。"

颜锦若和陆霜华皆是一愣。

毛大珠转过身,胖胖的背影,看起来竟有几分落寞。

第四节

毛大虎晚上回到将军府,特意去看望女儿。

他知道陆霜华肯定拒绝了大珠,却没想到大珠受到的伤害如此之大。她甚至连晚饭都没吃,奄奄一息躺在床上发呆,若不是胸口还有起伏,真像是死了一般。

楚安阳寸步不离地守着毛大珠,身边放了一筐香喷喷的肉包子,他手里举着两个包子,嘴里劝道:"小姐,一顿不吃是瘦不了的,还饿得难受,吃饱了再减肥吧。"

毛大珠没有反应,她很饿,却没有心情爬起来吃东西,浑身软绵绵的没有力气。

要是安阳能把包子嚼碎了放自己嘴里,自己就不用那么辛苦地爬起来吃饭了……

呸呸呸!自己在想什么?!怎么能吃别人嚼碎的包子?!

毛大虎走进房间，问楚安阳："大珠怎么样了？"

楚安阳一脸焦急："老爷，大小姐不吃不喝的，这样下去会死的啊！"

毛大虎终究是心疼女儿，叹口气："也罢，既然大珠不想嫁给皇上，强扭的瓜不甜，我明日就进宫面圣，为皇上重新挑个皇后。今日在宫中说的话，就当作是戏言吧。"

毛大珠眼珠动了动，虚弱地说："谁说是戏言，爹你怎么能说话不算话？"

毛大虎愣了一下，心中突然狂喜："乖女儿，你答应爹的安排了？"

毛大珠微微点了点头，咬牙切齿地说："陆霜华不喜欢我，又不是全天下的人都不喜欢我。等他失去我，自然会后悔的！我才不要吊死在一棵树上！"

"大珠啊，你有这样的觉悟，真是难得。"毛大虎很是欣慰，顺手拿起两个肉包子递到毛大珠嘴边，"吃点东西吧，吃得胖胖的，封后大典上才漂亮。"

毛大珠张开嘴吞下了两个包子，觉得体力恢复了一些。

应该开心的，毕竟自己会成为权倾后宫的皇后。

可是为什么，眼前总是浮现陆霜华的脸……

毛大虎害怕大珠变卦，次日一大早就带着女儿进宫。

颜霄病还没好，毛大虎也不管，吩咐毛大珠去照顾颜霄。

毛大珠很有眼色，接过宫女手里的药，一口口喂给颜霄。颜霄什么都没说，靠在毛大珠肩头，喝下那苦涩的药汁，眉毛微皱，那模样真是楚楚可怜，引人怜爱啊。

毛大虎朗声笑道："大珠从未对谁这般体贴，陛下真是好福气啊。"

颜霄嘴角扬起浅浅弧度，看了毛大珠一眼："谢过珠儿姐姐。"

毛大虎摆摆手："谢什么谢，一家人不说两家话！"

陆知秋也赶来宫中看望皇上,见毛大珠与颜霄动作亲密,心中松了口气,在一旁附和着说:"珠儿姑娘温柔大方,善解人意,陛下能有如此佳人相伴,实乃国之大幸!"

颜霄沉默不语,他怎会看不出,毛大虎与陆知秋已然结成同盟。

毛大珠看出颜霄情绪并不高,低声问道:"陛下是不是不想娶我?"

颜霄摇摇头,声音轻若流云:"不是……"

毛大珠自顾自地说:"陛下,你这个样子,让我觉得我好像在逼婚……我也知道,咱们没有感情,陛下肯定会担心,不过成亲以后,我会对陛下温柔的。"

颜霄突然问道:"你喜欢的不是陆霜华吗?"

毛大珠气呼呼地说:"陆霜华对我不好,你对我好!"

颜霄微怔,望着毛大珠气得发红的胖脸,良久,轻轻握住了她的手。

他的声音那么轻,好似鲜花绽开在毛大珠耳边——

"因为珠儿姐姐值得别人对她好……"

在毛大珠的精心照顾下,颜霄的病很快就好了。

毛大虎开始准备大珠的嫁妆,他毫不吝啬,几乎将府中的奇珍异宝搬空了。

毛大珠要嫁入宫中当皇后的事情在街头巷尾传播,小伙们欢呼雀跃,姑娘们愤愤不平!连毛大珠都能嫁给皇上,她们凭什么不能呢?!下至豆蔻少女,上至丧偶老妪,全都日日徘徊在皇宫大门口,幻想皇上路过时看到她们,一见钟情带回去封为嫔妃什么的。

陆霜华当然也知道这件事,他觉得神清气爽,整个世界都变得阳光灿烂。可内心里,又隐隐有些奇怪的感觉,也不知是失望还是不甘。

他就知道毛大珠靠不住,轻易说出喜欢他,又轻易变心。

她就算当了皇后，日日守在深宫，能不能守身如玉还是个问题。

陆霜华被自己的想法吓了一跳。

他怎么会有这么恶毒的想法呢？

他下意识地抬头看了一眼房梁，那里空荡荡的。

屋子里也静悄悄的，没有毛大珠"吼哈哈哈哈"的惊悚笑声。

陆霜华揉了揉太阳穴，他不知道自己是怎么回事，难不成还习惯毛大珠的存在了吗？！明知道自己不可能喜欢毛大珠的，就算她以死相逼，自己也绝不会妥协！自己一定是被毛大珠折磨太久，鬼上身了吧！❀

第五章
朕不想娶你

第一节

天气越来越冷了,毛大珠坐在屋里,身边放了只金色小暖炉。

就要入宫了,她内心五味杂陈,也不知道是激动还是紧张。

毛大珠伸手烤火,身上穿着厚厚的翠绿棉袄,身形显得更圆了,活像个翠皮西瓜。

楚安阳奉命上街给她买胭脂水粉,毛大珠等得乏了,闭上眼打瞌睡。迷迷糊糊突然听到瓦片响动,毛大珠还以为是楚安阳飞檐走壁而来,一睁眼却看到一支银白色的箭破风而来,毛大珠吓得从小板凳上滚下来,那支箭擦着她的鼻尖堪堪飞过。

毛大珠冷汗直流,她本想尖叫"抓刺客",可却突然看到那箭上绑着一个小纸筒。

毛大珠费力地爬起来,拔出插在柱子上的箭,取下纸筒,看到里面俊逸洒脱的字迹。

"明晚戌时,武明山大智峰,不见不散。"

署名是陆霜华。

毛大珠的心脏扑通扑通猛烈跳动。

她脸颊滚烫,看着字条上的字,手指都在颤抖。

楚安阳推门而入,手里提着给毛大珠带的胭脂水粉。毛大珠下意识地将字条和箭藏在暖炉后面,接过楚安阳手里的东西。楚安阳发现大小姐脸颊绯红,似有喜色,不过他也没有多想,殷勤地说:"小姐,来试试这件狐裘大衣吧,这款式可是城中最流行的!"

毛大珠拿起雪白的大衣,喜滋滋地说:"确实好看,你眼光好,我早就知道。"

她解开棉袄丢在床上,把狐裘披在身上,从翠绿的瓜变成了雪白的瓜。

楚安阳围着她走了几圈,竖起大拇指,眼中满是惊艳之色:"我就知道这件大衣最配小姐了,这纯白的颜色,衬得小姐冰清玉洁,美若天仙,不枉我花了二十两金子!"

他在"二十两金子"上面加重了语气,毛大珠不疑有他,高兴地说:"去库房记账,多拿十两金子当你的辛苦费。还有,明日放你一天假,出去玩吧。"

楚安阳微怔,有些不放心:"那小姐的安全谁来负责啊?"

毛大珠偷瞄了一眼暖炉后露出的箭翎,有些心虚,可她不想让楚安阳知道自己明日要与陆霜华约会:"明天我准备在家睡觉,养精蓄锐。爹也在家。我不相信还有人敢来将军府胡闹,你就放心地出去玩吧。听说明月楼新来的花魁色艺双绝,难道你不想见识一下吗?"

楚安阳脸一红:"小姐的提议甚好,明日我便去明月楼散散心……"

晚上入睡之前,毛大珠交代丫鬟,说最近太累了,明天要睡一整天,不许任何人来打搅。

其实天还没亮,她便爬了起来,换上楚安阳给她买的崭新狐裘大衣,精心打扮了一番。脸涂得雪白雪白,脸颊紫红,嘴唇如血,满头珠翠,宛如一个俗气的圆形首饰展示柜。

毛大珠对自己的装扮十分满意，这样才有一国之母的贵气啊！

到时候她要亲眼看着陆霜华流下悔恨的泪水！

毛大珠心中幻想着，背了个包袱放了些干粮，悄悄出了门。

武明山并不陡峭，对普通人来说最多两三个时辰便能爬到顶峰，但对于毛大珠这样的体型，简直难于上青天！她可不想迟到，只好早早出了门，来到山脚下时，天色尚早，金色晨光乍泄。

毛大珠拄了根拐，边爬边喘，山上很冷，但毛大珠穿得厚实，仍是热出一头汗。

好不容易爬到大智峰，天色已经黑了，毛大珠浑身瘫软，躺在地上再也爬不起来了。

自己竟能为陆霜华做到如此，毛大珠突然感动起来。

包袱里的干粮已经被毛大珠吃光了，她歇了好一会儿，哼哧哼哧地坐起来，往四周看了看。陆霜华还没来，月光透过嶙峋山石投射下清冷的光，不远处有个坑，旁边堆起了个高高的土堆，像个坟头。

毛大珠突然有些害怕，陆霜华怎么挑这么个鸟不拉屎的破地方？！

难道，他要对自己做什么……

毛大珠脸上泛起红晕，短短时间，她把陆霜华浑身上上下下意淫了个遍。

毛大珠并不知道脸上的妆已经花了，她脑中的自己依旧妆容精致秀雅，白衣飘飘，雍容华贵，绝美倾城。她脑补着一会儿陆霜华出现，哭着求她回心转意的时候，她一手箍住他的下巴，嚣张地说："本宫就要成为皇后了，陆霜华，你现在后悔来不及了！吼哈哈哈！"

毛大珠正在狂笑，突然一抹冰凉横在她脖子上。

毛大珠的表情霎时僵硬，笑声卡在嗓子眼里。

她感觉到一阵剧痛，那是匕首刺入皮肉的痛感。她突然意识到有人要杀自己!

陆霜华为何要杀她?因为恨她移情别恋吗?可就算再恨,也不能话都不说一句就下杀手啊!至少要给她个申辩的机会啊!毛大珠下意识地握住他的手,硬生生推开了他手中的匕首!

·第二节·

生死攸关之际,毛大珠突然力大如牛,她死死箍住对方的手腕,生怕稍稍松懈她就会尸首分离:"陆公子,你听我说!我没做对不起你的事啊!有话好好说,君子动口不动手,对不?"

身后突然发出一声嗤笑,那声音既熟悉,又陌生。

"陆霜华?想不到大婚在即,你心里却只有他。"

毛大珠觉得不对劲,颤声问道:"你是谁?!"

身后没有声音,月光被乌云遮盖,毛大珠宛如置身漆黑深渊。

她喃喃出声:"除了陆霜华,我想不到还有谁会杀我……"

"你得罪过那么多人,想杀你的人不计其数,你怎么会不知道呢?"

那声音很年轻,带着讽刺,却又异常好听,如同清风掠过暗夜竹林。

毛大珠脑中飞快转动。

难道是她曾经强掳过的某个穷秀才?

可要是那个穷秀才有这般身手,当初也不会被她掳走啊!

那只握着匕首的手白皙修长,他显然没把毛大珠的反抗放在心上,银光闪闪的刀刃再度逼近她的脖子。毛大珠咬牙切齿,使出吃奶的力气推远他的手,回身望着面前微笑着的少年。

竟然是颜霄!

依旧是秀雅无双的面孔,黑色锦衣被风吹动,他的身体纤瘦得仿佛一阵风就会吹倒。

不同于在皇宫中所见的胆怯青涩,颜霄的笑容温柔得令人心悸。

此时的他不再是毛大虎的傀儡,而是真正睥睨天下的帝王!

毛大珠从震惊到绝望,看着颜霄,竟说不出话来。

"珠儿姐姐,你别害怕,我下手很快的,你还感觉不到疼,一切就已经结束了。"

颜霄温情脉脉地说着,仿佛杀人灭口这样的事情,对他来说如喝茶饮水一般简单。

毛大珠脸色煞白,那可不是涂在脸上的脂粉造成的:"不管疼不疼,我都不想死啊!陛下,你为什么要杀我,不想娶我你说啊,我又不是非你不嫁。你放了我,我回去就跟我爹说……"

颜霄挑眉:"说什么?说我要杀你,好让毛大虎举兵造反?"

他声音虽轻,却隐隐有种骇人的气势。毛大珠吓得拼命摇头:"怎么可能?我们毛家三朝重臣,一心为皇上平定天下,从无二心啊!我爹虽然握有兵权,但那造反的事情,他是无论如何都做不出的!"

颜霄冷笑:"他若对这江山没有二心,当初为何毒死太子,扶持我登上帝位?"

毛大珠浑身都在抖,朝堂党争她一概不知,也不愿参与进去。

可如今颜霄会对她说这样的话,说明他必然会杀人灭口以绝后患啊!

颜霄逼近毛大珠,冷冷夜色下,他那青稚俊俏的娃娃脸,哪里看得出半点杀意?

"毛大虎只当我是傀儡,他逼我娶你,若你有了子嗣,我还有什么价值?"

"不是这样的……爹不会忍心让我做寡妇的,他不会害你的。"

"可我没办法接受你做我的皇后。"

颜霄此话一出,毛大珠听到心里"哗啦啦"的声音,心脏碎成了一地豆腐渣啊!

颜霄继续说道:"况且,你心里还有别的男人,我头上这顶绿帽子举国皆知。"

毛大珠依旧在做最后的挣扎:"陛下,臣妾婚后会恪守妇道,绝对不会乱来的。"

颜霄安静地看着她,直呼其名:"毛大珠,你还不懂吗?"

四周静悄悄,风呼啸而过,吹乱了毛大珠被汗水浸湿的头发。

她听到颜霄好听的声音,一字一句,掷地有声——

"我不想娶你,因为你是毛大虎的女儿。"

毛大珠冷汗直流,明明穿了这么多,此时却觉得手脚冰冷。

眼看颜霄逼近,毛大珠用力推开他,虽然毛大珠身形肥胖行动不便,但她毕竟是将军之女,小时候也是习过武的,而颜霄身材消瘦,看起来还没毛大珠力气大,毛大珠以为自己有胜算。

万万没想到!

颜霄内功深厚莫测!

毛大珠力气那么大,却只是将他推得跟跄后退了几步。

颜霄有些不悦,收起笑容:"珠儿姐姐,别挣扎了,只会更疼的。"

毛大珠瞪他:"你在开玩笑吗?不挣扎,难道等你割断我的脖子吗?!"

颜霄不慌不忙地说:"不用刀也可以,若你怕疼,我就直接将你活埋。"

要不要说得这么轻描淡写啊!活埋比用匕首砍死她更可怕!

毛大珠此刻才明白,为什么旁边有个土坑。

那是颜霄挖好了准备埋她的啊!

可她不想死啊,她才活了短短十五年,还没遇到个爱她疼她的好夫君啊!

毛大珠在心里呐喊,她从头上拔下八支金簪插在指缝间,与颜霄对峙,妄图吓退他。

颜霄并不怕她，他一步步走近她，嘴角扬起温雅的弧度，宛如谦和如玉的柔美少年。

"珠儿姐姐，我那么喜欢你，自然不忍心让你受罪，你闭上眼，很快就好了。"

乌云散去，月光投射下来，将颜霄纯美的脸庞罩上了冷冽的光晕。

毛大珠吓得不住后退，突然脚下一空，她惨叫一声，就从山石上滑了下去。

这太出乎颜霄的意料了！

他甚至没有反应过来，愣了一下才走到山崖边探头望去。

下面是一片深不见底的山谷，借着月光，颜霄隐约看到一颗白色小圆点，也不知是不是毛大珠的狐裘大衣。虽说上山的大道并不陡峭，但大智峰下面怪石嶙峋，就算想找人下去搜救，也是找不到路的。若是武功高强之人，也许能有一线生机，普通人必死无疑！

颜霄叹口气，本来想给毛大珠留个全尸的，可惜她不听话，这下尸体恐怕难看了。

也罢，就让她留在这山谷里，风吹日晒，化为尘土。

毕竟相识一场，他会以皇后之礼厚葬她的。

· 第三节 ·

楚安阳晚上回到将军府，发现府里异常安静。

毛将军有事不在，而毛大珠似乎也在闺房睡觉。

看起来好像一切都很正常，可楚安阳隐约觉得不对劲。

就算是睡觉，毛大珠也不可能不吃不喝睡一整天啊！她中途肯定会被饿醒的!

楚安阳擅做主张,进了毛大珠的闺房,点燃桌上红烛,看到被子鼓鼓囊囊的。楚安阳推了推:"小姐,起床了,我给你带了城东张记的桂花糖,还有香喷喷的粉蒸肉、牛肉饼、红烧狮子头!"

平时毛大珠听见这话,肯定会立刻清醒过来直奔饭桌。

楚安阳一把掀起厚厚的被子,看到里面放着毛大珠翠绿的棉袄和紫红色的棉裤。

楚安阳心知不妙,声音陡然拔高:"来人啊!"

丫鬟们拥入毛大珠的闺房,看到床上没人,吓得脸色发白,跪了一地。

楚安阳声音冰冷,震得桌上烛火忽明忽暗:"小姐去哪儿了?!"

丫鬟吓得发抖:"小姐昨晚说今日要睡一整天,让奴婢别打扰她。"

楚安阳脸色越发阴沉,他走到床边,蹲在地上用手探了探那金色的小暖炉。

"小姐最怕冷了,可这暖炉里的炭火都凉透了,她恐怕早就不在房里了。"

"楚护卫,奴婢真的不知道啊,小姐向来说一不二,奴婢不敢来吵醒她。"

楚安阳没说话,因为他看到了暖炉下面压着的白色箭翎,小姐久不习武,怎会在房里藏支箭?他抽出那支箭,看到上面绑着个纸筒。楚安阳神色凝重,打开纸筒,看到上面俊逸潇洒的字迹——

"明日酉时,城西清秋茶苑,不见不散。"

署名是陆霜华。

楚安阳二话没说就直奔丞相府。

陆霜华在家,看到楚安阳来找他,颇为意外。他往楚安阳身后望了望,没看到毛大珠,松了口气。

"不知楚护卫找我,有何贵干?"

"你真的不知?"

楚安阳盯着陆霜华，直接将那张纸拍在桌上。

陆霜华借着烛光，看到字条上的字迹，脸色黑了几分。

"这是陆公子的字迹吧，你做过些什么，自己还不知道吗？"

"这字迹是有几分像我，但这字条不是我写的。"

"这是我在小姐闺房里找到的，不是你还会是谁？"

"你想说我约了毛大珠？怎么可能？她可是皇上的女人。"

陆霜华的话语有几分讽刺，楚安阳略微迟疑了一下，他觉得陆霜华的表情不像在骗人。

"我们小姐失踪了，房里只有这张字条。"

陆霜华本来不想蹚这浑水，万一这是毛大珠和楚安阳的阴谋怎么办？

可看着楚安阳沉重的表情，陆霜华又狠不下心说些冷漠的话赶他走。

毛大珠树敌无数，要是没有楚安阳的保护，她就是一团又蠢又笨的人形脂肪，只要她独自走出将军府，就等于一只脚踏入了鬼门关。不管怎样，毛大珠是被这张字条骗出去的，他陆霜华也有责任。

陆霜华在心中挣扎了片刻，拿起剑准备出门。

"我今日没去过清秋茶苑。既然你不信我，不妨一起去问问。"

陆霜华与楚安阳来到茶苑，此时天色已晚，茶苑里的客人都走光了。张老板正在收拾桌上的茶器，听到珠帘作响，扭头看到陆霜华走进来，诧异地说："哎呀，陆公子，什么风把您吹来了？"

陆霜华开门见山："张老板，你今天见过我没有？"

张老板一头雾水："见了啊！"

楚安阳抽出剑来，顿时杀气四溢！

张老板恍然不觉，笑眯眯地说道："您现在不就在我面前吗？"

陆霜华回头看楚安阳，见他正把剑插回去，抹了把冷汗。为了让楚安阳死心，陆霜华再度重复："我是说，今日酉时，你有没有见我来过？"

张老板不假思索地摇头:"好一段时间没见您来了,这几天还惦记着呢。"

楚安阳追问:"那你有没有见过我家美若天仙的珠儿小姐?"

张老板愣了一下,努力回忆,却不记得今日有天仙般的佳人来过。

陆霜华解释:"就是毛大虎的女儿——又胖又丑的毛大珠。"

张老板恍然大悟,用力点头:"见了见了!那体型,想不注意也难啊!"

楚安阳心中一惊:"她在哪儿?"

第四节

张老板带楚安阳来到后院,那里有个荷花池,但此时花期已过,水面上只有大片大片绿色的藻类植物,在月光映照下散发着绿幽幽的光芒,好似深不见底的沼泽。

张老板拍了拍池边雕刻精致的栏杆,说道:"今日酉时,确实有个胖子坐在这荷花池的栏杆上,口中哼着小曲儿。我害怕她把我这栏杆坐碎了,一直盯着呢,后来客人太多,等我忙完了就找不到她了。大概是走了吧,我过来看了看,栏杆也没碎,就没当回事。"

张老板说得轻描淡写,楚安阳却听得心惊胆战,拔出剑抵在张老板的脖子上,怒道:"我家小姐怎么会坐在这池边,莫非要寻死?你为何不拦住她呢?!"

张老板分外委屈:"我哪知道她就是毛大小姐啊,还以为她是某位客人的随身侍女呢。"

陆霜华从鼻子里哼了一声,显然对张老板的不作为表示不满:"谁家能把丫鬟养那么胖。"

张老板向来心宽,此时才知道事情的严重性,他一动也不敢动,连声劝慰:"都怪我当时没在意,不过放心吧,毛大小姐不会出事的,我这儿风景好,她肯定是坐在这里晒晒太阳就回去了。"

正说着,一只巨大的绣花鞋不合时宜地漂了过来,在池水中宛如一叶轻舟。

楚安阳脸色一白,飞身到水面上用剑挑起那只鞋,瞬间飞回岸上,将鞋子甩在地上。

大如人头的绣花鞋,里面有两只麻雀筑了巢,正瞪着迷茫的眼珠子望着楚安阳。

张老板干笑道:"哎哟,哪儿来的鸟巢?"

楚安阳声音发颤:"你仔细看看,这是鸟巢吗?"

张老板没敢说话,陆霜华凑近看了看,那鞋显然很贵重,用姹紫嫣红的丝线绣着繁花簇簇,其间点缀着几颗珍珠玉石,在月色下闪闪发光,只有毛大珠才会穿着这么贵的鞋子招摇过市吧!不不不!不看上面的配饰,单独看这鞋子的尺寸,就知道肯定是毛大珠的鞋子,除了她,谁有这么大的脚丫!

这一切出乎陆霜华的意料,他僵立在那里没有说话,只觉心脏跳动得越发猛烈。

耳边传来楚安阳冰冷的声音:"把水抽干!今天要是找不到我们家小姐,我烧了你这茶苑!"

张老板吓得一哆嗦,找人连夜抽干了池水。

池子里什么都有,铜板、玉簪、砚台、板凳、碗筷、生锈的刀剑……

唯独没有人。

张老板浑身污泥,站在荷花池里,捧着另一只绣花鞋,苦着脸说道:"楚护卫,小人已经来来回回翻找过了,毛大小姐肯定不在池子里,她那么大的个头,理应一眼就瞧见的!"

楚安阳心里的大石始终悬着,为何小姐的绣花鞋在池子里,却不见她的尸体？难道有人绑架了她想要赎金？可谁有那么大的胆子敢绑毛大虎的女儿？简直不要命了！

纸终究包不住火，毛大珠失踪的消息很快被毛大虎知道了。

这对他来说，无疑是惨重的打击！

全城戒严，毛大虎几乎要将地皮都翻过来了，可谁也不知道毛大珠在哪儿。

有人说毛大珠跟野男人私奔了，有人说毛大珠被见义勇为的热血群众杀害了，有人说毛大珠为了陆霜华殉情了，还有人说毛大珠真身是麻雀仙子，没渡过天劫被雷劈死了……

众说纷纭，城中开始流传毛大珠的种种传闻。

颜霄做得天衣无缝，在毛大珠离开将军府以后派心腹潜了进去，偷走原本的字条，换了新字条在上面，见面地点改成了清秋茶苑，还找人乔装打扮，让张老板误以为毛大珠来过，那两只绣花鞋，也是从毛大珠闺房里偷出来的。这一招调虎离山，使得当天陆霜华和楚安阳都在茶苑，等到毛大虎听闻消息进宫的时候，颜霄已经在寝殿里，依旧是那个对毛大虎言听计从的怯懦傀儡。

没人想到颜霄跟这件事有关，毛大虎每次提起，都忍不住在颜霄面前抹泪，觉得对不起皇上。倒是颜霄一直安慰毛大虎，还亲自承诺："即使珠儿姐姐遭遇不测，朕也会把她当作朕的皇后。"

毛大虎不肯相信大珠出了事，但颜霄心里清楚得很，如今毛大珠的尸首恐怕都凉了吧。

可惜，他忽略了另一种生还的可能性，那就是胖子，尤其是像毛大珠这么胖的！

身上的狐裘大衣成为毛大珠的保护层，再加上她脂肪那么厚，就算从山上滚下来，也没有伤及内脏，而武明山前日刚刚下过雨，泥土松软潮湿，毛大珠趴在软泥上，昏睡了好几天才醒过来。

第五节

毛大珠是被饿醒的,她饿得恨不得见啥啃啥!然而她浑身都是伤,趴在那里根本动弹不得,只能在心里幻想各种大鱼大肉,越想越饿,越饿越伤心,她忍不住号啕大哭。

可惜这里不是将军府,毛大珠哭得再伤心,都没有人理她。

她哭得筋疲力尽,终于明白,哭解决不了问题。

毛大珠费力地挪动着庞大的身体,好不容易将自己挪进旁边靠山的洞穴,说是洞穴,其实只是个浅浅的凹口,躲在里面勉强能遮风挡雨。此时的毛大珠浑身血污,饿得奄奄一息。

毛大珠迷迷糊糊中,把旁边的草根都扯过来吃了。

夜晚的风很冷,毛大珠被冻醒了,她裹紧了身上残破的大衣,觉得手脚冰冷。毛大珠知道躲在这里很不安全,万一颜霄找人来山下毁尸灭迹怎么办?即使她又饿又痛,还是连滚带爬地沿山而行。

就这样日出日落,不知过了几个日夜,毛大珠实在爬不动了,她坐在树下,缓了口气。离她掉落的地方已经很远了,颜霄一时半会儿不会追来,该考虑怎么逃出去了。

毛大珠揪了一把枯黄的草叶,用手搓了搓,放进嘴里,难吃得让她差点吐出来,她觉得肚子里全都是草汁,跟吃了鱼的苦胆似的,可如今的境遇,她还有什么好挑剔的,不吃只有死路一条。

将军府已然乱成一团,毛大虎找不到宝贝女儿,瘫坐在椅子上,面色如灰。

楚安阳找人抄写了数千份寻人启事,张贴在大街小巷。陆霜华站在巷口,看着白纸上那张清纯美丽的面孔，忍不住问楚安阳："这画上的人是谁？"

楚安阳愤愤然："当然是我们家貌美如花的大小姐！"

"你把毛大珠画成这样，谁能找得到她？楚安阳，你是成心不让你家小姐回来是吧！"

楚安阳闻言有些犹豫，他望着手里的寻人启事，画师确实尽心，只听毛大虎的描述，就将毛大珠画得如此清雅脱俗，甚合毛大虎的心意，可这画上的美人儿，确实不是毛大珠啊！

"大家都知道小姐是无双美人榜的榜首，若是此时把大小姐画成猪头，岂不是自己打脸？"

"都什么时候了，你还在乎面子？你家小姐现在不知道在什么地方吃糠喝稀呢！"

陆霜华心里有气，找了块炭，添了几笔，画纸上的毛大珠顿时成了个大脸胖子，虽然丑了点，却更像她本人了。

楚安阳也没说什么，任由陆霜华将那画中的美人儿改成猪头。

陆霜华修长精致的手指染上了黑色的炭粉，他却恍然不觉，将画纸按在墙上，认真地描画着毛大珠的肖像，夕阳给他的侧脸洒上淡淡绯色光芒，好一个神色认真的翩翩公子。

楚安阳盯着陆霜华，狐疑地问："陆霜华，你怎么这么关心我家小姐？"

陆霜华心脏猛地一跳，还以为楚安阳会污蔑他爱上了毛大珠，他正要否认，却看到楚安阳抽出长剑，怒发冲冠："你是不是把她杀了？！"

陆霜华很郁闷："我杀她做什么？她都要入宫为后了，从此和我再无瓜葛。楚安阳，我还想问你呢，你那么关心她做什么？以你的武功修为，本不需要做一个小小护卫。"

楚安阳神色有些不自然："在将军府当差油水多，我想多存点钱回乡盖房子娶媳妇……"

· 087 ·

陆霜华鄙视地望着他，话语中满是讽刺："你这话倒不假，在毛大珠身边三五年，攒下的银子足够买栋大宅子，开家青楼，娶个花魁，剩下的一辈子衣食无忧。"

楚安阳没有反驳，默默将手中宝剑收了回去。

路人看到两位美男站在夕阳下，景色如诗如画，纷纷叹息起来。

"那边两位公子真是般配……"

"你看清，那可是楚安阳和陆霜华！"

"什么？那就是毛大珠的贴身侍卫和前男友？"

"没错！那潇洒俊逸的黑衣男子便是暗恋毛大珠多年的侍卫楚安阳！那温润如玉的白衣男子便是与毛大珠青梅竹马的世子陆霜华！真是可悲，多么相爱的人，就这样硬生生被皇上拆散了……"

"两位情敌为何站在一起，是要决斗吗？"

"毛大珠失踪了，他们定是悲痛欲绝，在这里商量对策吧。"

"唉，听说那毛大珠丑若无盐，能有这样的美男痴心相伴，也是福气……"

"兄台，你这话不对，毛大珠可是万里挑一的美人儿！今年的无双美人榜，她便是榜首。那日我花重金去了无欲殿，当时就被她的美貌震慑住，整整三天三夜，我想着她的绝世美貌，彻夜难眠……"

"那我怎么听说她又胖又丑……"

"一定是爱慕着她的富家少爷们求而不得，编造出这些话来抹黑她！"

"原来如此！"

楚安阳和陆霜华的脸色都不太好，楚安阳抽出了剑，还没等他发作，陆霜华已经走了过去，拍拍那两个男子的肩膀，笑得礼貌又僵硬："这两位公子，我们过来聊一聊……"❀

第六章
脱胎换骨的新生

第一节

山谷里,秋风凛冽,吹得遍地都是昏黄的叶子。

毛大珠找到了一片很大的树林,却怎么也找不到离开的路。她冻得瑟瑟发抖,耳边是呼啸的风声,宛如修罗的爪牙,将希望一次次地吹离她身畔……

毛大珠在林子里乱走,好几次都迷了路,没有水,她渴得要死,鞋子也破了,脚疼得厉害。她再也走不动了,坐在冷冰冰的树下,看到自己白胖的脚丫此时已经鲜血淋漓,这么大的林子,何时才走得出去啊!

毛大珠心灰意冷,她觉得自己会饿死在这里。

爹和安阳一定在拼了命地找自己,要是知道自己死了,该多伤心啊!

毛大珠脑中闪现无数浮光掠影的记忆碎片,想起对她无微不至的楚安阳,毛大珠忍不住红了眼圈,没有楚安阳在身边,她吃不到烤鸭、烧鸡、红烧肉,连一个肉包子都吃不到……

她要是死了,楚安阳会不会抛弃她,另寻千金小姐,为另一个女人鞍前马后。

毛大珠想到这些，心里发慌，猛然站起身。

饥饿让她眼前突然变得漆黑，她扶住树干，摇摇晃晃站稳。

眼圈红红的，但是她不能哭，哭只能浪费精力，楚安阳又不会听到她的哭声前来救她，万一把心狠手辣的颜霄吸引来了怎么办？

想起颜霄，毛大珠忍不住哆嗦了一下，她不明白颜霄为什么要杀她，不想娶她，只要说一声就好啊！为什么表面笑意盈盈，背后却满满杀意？怪不得人们都说伴君如伴虎！看来这入宫做皇后是万万行不通的！

唉，事到如今，还考虑什么入宫啊，谁知道她能不能活着再见到爹？毛大珠眼睛湿湿的，她忍着脚上的剧痛，缓缓走到日暮，实在走不动了。

她绝望地瘫在湖边，望着湖水中时不时跃起的小鲤鱼，想到楚安阳给她买的红烧鲤鱼，口水又忍不住流了下来。

等等！

她面前的是什么？

毛大珠突然愣在那里，双眼发光。

眼前可爱的小鲤鱼好似正在冒着香气，毛大珠的衣领都被口水打湿了。

她灵机一动，找了根木棍，用耳环上的银钩和衣服上的绣线做了鱼钩，守在湖边，边休息边钓鱼。由于技艺不精，毛大珠一个多时辰才钓到一条小鱼，但对于她来说，这就是胜利的曙光。她试着生火，可是钻木取火真是太难了，等她生好这堆火的时候，已经是深夜。

还好，烤过的小鲤鱼格外好吃，毛大珠看着磨出血泡的手，觉得值了。

既然走不出去了，还不如暂且留在这里，有水有鱼，还有树上的野果。

毛大珠下了决心，休息一夜以后，她便找了些树枝搭了个棚子，暂时住下了。

人类求生的潜能是很大的。这段时间，毛大珠钻木取火的技艺突飞猛进，可惜她钓鱼的技术始终练不好，偶尔才能钓到一条鱼，大多数时候都是摘些野果，吃些草叶，还经常吃到带毒的食物，不是舌头肿大，就是喉咙发炎，还有一次便秘了好几天。

毛大珠就这样顽强地度过了整个冬天，直到春暖花开，林子里下了场雨，到处都是鲜嫩可口的山菌。她中了无数次毒，已经分得出哪些菌子能吃，她正把菌子丢进自己编的竹筐里，突然听到脚步声！

毛大珠又惊又喜，回眸看到身后不远处，有个同样背着竹筐的少年正在采菌子。毛大珠三步并作两步冲过去，手叉腰对那少年说道："喂，这片林子是我的！谁允许你来采我的菌子？！"

少年被她吓了一跳，手中的菌子掉在了地上，他手足无措地望着毛大珠，脸颊泛起淡淡红晕："对不起……我是误闯进来的，不是故意抢你蘑菇……这些蘑菇还给你……"

他将筐子解下来放在毛大珠面前，忐忑不安的模样很是可爱。

毛大珠也不客气，指着筐子说："给我背过来。"

少年乖乖地背着蘑菇，跟毛大珠来到了她的湖边小屋。

这么久过去了，毛大珠已经将树枝搭建的棚子改造成了漂亮的木头屋子，外面挂着些干果和鱼骨。她一步跃上台阶，动作潇洒自如，少年看得呆了，她居高临下地望着他，双眸亮晶晶："你会做饭吗？"

少年傻傻点头，毛大珠高兴地说："那你帮我煮蘑菇吧！天天吃我自己煮的，我都吃腻了！"

少年觉得自己抢了毛大珠的蘑菇，心里也确实有愧，便答应了她。

午饭时间，毛大珠如愿吃到了少年煮的菌子，好吃得她想飙脏话！

"哎呀，这道小鸡炖蘑菇太好吃了！我这辈子都没吃过这么好吃的东西！"

少年羞涩地看着她，轻声说道："姑娘若是喜欢，我天天来给你做。"

毛大珠心里一动，望着少年，觉得他唇红齿白，长得倒也很好看。既然

· 091 ·

陆霜华无情，颜霄又是禽兽，不如就留在这山谷里，嫁个清秀少年，逍遥自在过一辈子……

毛大珠想入非非，吃得满嘴油都没有察觉。

少年又问："姑娘，你怎么会住在这里呢？"

毛大珠想起自己被负心汉颜霄害得掉下山崖，觉得说实话很没面子，便随口编了个理由："我家是卖蘑菇的，所以在这山里采菌子，晾干了拿出去卖。那些菌子都是我种的！"

少年不疑有他，看着毛大珠狂放的吃相，觉得自己的厨艺得到肯定，心里甜甜的。他吃得不多，怕毛大珠不够吃，少年想了想，又说："我还不知道姑娘叫什么名字呢。"

毛大珠吃得忘情，不假思索地说出了真名："我叫毛大珠。"

少年微微有些讶异："姑娘居然和毛大虎的女儿名字一样。"

毛大珠的动作顿了一下，表情有些僵："啊哈哈哈，是吗，我这么独特的名字也会有一样的。那位毛姑娘是什么样的，一定像我一样聪明伶俐，貌美如花吧！"

少年笑道："珠儿姑娘你说笑了，你们虽然名字一样，外表却是完全不一样的。"

毛大珠来了兴趣，放下手里只剩骨头的饭瓢："哪里不一样，说来听听。"

少年老老实实地说道："那个女人是城里最丑最胖的，整天无所事事，上街强抢民男，早就激起了民愤。可谁让她爹有权有势呢，百姓敢怒不敢言，都盼着有一天会有人清除这个祸害。"

毛大珠的脸色不太好，少年却没有察觉，他用光秃秃的小树枝将饭瓢里香喷喷的蘑菇扒进嘴里，继续说道："也不知是不是老天爷听到了大家的祷告，她果然失踪了。真希望她永远别回去。"

晴天霹雳！

毛大珠的心在流泪。

她从牙缝里挤出一句话:"真有那么丑吗……"

少年用力点头,还多添了几个字:"丑胖丑胖的!"

毛大珠垂下头,心已经碎成饺子馅,她喃喃自语:"那你为什么对我这么好,还给我烧蘑菇?"

少年疑惑地望着她:"姑娘善良美丽,怎么能和那个为非作歹的胖子相提并论呢?"

毛大珠以为自己听错了:"善良美丽?这和你刚才说的不一样啊。"

少年不知道毛大珠在说什么,但他不允许毛大珠否认他的赞美,他放下碗筷,认真地说道:"姑娘你刚才出现的时候,宛如林中精灵,简直让我惊艳!也许是在野外风吹日晒,让姑娘的皮肤不似普通女子一般苍白,倒是极其健康诱人的蜜色肌肤;那漆黑澄澈的眼,比翡翠琥珀更加耀眼;那纤美的身段,比我看过的任何春宫图里的美人儿都完美!"

少年一口气说完,突然觉得说太快暴露了什么,他的脸一下子红透了。

第二节

毛大珠脑中反复回荡着少年的话,她低头看着自己的身体,即使用草叶、兽皮做了漂亮的裙子,却也掩饰不了那凹凸有致的纤瘦身材,简直跟锦若长公主差不多了……

天啊!自己什么时候瘦成这般鬼样子了!

毛大珠大惊,望着少年,嘴唇颤抖:"你不觉得我太瘦了吗?也许再胖一百多斤才漂亮。"

少年睁大眼睛望着她,满脸的震惊:"那可不行,现在姑娘的身材最是完美,再胖一百斤可就变成猪了。"说完又掩唇笑,"不过姑娘你长得漂亮,就算胖了也是一只漂亮的猪。"

听到这样的话,毛大珠不知该伤心还是高兴……

难道爹和楚安阳一直说她胖点好看,是在骗她……

啊,这个世界是怎么了!

毛大珠沉浸在震惊中,久久不愿相信现实。

也许这个少年是骗她的!对,只听他一面之词不能当真!

毛大珠抓住少年的手,突然想到正事,表情严肃起来:"你能带我出去吗?"

少年点点头,望着她抓住自己的手,脸又红了:"可以……"

毛大珠进屋收拾细软:"事不宜迟,我们快走!"

其实她也没什么细软,就是当时掉下山崖所戴的珠宝首饰,价值不菲。

毛大珠决定离开这里先去打探一下情况,外面发生了什么事她还不知道,颜霄一心想要她死,她这样贸然回去,万一被颜霄抓住怎么办?!他毕竟是皇上,深藏不露,也许留了杀手在将军府呢!

毛大珠准备先把首饰当掉,在城里住上一段时间,确认没有危险再回去。反正她现在瘦了,和以前长得也不一样,百姓应该没那么容易认出她,就当白富美微服私行体验民情好了。

少年带着毛大珠在林中穿行,以前毛大珠胖,走一点路就觉得快累死了,可现在她走了几个时辰却步伐飞快,身轻如燕,她逐渐体验到了瘦的好处。

少年带她穿过了林子,又爬了两座陡峭的山,来到他的山中小屋时已经很晚。

少年老实巴交的爹和慈祥温柔的娘对毛大珠表示了热烈欢迎,还给她蒸了香喷喷的竹筒米饭。毛大珠很久没吃过米面淀粉了,她觉得比中午的小鸡炖蘑菇还好吃,她吃了第一口就决定,一定要吃光整盆米饭!可是吃了半碗,她就饱了,她努力吃完一碗,已经撑得胃疼了。

毛大珠觉得很伤心,她每天吃得少,胃已经饿小了,吃不了多少就饱了。

想到自己要与每顿八十个包子说再见,毛大珠悲痛欲绝。

少年拿走她的饭碗准备再给她盛饭,她叫住他:"够了,我吃饱了。"

少年回头看着毛大珠:"你才吃了一碗饭,多吃点吧,我们家米多。"

毛大珠摇摇头,她真不是客套:"我已经吃撑啦,谢谢款待。"

少年也没有勉强她,他家境贫寒,家里存粮其实并不多。但看到毛大珠吃饱,他心里就像吃了蜜一样甜滋滋的。

吃完饭,少年和兄弟姐妹还有爹娘围坐在一起,绘声绘色地描述着如何遇到了毛大珠:"……那少女宛如仙子一般降落在我眼前,她浑身散发七彩光芒,说话的时候会有蘑菇掉在地上……"

少年的爹小心翼翼看了一眼毛大珠,她此时换上了少年姐姐的一件粗布麻衣,头发梳成圆圆的发髻,只插着一支朴素的木头簪子,但这丝毫不折损她的英气。老人家觉得她身上确实有些不同常人的贵气,看起来像是大户千金,但她举手投足豪气万千,完全不似一般柔弱的千金小姐。

少年的爹由衷地叹道:"明旭,你运气真好,出去采菌子都能遇到这仙子般的姑娘。"

少年不好意思地摸摸头,脸颊红红的。他倒不是对毛大珠有什么非分之想,只是意外遇到这么漂亮的女子,觉得自己好像在做梦。

毛大珠并没有听到他们在说什么,她低头看着自己纤瘦的手指,觉得自己连手指头都瘦得跟鸡爪一样,要多难看有多难看,她脑补到自己瘦如僵尸的脸,已然丧失了自信。

白胖白胖的她,陆霜华都不喜欢,难道会喜欢丑瘦丑瘦的她吗……

也许她从此就要告别美女的行列,当个丑陋的村姑了却残生了……

毛大珠心中悲凉,忍不住抹泪,那画面却美到极致,少年的心都要酥了。

这村落离城镇已经不远,第二天早晨,毛大珠吃完早饭,决定拜别少年,她取下金镯子塞给少年,就当是他搭救她的谢礼。少年捧着那粗大的镯子,既惊喜,又觉得礼物太重不敢收。

毛大珠看着那镯子,当初她戴在手腕上刚刚好,如今挂脖子上都能滑到脚底下。唉,反正也没什么用了。她拍拍少年的肩膀,说道:"收下吧,我家金镯子多,这不算什么。"

少年推不过,才泪汪汪地收了下来,毛大珠不忘叮嘱他:"把东西藏好,可别让歹人看见了。过段时间进城悄悄当了,换点银票,买个大宅子住。"

少年感激得差点磕头了,后来他将毛大珠的事迹添油加醋散播出去,江湖上开始出现林中仙子毛大珠的传说,人们分不清她和毛大虎的女儿有何不同,真真假假的传闻混合在一起,倒是为将军府添光不少。

毛大珠进了城直奔当铺,将手中的包袱放在桌上。

当铺沈老板见她虽然打扮朴素,举手投足间却有种大户千金的傲气,不敢怠慢,用贪婪的目光望着那鼓鼓囊囊的包袱,问道:"这位姑娘,不知有什么宝贝想出手?"

毛大珠正要说话,突然看到墙上贴着一张画像,那画中人丑胖丑胖的,穿一件红棉袄,满头都插着粗大金簪,上面"寻人启事"四个大字赫然入目。

毛大珠看到自己的名字,心中顿时一惊。

沈老板善于察言观色,见她神色不对,立刻问道:"莫非姑娘有毛大小姐的线索?"

毛大珠下意识地摇摇头,因为心虚,她有点不敢看沈老板,生怕被认出来。

可此时英气十足的纤瘦女子,与那个满脸横肉的土肥圆相比,哪有半点相似?

沈老板有些失望,叹口气:"唉,真是可惜了那十万两金子。"

毛大珠微怔:"什么十万两金子?"

"姑娘不知道?"沈老板凑过来,神秘兮兮地说道,"将军府下了悬赏令,谁找到毛大小姐,赏金十万两!城中多少人都在苦寻毛大珠的下落,只要找到她,就能立刻成为富豪地主啊!"

毛大珠激动得眼泛泪花,她就知道爹是爱她的!她恨不得立刻奔回将军府!

沈老板又说:"皇上和毛将军还把她失踪时戴的首饰列了清单,只要有人拿来我这儿典当,立刻通报上去!赏金也是不少!唉,看不出,皇上对毛大珠倒是情深义重,真是不合常理啊……"

听到"皇上"两个字,毛大珠浑身抖了一下,默默将桌上的包袱又揣回了怀里。

沈老板说完,突然想起正事,笑眯眯地问道:"姑娘,你是要当什么来着?"

毛大珠头摇得跟拨浪鼓似的:"我只是看看,看看而已……"

沈老板狐疑地盯着她:"我这当铺,能有什么好看的?"

毛大珠怕他怀疑,从怀里掏出钓鱼的银钩子,还有原本镶嵌在上面的两颗碧玺,放在自己的手心递给沈老板:"我这儿有两颗小玉石,是同乡姑娘托我转卖的,不知能不能卖上价钱。"

因为这对耳坠被毛大珠拆开,已经与沈老板所拿画册里的首饰完全不同,所以他也没看出来,只觉得这对碧玺成色不错,便乐滋滋地点点头,取了几个银元宝给毛大珠。

这跟碧玺的价值相比不值一提,但毛大珠总不能在这里为了价钱与他争辩起来,招来更多看热闹的人吧。

毛大珠将银元宝揣进怀里,谢过沈老板,转身就走。

• 第三节 •

身上有钱了,毛大珠准备先去吃一顿好的!

毛大珠来到镇上最有名的仙鹤包子铺,一口气要了八十个包子,堆满了整整一桌。

这点饭量对于以前的毛大珠来说根本不值一提,但她现在可是清瘦美女,和面前那巨大的包子山形成了鲜明对比,很多食客见状也不吃了,围着毛大珠啧啧惊叹。

毛大珠觉得他们少见多怪,她一口一个包子,大有气吞河山之势!

一连吃了两个包子,毛大珠就感觉饱了,她强撑着吃完第三个,胃已经撑得要爆炸了。可周围还有那么多看热闹的人,毛大珠觉得尴尬,她唤来小二,将一个银元宝拍在桌上,边打嗝边说:"给我把这包子打包!看什么看,我又不是吃不下去,刚才吃了二十斤卤牛肉,现在有点撑了,包子带回去晚上吃!"

小二撇撇嘴,见过爱吹牛的,没见过这么会吹牛的。

小二把剩下的包子装满了一个大竹筐,毛大珠背上筐子就出了门。

吃饱了以后,毛大珠总觉得身后的包子是负担,虽然现在还热乎着,晚上等她想吃的时候也就凉了,吃了还要拉肚子,岂不是浪费了那剩下的七十七个包子?

毛大珠越想越觉得懊恼,恨不得把包子扔在地上。

可是沿路一直有人盯着她,她也不方便收回自己吹的牛。

毛大珠思来想去,想到一个绝佳的好办法,她走到路口,招呼那些衣衫褴褛的乞儿过来,将筐子里的包子分给他们,假装自己买包子是为了做善事。

"不要抢，人人都有份，胖的多吃，瘦的少吃……"

筐子里的包子很快被分食一空，那些脏兮兮的乞讨小孩捧着包子，热泪盈眶地叫她神仙姐姐。

毛大珠老脸一红，搓着衣角扭扭捏捏地问："姐姐真的像神仙吗？"

孩子们重重点头，在他们眼里，她简直是大慈大悲的观世音菩萨。

毛大珠又恬不知耻地追问："那你们说，姐姐漂不漂亮？"

孩子们齐声说道："漂亮！"

毛大珠单手半弯，拢住耳朵："什么？大声点。我听不见。"

孩子们的声音震耳欲聋："姐姐是京城里最漂亮的小仙女！"

毛大珠虎躯一震，觉得自己从头到脚都爽得发抖，她就喜欢听这种大实话！

哎呀，才七十七个包子，就能换来这么诚恳的赞美，这笔交易实在太划算！

陆霜华一直站在毛大珠身后，从她卸下背上的竹筐时，他就注意到她了。因为这里是陆霜华家门口，而毛大珠居然骑在他家门口的石狮子上，一手一个包子地递给孩子，最后还把油乎乎的手往石狮子耳朵上一抹。

陆霜华望着油光发亮的狮耳朵，心情不是很好。

这石狮子陪伴着他一起长大，早已有了深厚感情，他怎能容许有人这么欺负他家狮子？

陆霜华走到石狮子旁边，抬头望着毛大珠，轻咳了两声："咳咳，这位姑娘……"

姑娘低头看他，漂亮的瓜子脸上，一双澄澈的大眼睛宛如春水流动，她的肌肤并不是京城中流行的雪白肤色，反而带着一点健康的蜜色，肌肤光洁如玉，不施粉黛，却胜过繁花万千。那眼角微挑，带着令人心醉的清纯与柔媚，那唇瓣微动，仿佛在倾诉绵绵情意……

陆霜华愣在那里，他竟然听到自己心跳的声音，将要说出的话，就这样卡在喉咙里。

而毛大珠呢，同样惊呆了，冷汗如雨淌下。

陆霜华看到她眼角微挑，是她眼睛忍不住抽搐。

陆霜华看到她嘴唇微动，是她嘴巴忍不住发抖。

简而言之，毛大珠怕得要死，差点从石狮子上滚下来。

她哆哆嗦嗦地从石狮子上爬下来，回头看了一眼，没把她吓死！那背后府邸上挂着的金漆大字，可不就是"丞相府"嘛！

毛大珠极怕陆霜华认出她，她觉得自己现在瘦如麻秆，没有以前漂亮，陆霜华肯定更不喜欢她了。她准备吃胖以后再来找陆霜华，谁知道就这么不凑巧，在她最丑的时候遇到陆霜华。

陆霜华看毛大珠行动不利索，扶了她一把。

毛大珠身体瘫软地靠在陆霜华身上，声音发颤："这位公子，有事吗？"

陆霜华感觉到她身体柔软的触感，脸一红，轻声说："姑娘，你踩到我们家狮子了……"

毛大珠大惊，以为陆霜华要让她赔，为了推卸责任，她张口说谎："啊！是吗？！民女自幼失明，没看到公子你家的狮子，我就说嘛刚才什么东西绊了我一下，大概是狮子尾巴吧……"

毛大珠在巨大压力下展示了完美演技，她双手颤抖着摸上陆霜华结实的胸肌，眼神失焦，试图将一个楚楚可怜的盲人姑娘演绎得惟妙惟肖。然而陆霜华直接揭穿了她的谎言："我是说，我家门口镇宅的石狮子。你失明是怎么爬上去的？姑娘，你刚才给孩子们递包子的时候我也看见了，动作快狠准，一点都不像盲人。"

毛大珠的手尴尬地僵在半空，手心里是陆霜华肌肉柔韧的质感，她进退两难。

陆霜华见她表情僵硬,却轻轻笑了,他一笑,宛如长虹贯日,美不胜收。

"姑娘宅心仁厚,在陆府门前发放食粮救济穷人,陆某敬佩姑娘。"

毛大珠愣住了,她从来没见过陆霜华这样的表情。

毛大珠突然想起锦若长公主说的话,陆公子温柔儒雅,林将军和蔼可亲……

颜锦若说的就是这样的陆霜华吧!

可陆霜华怎么会突然性情大变呢?!以前他不是这样的啊!难道是她失踪太久,陆霜华思念成疾,连性格都变了?

毛大珠的心脏扑通扑通猛烈跳动,理智告诉她,陆霜华对她态度不一般,不是暗恋她,就是明恋她!

啊,难道是因为她变瘦了?

虽然没有以前漂亮,可恰好是陆霜华喜欢的类型啊!

· 第四节 ·

毛大珠的自信突然又回来了,她掏出钱袋,把全部的银元宝都倒在手上,财大气粗地说:"本姑娘刚才是和你开个玩笑!踩脏了你家狮子,多少钱我赔!"

毛大珠手小,捧了几个银元宝就满满当当的了。她想了想,表情变得沮丧,自说自话演起戏来:"哎呀,身上银子不够了,恐怕赔不起,要不然就以身相许吧!反正咱们这么配,吼哈哈哈哈!"

毛大珠正笑着,突然觉得不对劲!这是她的招牌笑声,很容易被人发现她的真实身份!她笑到一半,硬生生将狂放的笑声扭转成细弱的"咯咯咯"。她掩唇而笑,满头冷汗,希望陆霜华不要发现什么。

毛大珠正笑着，又觉得不对劲！这是楚安阳教给她的招牌毛氏笑声，更容易被人发现！

毛大珠"咯"了几声，硬是把笑声改成了自创的"嘎嘎嘎"……

陆霜华什么都没看出来，在他眼里，面前的美人儿一气呵成地笑出了"吼哈哈哈哈咯咯咯嘎嘎嘎"这样震撼人心的声音。他嘴唇动了动，却什么话都没说出来，这样惊世骇俗的笑声，难道他能夸得下去？

他又不是陆知秋，学不会那见人说人话，见鬼说鬼话的本事。

可陆霜华此时却觉得，多希望学会爹说话的功力……

"你看着我干啥？以身相许的事情你快点给我个答复啊！"

"这……陆某与姑娘初见，彼此都不了解，恐怕不好做主……"

"成了亲不就了解了吗？再说了，关了灯不都一个样子。"

毛大珠将银元宝收回去，大大咧咧地说着，假装自己没有心虚。

其实她也知道自己的话太黄，简直是挑战陆霜华的底线！依她对陆霜华的了解，他很可能会暴跳如雷骂她女淫贼！

毛大珠眼睛死死盯住陆霜华腰间的佩剑，心想如果陆霜华拔剑杀她，她要以最快速度逃走！

但陆霜华身上一点杀气都没有，他的耳朵红通通的："陆某说的是性情相投，并非容貌身材。"

毛大珠挺胸抬头望着陆霜华，依旧肆无忌惮："那你看我容貌身材怎么样？喜欢吗？"

陆霜华招架不住了，他后退几步，眼神闪烁不敢看毛大珠："姑娘，你别逼我……"

毛大珠拉住他的手，双眸清澈如水："男大当婚女大当嫁，不是很正常嘛。陆公子不愿意，是嫌我丑？"

陆霜华摇头，面前的姑娘哪里跟"丑"扯得上关系？他低头看着少女牵着自己的手,觉得好似有一股暖流从手心传递进体内,耳边传来少女甜美的声音,宛如春风吹皱一江水。

"嫌我胸小?"

陆霜华的表情僵了一下,他从来没见过这种厚颜无耻的女人……

啊!除了毛大虎的女儿,那个丑胖丑胖的毛大珠!

毛大珠以为陆霜华嫌她瘦弱,拍着胸脯保证:"这都不是事儿,我能吃胖的!"

吃胖?那不是变成了第二个胖到无法弯腰的毛大珠吗?

陆霜华脑补着两个同样厚颜无耻的圆球朝他奔来,丞相府被撼动坍塌的画面,他身子忍不住抖了一下,抽出手说:"你和我一个朋友很像。"

毛大珠脱口而出:"谁啊?"

却听到她自己的名字从陆霜华口中说出:"你认识毛大珠吗?"

毛大珠吓得一哆嗦,难道陆霜华发现了什么?

不行不行,她绝对不能暴露!

毛大珠故作镇静,可她内心的恐惧让她舌头打结,连口音都变了:"猫打猪是谁……"

陆霜华微怔:"听姑娘口音不是本地人?"

毛大珠连忙顺着陆霜华的台阶爬上去:"对!卧是歪地来的(我是外地来的)!"

陆霜华心中微微有些失望,毛大珠生死未卜,他与楚安阳寻找多日都不见踪迹,也不知道毛大珠如何度过寒冷的冬天。毛府有些下人已经失去信心,买了牌位悄悄地供奉毛大珠,但他不相信,毛大珠就算是死了,也肯定会有痕迹,怎么可能突然像风一样消失了呢?

陆霜华总觉得这里面有什么不对劲。

"也对,姑娘怎么会认识毛大珠呢,是我多心了。"

陆霜华叹了口气,长睫垂下。

毛大珠心里一动,她觉得陆霜华在惦记她,想着想着眼圈就红了。

陆霜华并没有发现异样,他看着毛大珠胳膊上挎着包袱,又问:"姑娘要去哪儿?投奔亲戚吗?"

陆霜华问的问题,毛大珠还没编好,支支吾吾老半天,终于想到借口:"小女子无父无母,来京城是想找个青楼卖艺不卖身,赚点银子养老。敢问公子,京城哪家青楼技术强?"

陆霜华脸色微红,下意识地说:"陆某对青楼不太了解,姑娘还是去问问别人……"

话一说出口,他心中极为懊恼,他怎么能让一个姑娘去青楼呢?这简直就是逼良为娼!

毛大珠倒是很高兴,陆霜华真是纯洁可爱,她忍不住想捏他红红的脸蛋儿。

哎呀,不行不行!毛大珠狠狠打了一下自己的手,她还有正事呢,可不能耽误!

毛大珠施个礼,高高兴兴地说:"珠儿多谢公子,后会有期!"

转身正要走,手却被陆霜华拉住,身后传来陆霜华清洌的声音:"你叫珠儿?"

毛大珠僵在那里,她听到自己脖子青筋微微扭动的声音,耳边仿佛寂静一片,只有她自己的呼吸声。

陆霜华一把将毛大珠揽入怀中,深邃双眸盯住她吓白了的脸:"敢问姑娘芳名?"

就算被陆霜华拥在怀中,也不能让毛大珠笑对人生,她得临时编个名字应付陆霜华啊!可她向来不学无术,哪里想得到什么诗情画意的名字?毛大珠此时终于懂得什么叫作"书到用时方恨少"!

陆霜华的眼神给了毛大珠极大压力,她心跳很快,索性啥也不想了,咬牙说道:"我叫毛二珠!"

陆霜华愣在那里。

这个名字……

怎么这么耳熟?

莫非是毛将军在外惹下的风流债?

陆霜华听说毛大虎的夫人江凌秋年轻时是京城有名的美人儿,毛大虎爱妻如命,怎会出轨?江凌秋过世十几年了,围在毛大虎身边的女人不少,但他一直都没有续弦,只把毛大珠当宝贝一样宠到大。

就算陆霜华不喜欢毛大虎,也不相信毛大虎会在外面乱来。

那么,毛二珠是不是毛大珠流落在外的亲姐妹呢?

陆霜华仔细看了看面前的少女,见她大眼睛忽闪忽闪,好像一只萌萌的小白兔,不由得摇了摇头。

怎么可能是亲姐妹?!她们俩根本是一个天上一个地下!

· 第五节 ·

毛大珠偷瞄陆霜华,也不知道他在想些什么,有些害怕,双眸闪烁,更显娇弱。

"陆公子,你抱得人家好紧。"毛大珠嘤咛一声,"啊,好紧……"

陆霜华浑身宛如过电,手一抖便松开毛大珠,连脖子都红了:"是陆某失礼了。"

毛大珠松了口气,她就知道像陆霜华这样的正人君子,只要说些暧昧话让他脸红心跳,打乱他的思路就可以了。

毛大珠整了整微皱的衣裙，小心翼翼地问："那我可以走了吗？"

陆霜华犹豫了一下，委婉地说："青楼那种地方，并不适合珠儿姑娘。"

毛大珠以为他说自己姿色不够，心里有些不开心："怎么不适合了，我觉得挺适合。"

陆霜华见毛大珠执迷不悟，问道："姑娘会什么才艺吗？"

"才艺？"

"比如琴棋书画，诗词歌赋。"

毛大珠迷茫地摇摇头，她在将军府吃了睡，睡了吃，哪里需要学习才艺。

陆霜华笑道："姑娘一点才艺都没有，如何卖艺不卖身？"

陆霜华本意是在劝她，毛大珠却觉得他看不起自己，不满地嚷嚷："我会唱歌！我唱歌可好听了！"

陆霜华愣了一下，没想到这么漂亮的少女还有如此才华，他眉眼弯弯地望着她，饶有兴趣地问："什么歌？"

毛大珠就站在丞相府门口，放声高歌："大妹子美哟，大妹子浪，大妹子今晚把郎睡……"

"……"

"大妹子美哟，大妹子俏，大妹子明晚还要把郎睡……"

"……"

"陆公子，你咋不说话？快夸我啊！"

毛大珠看陆霜华脸色发白，忍不住主动求夸赞。

陆霜华没说话，他不知道该说什么，只觉得鼻尖有汗冒出来。

"不好听吗……"

毛大珠懂得察言观色，看陆霜华没有反应，有些不自信了。

每次在楚安阳面前唱歌，他都说她唱功举世无双，能让听者悲，闻者泣，感天动地！空前绝后！

陆霜华嘴唇张了张，说不好听吧，她嗓音干净，每个字都在调上，也没什么问题；说好听吧，这种淫词浪曲，如何能登大雅之堂？若在青楼唱了这样的歌，简直等于在调戏男人，根本守不住贞洁！

陆霜华心中天人交战，最终下定决心，斩钉截铁地说道："不好听！"

毛大珠仿若五雷轰顶，她委屈地看着陆霜华，眼睛逐渐漫出朦胧水雾来。

"我就知道我做什么，你都不喜欢。我不管！我就要去青楼！我要做花魁！"

毛大珠哭得稀里哗啦，转身就走。

陆霜华看着她梨花带雨的模样，心里一下子软了，他也不知道自己在想些什么，居然追了过去，拉住她的手："姑娘留步。"

毛大珠回眸看他，晶莹剔透的泪珠悬在眼眶里，那眸子宛如星辰般璀璨。

陆霜华的心脏猛地一跳，他不想再惹毛大珠伤心，看着她哭泣的模样，他心里也不舒服，他轻声提议："珠儿姑娘不妨先住到陆府，我派琴娘教姑娘些才艺，将来也好在江湖上行走。"

住到陆霜华家里？

毛大珠眼睛一亮，擦干眼泪："真的吗？"

陆霜华望着毛大珠："姑娘如果答应，我这就让下人打扫出一间客房。"

毛大珠用力点头，这简直是与陆霜华生米煮成熟饭的好机会，她立即点头答应："愿意愿意！"

毛大珠住进了丞相府。陆霜华果然没有食言，安排了城中技艺最高超的琴娘来教导毛大珠。

丞相府里每日萦绕着毛大珠的琴声，仿佛撕扯着嗓子的乌鸦，大家都受不了了，纷纷央求陆霜华让毛大珠收手。

陆霜华也看得出，毛大珠没有弹琴的天赋，虽然毛大珠兴致满满，但他还是残忍地阻止了她。

毛大珠死死抱着怀里的琴,不肯放手:"你说过要教我弹琴的,你出尔反尔!"

陆霜华很为难,看着毛大珠泪汪汪的眼睛,他觉得自己好像是坏人。

陆知秋恰好经过琴房,听到儿子在和什么人争执,出于好奇,他进来看了一眼。

陆知秋后知后觉,此时才发现,盘旋在院中多日的鸦叫声居然是这个丫头所奏之琴。

陆知秋轻咳几声。

陆霜华回头看他,喊了句:"爹,你怎么来了?"

陆知秋抚须说道:"爹听见你们在争执什么,就过来看看。霜华,这样可不好啊,爹平时是怎么教你的?对待漂亮姑娘,应该温柔谦逊,不管是你的错,还是姑娘的错……都是你的错!"

陆知秋的话安慰了毛大珠,她放下琴,抽泣着说道:"陆伯伯,陆霜华要抢我的琴。"

陆知秋当然知道是怎么一回事,但他装糊涂:"二珠,你别怕,告诉伯伯发生了什么事?"

毛大珠把情况添油加醋地讲了一番,陆知秋觉得儿子做得对!

这琴声简直是毁天灭地的魔功,绝不能让这丫头练到最高境界!

但陆知秋表面上还是站在毛大珠那边:"霜华啊,这就是你的不对了。明知道珠儿姑娘弹琴好听,你还要剥夺她的爱好。你应该讲道理,轻声细语地告诉她,这琴音已经练到出类拔萃的境界了,该换个才艺学了。"

陆霜华一听便知道爹的意思,立即附和道:"孩儿还没告诉珠儿姑娘,她就哭了……"

陆知秋走过去拍拍毛大珠的肩膀,顺手将她怀里的琴拿了过来,朗声笑道:"一切都是误会。二珠,你可不要放在心上啊。我们霜华脸皮薄,夸奖人的话说不出来,你懂得他的心意就好。"

毛大珠也不知道自己怀里的琴何时到了陆知秋手里,但她已经顾不得这些了,羞答答地看了陆霜华一眼:"以后有什么话就说嘛,说我长得漂亮也好,说我弹琴好听也好,我都爱听。"

原本闹哄哄的琴房里,顿时变得和乐融融。❀

第七章
毁容我就杀了你

· 第一节 ·

毛大珠又开始学习吟诗作画，虽说画得超烂，气得画师吐血数次，但好在不影响别人。

毛大珠在陆霜华府里住了大半个月，她乐不思蜀，根本没想过爱女如命的爹还在惦记她。

反正都失踪半年了，再多失踪一段时间，爹也不会怎样的。

毛大珠决定，等她与陆霜华有了夫妻之实，带着陆霜华回家，给爹一个大大的惊喜！

可是怎么样才能睡到陆霜华呢？这是个严肃的问题！

整天画画作诗，毛大珠已经腻了！她的真实目的根本不是当青楼花魁，学这些做什么！而且琴房离陆霜华的卧房也远，她晚上想潜入陆霜华房间都不方便！

毛大珠不愿意再画画了，她闹着要干活。

她是这样想的，成为陆霜华的贴身丫鬟，可以帮他宽衣解带，半夜倒个夜壶，还能灌醉他做些不轨之事！

陆霜华当然不知道毛大珠在想些什么，她只说自己不愿做米虫，想尽点绵薄之力。

陆霜华拗不过她，便让她先去厨房学着烧菜，于是陆家的饭菜总是会有残缺：比如烧鸡会少只鸡腿，烤鱼会少了鱼尾巴，连饼子都经常被咬成月牙儿状。全都是毛大珠忍不住诱惑偷吃的。

怪不得每到开饭的时候她就说自己没胃口不吃了，敢情她在饭前已经吃饱了！

陆霜华只好把毛大珠调去洗衣服，于是毛大珠把若干件衣服捣成了烂泥。

陆霜华看着烂到手都捧不起来的衣服，不知道她和那些衣服有多大仇。

这姑娘不会琴棋书画，不会洗衣做饭，一人浪迹在江湖中，可怎么活得下去啊。

吃晚饭的时候，陆霜华盯着毛大珠握着筷子的手指，她正勤快地扒拉着饭菜，把肉挑出来吃掉，只留下蔬菜。陆霜华觉得毛大珠的手不像是十指不沾阳春水的千金小姐，忍不住问道："二珠，你以前干活吗？"

毛大珠吃得嘴里鼓鼓的，含混不清地说道："干啊！"

陆霜华微微皱眉，那她怎么做什么就搞砸什么？

陆霜华又问："你都干些什么？"

毛大珠仰起脸看他，一脸得意："我会爬树、劈柴、抓鱼、钻木取火……"

她一口气说了十几样，陆霜华脸色微微发白，不知道毛二珠到底经历过什么，难道她是野人吗？！

毛大珠咬了一口包子，突然想起什么，拍着胸脯说道："你不说我差点忘了，我爬树爬得老好了！府里有什么需要爬树的活吗？全都交给我！还有，我钻木取火的本事比用火折子还好呢！"

在湖边的那段时间，毛大珠捉不到鱼就爬到树上摘野果，从开始的屡爬屡摔到后面灵活如猴子,她营养摄入不足,运动量却大得出奇,活生生瘦成了一道闪电。她生母原本就长得漂亮,美貌也遗传到了毛大珠身上,只是她以前太胖了,满脸横肉,漂亮的大眼睛被挤成了一线天,哪能看出半点美人姿态。

陆霜华以为毛大珠家境贫寒,小时候肯定受了委屈,他有些心疼,说道:"府里不需要你劈柴烧火,你就安心做米虫吧。"

毛大珠立刻摇头:"那怎么可以?!人要是没有追求,跟一坨饭团有什么区别!"

毛大珠所说的追求,是睡到陆霜华。

但陆霜华以为她有什么宏图大志,他停下手里的筷子,温柔地望着毛大珠:"你当然可以有自己的追求,不管你想做什么,我都会支持你。可如果有一天你觉得太辛苦,想要停下来,我也不在乎你永远当个米虫。"

毛大珠愣在了那里,心里好像有什么东西在喷薄。

陆霜华居然支持她睡他!

毛大珠激动得热泪盈眶!

毛大珠决定了,今晚就要去睡陆霜华!

吃完饭,毛大珠准备洗澡,她想把自己洗得干干净净,涂上香粉,晚上也好诱惑陆霜华。

毛大珠正在打水,突然听到环佩叮当,她望向院门口,看到颜锦若在侍女搀扶下飘然而来。她素美的白裙在月光下泛着朦胧清辉,头上的金步摇虽然华贵,却丝毫不显得繁复,远远便知必是世间少见的美人儿。

陆霜华显然很意外,走过去从侍女手中接过颜锦若,扶着她问道:"长公主怎么来了?"

颜锦若娇柔地说道:"最近没有见到陆公子,以为公子忘了锦若。"

陆霜华笑道:"长公主说笑了,我忘了谁也不会忘了你。"

陆霜华说的是客套话,但毛大珠听着就是不舒服,她松了手,水桶一下子落在了井里。

颜锦若与陆霜华走到正厅,遇到了陆知秋,毛大珠看着颜锦若与她未来公公畅谈,心里有些醋意,她凑过去把耳朵贴在门上偷听,隐约听到陆霜华对颜锦若提起她的名字。

"长公主,还是没有毛大珠的下落吗?"

"皇兄早就派人去找了,也一直有人说见到过珠儿姐姐,可去调查才知道,大多是游手好闲之辈觊觎那十万两黄金,胡乱编出来的。"

毛大珠听到陆霜华在关心她,心里有些感动,可是想到颜霄在找她,她又心生恐惧,要是颜霄知道她还活着,肯定会派人来灭口的。

怎么办呢,她总不能一直用假身份待在陆家吧?

毛大珠咬住嘴唇想得入神,没注意到颜锦若与陆霜华一同走出了房间,她保持踮脚偷听的动作,被陆霜华完完全全看在眼里。

"二珠,你在这里做什么?"

毛大珠忙不迭地摇头,眼睛轻闪如萌萌小白兔:"我可没有偷听你们讲话!我就是看天气微凉,想着陆公子是否需要个陪睡丫鬟,暖暖床什么的。"

毛大珠开起黄腔脸不红心不跳,一气呵成还分外正经。

陆霜华却红了脸,闷声说:"你整天瞎想什么?谁说我要陪睡丫鬟了?"

毛大珠看了颜锦若一眼,点头称是:"对对,是奴婢说错话!长公主来了,公子当然要和长公主一起睡了,奴婢这就告退。"

毛大珠故意露出一副失落的模样,正要走,陆霜华突然箍住她的手腕,稍一用力,她便撞进他结实的胸膛。

毛大珠仰起脸看到陆霜华那深不可测的眼,他嘴角噙着一抹淡笑,声音虽然不大,但也没有刻意避讳颜锦若:"你在吃醋吗?"

毛大珠只觉心脏猛地一跳，她能感觉到陆霜华胸口的温度，还有那强烈的心跳声，分不清是她自己的，还是陆霜华的。

毛大珠心潮澎湃，觉得自己像是被宠幸的小妾，在正室面前耀武扬威。

不对不对，她才不是小妾！等她回到将军府，再带着聘礼来陆府逼婚，陆霜华哪里敢纳妾？就算是长公主也不行！

毛大珠面色潮红，轻轻推开陆霜华："公子在说什么啊……"

· 第二节 ·

颜锦若不知道面前的姑娘是什么身份，看打扮大概只是个丫鬟吧，但确实姿色不俗，陆霜华府里藏了这样的佳人，怪不得他最近都没找她了。

颜锦若声音轻软地问："这是……"

陆霜华给她介绍："她是毛二珠，我家的客人。"

毛大珠觉得"客人"这个身份太疏远，她搓着手羞涩地说："不不不，我不是客人，我是陆公子的贴身丫鬟！贴身的那种！"她说着，还努力地贴在陆霜华身上蹭来蹭去。

陆霜华感觉到面前少女凹凸有致的身材，脸颊发烫，总觉得再这样下去会在颜锦若面前失态，他单手将毛大珠推出一段距离。

"二珠，你先退下，我与长公主有事要谈。"

毛大珠心中一惊，害怕锦若长公主赶在她之前睡到陆霜华！

可是以她现在丫鬟的身份，根本没资格参与世子与长公主的对话，毛大珠连想都没想，拉住陆霜华便问："你们是不是在找毛大珠？"

陆霜华的动作僵在那里，他扭头望向毛大珠："你不是说……不认识她吗……"

毛大珠面不改色地撒谎:"我本以为我不认识她,但来到陆府的这段时间,也听到下人们议论,知道毛大小姐失踪的事情。下人们说她丰满美艳,是世间难寻的美人儿。我记得去年深秋我去武明山游玩,上山的时候看到一个外表身形与毛大小姐非常相似的姑娘。当时我们还一起聊了几句,那姑娘穿着雪白的狐裘大衣,发髻上的八支金簪一看便知价值连城,只是她身娇肉贵,爬不了太快,我便与她在山腰处告别。现在想来,她很可能是你们要找的毛大珠。"

陆霜华又惊又疑,若是真如二珠所说,遇到一位丰满美艳的美人儿,那根本不可能是毛大珠!可是听二珠描述出的衣着打扮,除了毛大珠还能有谁呢……

这段时间毛家接到不少线索,不管多么荒谬,毛大虎都秉承宁可错信不可放过的原则,如今再接到这样的线索,就算不可能,也该去看看……

而且大家寻遍全城,确实没找过武明山……

陆霜华心中思绪万千,颜锦若见他沉默,还以为他不想找毛大珠,她扯扯陆霜华的衣袖,柔声说:"陆公子还是去武明山看看吧,我听说山上有个尼姑庵,也许珠儿姐姐受到什么打击,出家了呢。"

陆霜华心口一颤,真是无法想象毛大珠出家的画面。

要是山上住着些眉清目秀的小和尚,他倒是能想通毛大珠的动机。

难不成,毛大珠真和哪个小和尚私奔了?

陆霜华不敢想,他摇摇头,清除掉脑中乱七八糟的幻想,告诫长公主:"锦若,你还是太单纯,不了解那个丧心病狂的女魔头!你要是说她占山为王,霸占了几个不谙世事的小和尚当玩物,我倒是相信。说她出家,呵呵呵呵呵……"

毛大珠的太阳穴跳了一下。

陆霜华居然这样说她,她感到很悲伤。

而颜锦若居然信了,她柳眉微蹙,轻言细语地说道:"或许珠儿姐姐有什么苦衷呢?陆公子还是去武明山看看吧,我也禀告给皇兄,让他派些侍卫一起寻找。"

陆霜华道:"不急,明日我与楚安阳一起去山上看看,有什么线索再禀告皇上。这段时间他为毛大珠的事情操碎了心,若是没有十成把握,我不想劳烦皇上费心。"

陆霜华是怕颜霄看到毛大珠与俊俏小和尚们花天酒地的画面会伤心,颜锦若却以为他真心为颜霄着想,感动地说道:"还是陆公子考虑周到。"

毛大珠的目的达成了,当天陆霜华并没有和颜锦若发生什么,他送走长公主以后,心事重重地找来楚安阳,两人商讨了一番,决定次日去武明山一探究竟。

次日一大早,楚安阳便来到了陆府,他站在院中,依旧潇洒俊逸,引得无数丫鬟芳心暗许。毛大珠害怕被楚安阳发现她的身份,戴上了黑色斗笠,将脸遮得严严实实的。陆霜华觉得她这样很可疑,便问道:"二珠,你怎么打扮成这样?好像是不想被谁看到你的脸?"

毛大珠抖了一下,陆霜华说话干吗这么犀利?

她干笑道:"我有些着凉,不能见风……"

陆霜华关切地说:"那你就别去了,在家好好养病吧。"

"那怎么行呢!公子的事就是我的事!"毛大珠连忙摇头。已经过去那么久了,颜霄挖的坑恐怕早已被填平了,要是没她带领,谁也不会找到毛大珠来过的痕迹。

陆霜华看她这么坚持,只好答应:"好好好,那你多穿点,千万不要冻坏了。"

陆霜华对毛大珠特殊的态度引得楚安阳注目,他打量毛大珠一番,只能看到她窈窕的身姿和密不透光的黑色面纱,和他见过的千百种美人儿一样毫无特点。楚安阳不屑地说:"我家小姐还没找到,陆公子就另寻新欢,要是让小姐知道了,九泉之下如何能瞑目?"

毛大珠的嘴角抽了抽。

虽说楚安阳是在为她说话,可这说话的技巧,就不能再高一点吗?

还不等毛大珠出言反驳,陆霜华已经冷漠地开口:"谁说毛大珠死了?你作为毛家尽职尽责的狗腿子,这么咒你家小姐恐怕不妥吧。"

楚安阳拔出长剑,杀气扫起遍地落叶,掠过陆霜华素白的长衫,宛如碧绿玉石落在白雪之中。

两大美男对峙的场面如诗如画,毛大珠几乎看呆了,这可是第一次有人为她争风吃醋啊!

不过凡事还是要以大局为重!毛大珠清了清嗓子,学着颜锦若的样子,柔声说道:"两位少侠,该出发了,有什么事等找到毛大小姐再说也不迟……"

楚安阳收回剑,懒得再理陆霜华,虽然他对身为大小姐情敌的毛二珠毫无好感,但他也没有直接表示出敌意,礼貌而冷淡地说道:"那就请姑娘带路吧。"

· 第三节 ·

毛大珠带他们来到大智峰,她本想假装无意中捡到自己的首饰,引出她曾坠崖的事实。

万万没想到!

大智峰和去年的光景完全不同,山上原本的树都被砍光了,竟平白无故建了座庙宇,俊俏的小和尚来来回回,有的挑水,有的诵经,看起来还真和陆霜华说的一样。

毛大珠的脸色有些黑，她走到颜霄挖坑的地方，用脚踩了踩，泥土松软，确实和旁边不同。她确信这里就是颜霄杀人灭口的地方！

毛大珠回头看了一眼陆霜华，他双手张开很大，尽力描绘出一个胖子的体型："……大概有这么胖，穿金戴银非常显眼……"

陆霜华面前的小和尚将水桶放下，抹了抹额头上的汗，说道："这位施主，我们善业寺在此数十年了，从未见过您说的那女人，而且庙里绝对不会收留女施主。"

陆霜华还是不死心，追问道："那她要是易容技术高明，你们没认出呢？"

和尚摇摇头，笑道："施主不信可以进去搜，我们这小庙容不得太多人，除了师父，就只有我们师兄弟五人，彼此朝夕相处非常熟悉，就算只看身材，也没有您说的那种丑胖丑胖的。"

楚安阳有些失望，但他不愿放弃任何一丝希望，他不顾陆霜华的阻拦，直接冲进了庙里。

这是一间朴素的小庙，没多久就被楚安阳翻了个底朝天，除了白发苍苍的老住持以外，还有五位清瘦的小和尚，就算脸能易容，身材肯定无法掩饰。

楚安阳一看便知道毛大珠确实不在庙里，他抿着唇没有说话。陆霜华明白他内心的失望，轻声说："要不然去山顶看看吧，也许毛大珠真的没来过这里。"

楚安阳点了点头，对老住持说道："打扰了……"

老住持笑得很慈祥，白须白发宛如仙人一般。

毛大珠心中有些着急，她知道一定是颜霄在捣鬼！她不肯离开，蹲在颜霄曾经挖过坑的地方，用手刨开一个土坑，发出惊讶的声音："你们快来看，这是什么？！"

楚安阳和陆霜华快步走来，看到毛大珠手中脏兮兮的翡翠戒指，她刚才故意把戒指在土坑里滚了一遍，所以沾着泥土显得格外真实。

陆霜华接过戒指，往自己大拇指套了套，宽宽松松的，确实只有胖子才戴得上。楚安阳更是在戒指背面发现了一个"毛"字，他深信是毛大珠的首饰，转身怒视六位和尚："这是怎么回事？"

老主持眼神闪了一下，却还是强装镇定，看了一眼毛大珠："老衲不知道施主在说什么。那土坑是准备栽树的，可惜树苗还没栽进来就死了，老衲便让徒弟们把坑填了，坑里分明什么都没有。"

楚安阳不相信，找了把锄头便开始挖坑，和尚们看着，也没什么反应，显然他们知道楚安阳在白费力气。毛大珠不想浪费时间，趁着和尚们注意力都在楚安阳身上，她走到悬崖边，又掏出一枚白玉指环埋进土里，再次发出震惊的声音："这里还有！陆公子，我们在这儿多挖一会儿就发财了！"

毛大珠假装不知道发生了什么，除了那几个心怀鬼胎的和尚，没人看得出她的心机。

楚安阳在坑里没发现什么，他庆幸没有挖出大小姐的尸体，却也感到失望，然而山崖旁那女子的喊声又一次给了他希望。他赶过来看到那贵重的白玉指环里依旧刻着"毛"字，再也忍不住了，不管住持怎么说，他肯定是不相信了，于是叮嘱陆霜华守着善业寺，自己下山去搬救兵。

毛大珠摘下斗笠，坐在土墩上等待楚安阳回来，余光看到老住持一直在打量她，心里有些发虚。

住持走到毛大珠身边，低声说道："这位女施主似乎有备而来。"

毛大珠装作听不懂，仰起脸望着住持："我去年来过大智峰，并没有见过什么寺庙。"

住持抚须，面色似有不悦："善业寺在此已经数十年，怎能你说没有就没有。"

毛大珠露出微笑，双眸闪烁如繁星，漆黑长发被山风吹起，映着点点阳光，斑斓璀璨："你这和尚倒是嘴硬，你说有就有吧，我懒得和你争辩，事情总有水落石出的一天。"

住持没有说话,他望着毛大珠的眼神带了几分探究。

其实毛大珠知道这很危险,若这群人是颜霄的手下,颜霄很快就会察觉她是知情人,她见识过颜霄的手段,她不敢再见识第二次。可她必须让大家知道她还活着,如今已经顾不得其他。

陆霜华从庙里走出来,看到住持用奇怪的眼神望着毛大珠,他下意识地走过来护住她,轻声问道:"他对你说了什么?是不是想杀你灭口。别怕,有我在,他们不敢对你怎么样的。"

毛大珠看着陆霜华绝美的面孔,心里好似开了一朵花。

她牵住陆霜华的手,甜甜地说:"没有啦,我们只是聊了聊佛学感悟。"

陆霜华握着少女柔软的小手,心脏猛地跳了一下,他突然想到什么不得了的事情,心中大惊,忍不住握紧了毛大珠的手,紧得好似怕她随时会消失:"佛学感悟?难不成你要出家?"

毛大珠叹口气,觉得陆霜华真是感情白痴:"出了家怎么睡你?!"这句心里话是她不知不觉,脱口而出的。

陆霜华没想到,连她自己都没想到!

他们两人面面相觑,相握的手仿佛触电一般,浑身上下都透着尴尬。

毛大珠移开视线:"咳咳,那啥,有点饿了,有肉包子吃吗?"

陆霜华也没敢看她,丢给她一个包袱:"这里有卤牛肉和饼子,你饿了先吃吧……"

· 第四节 ·

几个时辰后,楚安阳终于回到了大智峰,还带来一队训练有素的士兵。

毛大珠认得其中几人，知道是毛大虎手下的军队，他们将绳索绑在山石上，从峭壁上小心翼翼滑了下去。

经过密集搜索，大家终于发现了毛大珠曾住过的小屋，屋外挂着毛大珠昂贵的狐裘大衣，衣服是楚安阳买的，没有人比他更清楚。

楚安阳一把将大衣扯下来，看到上面大大小小的破洞，猜测着大小姐是否发生了意外，士兵看他神色沉重，低声劝慰："大小姐肯定没事，楚侍卫不必担心。"

楚安阳没说话，他找到毛大珠宽大的旧衣裤，以及吃饭用的瓢。

对比着大小姐的日常习惯，楚安阳确信毛大珠曾在这里住过！

可她现在去哪儿了呢……

床铺上都是灰尘，显然她很久没有回来过了……

在楚安阳历尽艰辛寻找毛大珠的同时，毛大珠本人已经在山崖上等得快要睡着了。她头靠在陆霜华的肩上，也不知道梦到在吃什么，嘴巴吧唧吧唧的，口水都滴在了陆霜华的衣服上。

陆霜华凝视毛大珠的睡脸，看到她纤长的睫毛在风中轻颤。

她的美丽与锦若不同，她美得率性洒脱，却也有几分娇俏甜美，不知不觉激起他的保护欲。即使相处时间不久，他却已经把二珠当作了重要的人。

可不知道为什么，陆霜华又想起了毛大珠。

她不漂亮，也不温柔，但她对他的感情却是真真切切的。

也许说出来很可笑，他竟然在担心毛大珠，他害怕毛大珠会出意外，他总觉得她的失踪与自己有关。若不是有心人假冒陆霜华给毛大珠写信，她怎会独自外出？能拖着这么肥胖的身体爬上这大智峰，一定精疲力竭半死不活了吧……

冷风吹乱了陆霜华的长发，暮色映得他眼中星星点点的清冷。

心里有些难受，陆霜华从未对外人说过他的这份愧疚……

他说不出口……

拼命寻找毛大珠的是楚安阳,他什么都没做过。

万一毛大珠死了,他是否会带着这份悔意,永远活在愧疚中……

士兵们围住了寺庙,一切都在楚安阳的掌握中。陆霜华觉得自己是多余的,也确实如此,他又不是毛大珠的谁。他脸上又刻意露出那种冷漠的神色,好像事不关己。而当事人正熟睡在他怀里,咬着他的袖子以为正在梦里吃肉。

陆霜华推了推毛大珠,声音温润如竹林微风:"二珠,醒醒,该回去了。"

毛大珠迷迷糊糊地回答: "不吃了……吃饱了……"

陆霜华轻轻摇摇头,嘴角扬起一抹弧度。

也许是无奈,也许是宠溺……

他将毛大珠横抱起来,姿势优雅又温柔,那素白锦衣在月光下飞舞,俊美得宛如天神。

下山的路比较难走,但陆霜华并没有叫醒毛大珠,他抱着毛大珠,穿行在山石之间。毛大珠的脑袋和双腿时不时撞到突兀冒出的坚硬山石,她好像在梦里踩空,双腿一蹬,发出一声哀号。

陆霜华以为毛大珠在做梦,没有当一回事。毛大珠也以为自己在做梦,直到她被疼醒,抬头看着陆霜华,恰好能看到他弧度完美的下巴和他专注看路的眼神。

陆霜华真好看啊,要是能睡到他,就算是死也值了!

而且他还这么温柔地抱着她,亲昵得好似跟她是一对恩爱眷侣。

毛大珠心里痒痒的,她摸摸发烫的脸,无意中发现自己满手都是血。

发生什么事了?

毛大珠正在纳闷,头又一次重重撞在了石头上,疼得她差点一口老血喷出来。

陆霜华你走路不看路啊！你就要把你未来媳妇撞死了你知道吗！

还不等毛大珠开口呼救，又是一连串猛烈撞击，陆霜华为了抄近路，抱着毛大珠从石缝里穿了过去，他完全忘记了怀中的少女头脚在他身侧，以为自己穿了过去就万事大吉。

毛大珠奄奄一息，她艰难地伸出鲜血淋漓的小手，握住陆霜华的胳膊。

陆霜华低下头，正想温柔地问一句"醒了"，突然看到怀里抱着一个"女鬼"，他最怕鬼了，吓得大脑一片空白，双手一松，毛大珠就这样从他怀里掉了下去，滚进了下面的土堆里。

陆霜华反应过来，连忙冲下去刨开土堆，看到毛大珠蓬头乱发，满脸泥污，她眼神阴冷地望着陆霜华，口中不知重复了多少遍："要是毁容我就杀了你！"

陆霜华万分愧疚，用洁白的衣袖擦了擦毛大珠脸上的血迹，也不在意弄脏衣袖。

他想说几句甜言蜜语哄哄她，可是话却卡在喉咙里。

陆霜华努力回忆着爹的话，良久，他从牙缝里挤出一句生硬的话："二珠，就算你现在脸肿得像刚出锅的馒头，也还是很好看的……"

"……"

这是夸人吗？

算了，他没有谈过恋爱，忘了怀里有个女人也在情理之中……

毛大珠努力让自己去理解陆霜华，但理解归理解，可不能阻止她趁火打劫的决心！

毛大珠吐掉粘在嘴角的杂草叶子，握住陆霜华的手，宛如濒死之人，无比虚弱地说："若我脸上留了疤，陆公子可要对我负责……没留疤也要对我负责……弥补我的心理创伤……"

陆霜华轻轻点了点头，他眼底的歉意万分真实，也是真心愿意对她负责的。

毛大珠看到陆霜华这样的眼神也就满意了,她又累又疼,闭上眼说道:"我想眯一会儿……"

陆霜华将毛大珠抱在怀中,望着她因失血过多而发白的漂亮面孔,眼睛里似乎有什么东西快要溢出来:"二珠,你不能睡……你要是睡了就醒不过来了……答应我不要死……"

陆霜华说着,声音竟然有些哽咽,他将怀中少女抱得很紧。

毛大珠被吵得睡不着,她迷迷糊糊地说:"放心吧,没有睡到你之前,我是不会死的……"

后来发生了什么,毛大珠就不知道了……

等她醒来的时候,已经在丞相府里了,沾着血污的头发被清洗干净,脸上的伤虽然还很显眼,但好在伤势不深,也已经上了药。

毛大珠拿起铜镜,看着自己满脸绿色的草药,想到陆霜华昨日辛辛苦苦将她送回家,心里又是感动又是娇羞,问伺候自己的小丫鬟:"少爷呢?"

小丫鬟说:"少爷照顾二珠姑娘一夜,早上太累了,回房去睡了。"

毛大珠觉得心湖里泛起阵阵波澜,她就知道陆霜华是个闷骚的好男人,以前对她那么冷酷,也许只是为了掩饰内心的狂野!

毛大珠低头看着自己的新衣服,这是一件漂亮的粉色锦衣,绸缎上绣着华美的牡丹暗花,显然不是丫鬟们的穿着。

毛大珠羞答答地问:"我的衣服不会是少爷给我换的吧?"

小丫鬟摇头:"少爷昨晚拿来一套衣裙让奴婢给二珠姑娘换上,奴婢给姑娘换衣服的时候,少爷特意出门避嫌。他除了嚼碎草药涂在姑娘脸上,别的什么都没做过,真的!"

毛大珠脑补着陆霜华正人君子的模样,忍不住捧着脸犯起了花痴。

不过……

"你说我脸上的草药是他嚼碎的？"

"嗯，大夫说嚼碎的药效更佳，本想让街口张屠夫的那只大黄狗嚼碎的，少爷不放心，害怕大黄会吃掉草药，就亲自来做了。少爷对姑娘真好……哎呀，姑娘你伤还没好，不能抹掉这些草药啊！"

丫鬟正说着，看到毛大珠拼命用袖子擦掉满脸绿草泥，大惊失色，正要奔出去找陆霜华求救，门突然被推开了，陆霜华就这样带着毛大虎走了进来。

毛大珠僵在那里，看到了爹，她眼圈一红，强忍住眼泪。

但在毛大虎眼里，面前的绿脸女子好似一棵树妖，眼底泛着晶莹剔透的绿光，纵使他在战场杀戮无数，却也没见过这样骇人的生物，他浑身一抖，下意识地退到陆霜华身后。

丫鬟焦急地说："少爷，二珠姑娘把草药都擦掉了。这可怎么办啊？"

陆霜华走向毛大珠，轻声问："怎么了？是不是哪里不舒服？"

毛大珠摇头，装模作样地说道："我就是怕草药有颜色，会让我肤色变绿。"

陆霜华笑着戳了戳她的鼻子："你呀，什么时候了还臭美。"

他的举动充满宠溺，让毛大虎心里五味杂陈。

毛大虎并不赞成女儿跟陆霜华在一起，所以见他移情别恋，暗暗松了口气。可是想起大珠那么喜欢陆霜华，她失踪了，陆霜华不但不伤心，还和别的生物打情骂俏，毛大虎又愤愤不平。

· 第五节 ·

陆霜华想着药草敷了一夜应该已经起效，便用锦帕在旁边的铜盆里沾了水，为毛大珠拭去脸上的绿草。毛大虎这才发现面前的绿脸怪物是个女孩子，他正想询问她与陆霜华是什么关系，突然惊住。

还原了肤色的毛大珠双眸清亮，粉唇娇柔，姿色绝世。

竟然与毛大虎过世的妻子江凌秋有些相似！

当年江凌秋身为京城第一美人，美色名震天下，就算她过世数十年，毛大虎依旧忘不掉妻子温婉的眉目，面前的少女与秋儿太像了，只是她肤色不如秋儿那般白皙似雪，也没有秋儿温柔优雅。

毛大虎忍不住上前问道："请问姑娘芳名？"

毛大珠发现爹激动得眼泛泪花，很是纳闷，有些心虚地说："我叫毛二珠……"

毛将军虎躯一震！面前的少女不但长相与大珠一样清纯美丽，连名字都那么相似……

莫非是他年轻时在外面惹下的风流债？

但是不可能啊！他这辈子只有江凌秋一个女人，夫人生产时他也在身边，生下的确实只有大珠。他也不信是夫人做过对不起他的事情，女人怀胎十月如何能掩饰？他那么疼爱夫人，时常陪着她，将她的任何变化都看在眼里，他坚信，绝对不可能是夫人的私生女……

莫非这就是缘分……

短短时间里，毛大虎思绪良多。

因为这一层关系，毛大虎对面前的少女失去了敌意，他叹息着说道："二珠姑娘花容月貌，与我家大珠极像一对孪生姐妹。看到姑娘，老朽便想起大珠，心里不免难过，还望二珠姑娘不要介意。"

毛大虎的话让陆霜华惊得不知道说什么，连一旁的小丫鬟都忍不住悄悄翻了个白眼。

毛大珠却极为理解，面色哀伤地附和："我能理解将军的心意，毛大小姐绝美倾城，若是流落江湖必定会遭歹人觊觎。毛将军您别担心，您也知道大小姐聪明伶俐，凡事必定逢凶化吉。我也会去外面打探消息，若有大小姐的线索，必定第一时间禀告将军。"

毛大珠真心觉得自己漂亮又聪明，所以她奉承起自己格外真实，毛大虎听惯阿谀奉承的场面话，还没见过这般真挚的。他握住毛大珠的手，感动得老泪纵横："二珠姑娘，你这么好，跟陆霜华在一起亏了啊！"

毛大珠羞涩地看了一眼脸色铁青的陆霜华，轻声说："陆公子也在努力寻找毛大小姐呢。我知道陆公子心里有毛大小姐，只是他生性腼腆，不好意思说出口罢了。"

两人宛如旧友一般，兴致高昂地聊了起来。

陆霜华脸色不太好，他实在听不下去了，打断他们的对话："二珠身上还有伤，需要休息。"

毛大虎立刻提议："那就让二珠到毛府休养，我会亲自找御医为二珠疗伤的。"

陆霜华一惊，他尽力压制住心中不满："二珠只是我府上一个丫鬟，怎敢打扰将军？"

毛大虎眼睛一瞪，语气颇为不满："二珠这么好的姑娘，你居然让她当丫鬟。从今日起，我便认二珠做义女！从此她的事就是我的事！"

陆霜华愣在那里，他没想到毛大虎会如此草率！一定有什么阴谋吧？

陆霜华想要提醒毛大珠，让她知道毛大虎本性奸诈狡猾不值得信任，但毛大虎就站在这里，他要如何说出口？

毛大珠挽住毛大虎的胳膊甜滋滋地叫了声"义父"，收拾了细软，欢天喜地地准备搬回将军府。这里人多口杂，她暂时不敢说出自己的真实身份，她准备回到家再将前因后果告诉爹，她心里藏着事，便忽视了陆霜华眼底的落寞。

临走的时候,毛大珠与陆霜华擦肩而过,她转过身想说点什么,却发现陆霜华的神色不太对劲。

他站在寂寥的冷风中,白衣如雪飞舞,漂亮的薄唇抿得很紧,眸中有种少见的冰寒,好像面前绝美的少女依旧是那个丑胖子。

毛大珠有些心虚,她走近陆霜华,轻声问:"霜华,你在生气吗?"

陆霜华因她的称呼微微有些愣神,心里竟然软了几分。

可他怎么可以心软!

毛二珠突然闯进他生活里,又突然抛下他!她凭什么这么不负责?

成为将军的义女有什么好的?毛大虎有钱有权,他陆霜华也有!做了他的妻子,她一样可以享受荣华富贵……

陆霜华心口突然一紧,他在胡思乱想些什么?

他本来就是暂时照顾二珠,既然她有了更好的归宿,他应该放手才对……

毛大珠看到陆霜华脸颊微微泛红,以为他在生气,小心翼翼地扯扯他的衣袖:"你放心,我一定会回来看你的。"

陆霜华脸上没什么表情,他退后一步,语气很礼貌,甚至带着些疏远:"二珠姑娘,后会有期。"

毛大珠怔了怔,她仰起脸看着他的俊颜。

从他沉静漆黑的双眸里,毛大珠什么都看不到,她只是无端觉得,陆霜华离她越来越远。她心里难过,忍不住说道:"你别舍不得我。你这样,我也很难过……"

陆霜华脸色更红,背过身去:"谁舍不得你?我们不过萍水相逢,见你可怜帮帮你而已。"他在说什么啊!为什么心里恋恋不舍,嘴上说出的却是另一番话!

陆霜华有些懊恼,身体却无比僵硬,好像有什么东西控制了他一样,让他连回过头的勇气都没有。

身后没有回音,只有微风扫过耳畔,带来细碎的发丝摩擦声。

良久……

直到毛大虎在门外唤了一声"二珠",陆霜华才听到那轻轻的脚步声,渐离渐远……❀

第八章
毛大珠一战成名

·第一节·

毛大珠走了，陆府再也没有她叽叽喳喳的声音。

一直喜欢清静的陆霜华却觉得有些不适应，他多想府中和以前一样热闹……

藤蔓纠缠的凉亭下，陆霜华呆坐在那里自斟自饮，他遥望远处明月清辉，绝美的侧脸孤寂而迷人。

丫鬟们远远看着，忍不住发出叹息之声：

"公子绝世风华，竟也会为了一个女子感伤……"

"不过说起那二珠姑娘，确实天真美丽，与公子颇为般配。若是她成了公子的夫人，大家肯定心服口服，总好过那丑胖跛扈的毛大珠。"

"可我觉得，毛大珠也挺可怜，等她回来，发现平白无故多出个义妹来，心爱的男人也已移情，该是多大的打击啊。"

"我倒觉得最该担心的是二珠姑娘，那毛大珠是什么人？能忍气吞声吗？！到时候肯定又哭又闹，使出些卑鄙手段把二珠姑娘赶出毛府。"

丫鬟们的声音断断续续传进陆霜华耳里,他微微皱了皱眉。

他并不担心毛大珠回来,就算她将二珠赶出去,陆府也会收留二珠的。

陆霜华怕的……却是毛大珠回不来……

不知道是不是酒劲发作,陆霜华心中浮起毛二珠的身影,逐渐与毛大珠重合。

他浑身一冷,自己这是怎么了?毛大珠与二珠明明截然不同!

他揉了揉太阳穴,强迫自己将毛大珠的影子清除掉。

他看了一眼桌上的翡翠酒盏,突然想起毛大珠翠绿的棉袄。那烈焰般的红唇,被肥肉挤成一线天的眼睛,还有满头金光闪烁的珠宝,在他眼中闪啊闪,无论他怎么揉眼睛都不能清除掉那可怕的幻觉。

陆霜华发誓再也不喝酒了……

毛大珠回到毛府,谨慎地观察了一番,没有发现什么可疑的生面孔,才松了口气。

毛大虎命令下人打扫出一间客房供义女暂住,他感激二珠提供宝贝女儿的线索,但同时又很担忧,大珠从小娇生惯养,如今流落在外,一定受了很多苦……

毛大虎想着,心里越发沉重,悄悄抹了抹泪。

毛大珠看到此情此景,心里也不好受。

她之前没有说出自己的身份,是怕周围有颜霄的眼线,可如今只有她和毛大虎两人,她再也忍不住了,红着眼睛望着毛大虎:"爹,我是大珠,我回来了……"

毛大虎惊讶地望着面前的少女。她虽然脸上还有伤,却无法掩饰天生丽质,明眸皓齿,清新脱俗,如诗如画的粉衫随风飞舞,衬得她身材纤瘦,玲珑有致。

这怎么可能是大珠?!

毛大虎心中脑补无数,脸色越发苍白,他悄悄地后退半步,声音颤抖:"大珠……"

毛大珠眼睛红了,正想抱住爹痛哭,却听到爹号啕大哭:"你一定死得很惨,才会附身在二珠身上给爹捎话。大珠,你告诉爹,是谁害死了你?爹一定会为你报仇……呜……"

毛大珠很郁闷,爹征战沙场多年,兵法战略无所不通,竟然会在这种小事情上面犯傻:"爹,你想啥呢?从哪儿看出我被附身了?你仔细看看,我虽然瘦了,但五官和以前没什么区别啊,一样水汪汪的大眼睛,吹弹可破的肌肤,顾盼生姿,倾国倾城……"

毛大珠夸起自己瞬间忘我,恨不得将脑中所有优美词句都用在自己身上。

毛大虎完全没有听进去,虽然他爱女如命,但他也确实怕鬼。

毛大虎看看大珠脚下的影子,安慰自己:没事没事,鬼是不会大白天出来的!

虽说二珠瘦弱纯美,与大珠的外表没有半分相似,但论起二珠厚颜无耻的自夸神功,他又觉得有几分大珠的风范,况且二珠如画的眉目,与他过世的妻子如此相似……

毛大珠见爹不信她,心中酸涩,她想起曾经与爹相处的点点滴滴,伤感地说:"爹,你忘了吗?小时候你教我骑马射箭,可我学得不好,你最心爱的汗血宝马被我压死了,表哥也差点被我射死。后来你不让我习武了,教我女红,我将第一次绣的锦囊送给你,虽然绣得不好看,你却如获至宝,一直挂在身上。"

毛大虎身体一颤,他从腰间解下有些破旧的锦囊,上面绣着一坨屎黄色的球状物,他睹物思人,泪水终于流了下来:"这锦囊上的月亮栩栩如生,你为它起名为'嫦娥奔月',爹还记得当时整个京城都沸腾了,所有人都在感叹这鬼斧神工的绣功。啊,大珠,这世间除了我的宝贝女儿,谁还能如此心灵手巧,才华横溢呢。"

如今毛大虎已经不再怀疑大珠的身份,他与女儿抱头痛哭起来。

好一会儿,毛大虎平息了情绪,望着大珠。在他眼里,女儿瘦得像皮包骨头的骷髅,哪有以前白胖可爱?毛大虎哽咽着问:"大珠,你怎么瘦成这样,这段时间到底发生了什么?!"

毛大珠正要张嘴控诉颜霄的恶行,话却卡在喉咙里。

爹那么心疼她,要是知道颜霄想杀她,肯定会跟颜霄拼命。

本来爹的名声就不好,许多人说他把颜霄当傀儡,随时会取而代之……

外人不知道,毛大珠可清楚得很!毛家三朝重臣,何时有过叛逆之心!

她绝对不能刺激爹,不能让百姓恶意的揣测成真!

短短时间里,毛大珠想了很多,等她再次开口时,已经不着痕迹地编好了谎言:"那日我去武明山赏花,不小心从山上滑了下去,腿摔伤了,逃也逃不出去,只好在山下搭了棚子住下,饿了便吃些野果充饥,后来遇到了好心人救我出去……"

毛大虎并未怀疑大珠,他只听大珠寥寥几句,便脑补到她在山崖下绝望等死的场景。

毛大虎哭得上气不接下气:"大珠,你……呜……呜……你受苦了……"

要是有人听到毛将军在这里号哭,府里肯定要炸开锅。

毛大珠不知所措,只好岔开话题:"我这不是没事了嘛……好啦,不哭了。爹,咱今晚吃啥?"

毛大虎抹了把泪,转身欲走:"我这就吩咐厨子给你杀两头猪补一补,看你瘦得,跟烤干了的鸡仔一样……"

毛大珠连忙拉住他:"我吃不下那么多!晚上就想吃个蛋羹,喝碗酒酿圆子……"

毛大虎震惊地看着大珠:"那能当饭啊?还不够塞牙缝的!"

毛大珠很郁闷,她以前的牙缝也塞不下两头猪啊!

可是仔细想想,她确实有过一顿吃两只猪的光辉岁月……

毛大珠有些羞愧,小声说:"这段时间我一直吃得少,突然大鱼大肉,肠胃不习惯,反而容易生病。"

毛大虎觉得有道理,想了想,鼻子又忍不住红了:"大珠,都是爹不好,没有保护好你,爹一定会让你胖回来……"

毛大珠呵呵笑了两声,虽然以前爹总是夸她美若天仙,可自从瘦了,她才真正体会到做美女的快感。买衣服不用再定做,随便拿件最小号就可以穿,不用描眉画唇就能拥有立体五官,走在街上会有男子搭讪,女子们看她的眼神也是羡慕嫉妒恨。就算她不小心撞到人,对方看到她的脸,也会化戾气为柔情,各种嘘寒问暖,恨不得负责她的后半生。

最重要的是,陆霜华对她温柔体贴,简直像鬼上身了一样!

不!毛大珠不是说她以前不漂亮,而是她现在更符合当今的审美潮流。

所以,打死她也不想再胖回去了!

第二节

晚上,毛大珠只吃了半碗酒酿圆子,抽出丝巾擦了擦嘴角,一副大家闺秀的模样。

楚安阳站在门口冷眼旁观,虽然这姑娘容貌绝美,但他心里只有大小姐!

真不知道这毛二珠是什么来历,这么快就收服了毛大虎,本来说好为她打扫出一间客房,可毛大虎临时变卦,竟命下人将大珠的房间收拾收拾给二珠住。

难道连毛大虎自己也不相信大珠还活着吗？！

楚安阳不喜欢有人如此嚣张挑衅大小姐，他决定，今晚就杀她灭口！

哼哼，他对大小姐忠心耿耿，定不会让她在天之灵难以安息！

毛大珠回到自己的闺房，心中狂吼："吼哈哈哈哈！本姑娘回来啦！"但她表面没有发出任何声音，所以藏在暗处的楚安阳什么都没察觉。

毛大珠拉开她镶金嵌玉的衣柜，华美的衣裳宛如暗夜明珠般散发夺目光芒，仿佛瞬间点亮了她的双眸。毛大珠一口气拉出来四五件她最喜欢的裙子。因为裙子上缝着贝壳、鱼骨、铁链、假花，所以非常重，毛大珠只能抱在怀里，摇摇晃晃地走到床边，将衣裙一股脑儿丢在床上。

她马上就要变回将军千金了，又可以每天换三件衣服，头戴八支金簪招摇过市！

不不不，先别想这么多，先想想去陆霜华家里提亲穿什么样的衣服好看。

这件翠绿色纱裙纯真可爱，上面绣着的小红花娇艳欲滴……

那件紫红色锦衣华贵雍容，上面绣着的大菊花美艳绝伦……

每一件都那么美！到底选哪件呢？

毛大珠内心无比挣扎，她套上她最喜欢的那套金丝织成的长裙，顿时觉得化身美女，自信心全都回来了！可她忘记了，自己现在瘦了那么多，原先的裙子哪会合身？

毛大珠抓着衣领让衣服不要滑下去，此时的她，就像是套了个大号麻袋。

而此刻，就是暗杀的好时机！

楚安阳从黑暗中跃起，一剑刺来！

毛大珠不亏是武将后人，下意识地后退，险险避开致命袭击，可惜衣服就没那么好运了，直接被楚安阳的剑气划破。毛大珠的身体瞬间暴露在楚安阳面前，她上身一件淡粉色抹胸，下身粉色丝绸亵裤，中间露出小蛮腰，隐约可以看到漂亮的腹肌，充满少女的青春活力。

这一套粉红的搭配将她萌妹子的属性展露无遗,而那苍白的小脸上满是惊恐。

尽管没有杀得了她,但这惊恐还是让楚安阳满足,他听到她带着哭腔的声音:"那是波斯出产的织金锦,是本小姐最喜欢的裙子!楚安阳,你居然敢毁我裙子,老娘跟你拼了!"

说好的求饶呢?

这和剧本不一样啊!

楚安阳还没反应过来,毛大珠已经冲了过来,狠狠地掐住他的脖子。

楚安阳没想到这看似清瘦的姑娘力大无穷,他被掐得翻白眼。两人搏斗起来,从桌上滚到床上,毛大珠用手边一切东西攻击楚安阳:花瓶、蜡烛、玉枕、扫帚……

楚安阳被她砸得七荤八素,鲜血直流。愤怒的女人果然不好惹。

眼见毛大珠就要将滚烫的蜡油滴在他俊美的脸上,楚安阳翻身将毛大珠压在床上,怒道:"够了!毛二珠,我早就看出你居心叵测,在老爷面前装得很辛苦吧。"

毛大珠茫然地望着楚安阳,不知道他在说什么。

手里的蜡烛在床纱帷幔中忽明忽暗,使得气氛有些暧昧。

"我装什么了?"

"当然是装纯情无辜,让老爷带你回家,还霸占了我们大小姐的房间!"

毛大珠听到楚安阳这样说,被毁掉裙子的愤怒突然化为乌有。

这说明楚安阳心里有她呢……

毛大珠嘴角扬起柔和的弧度,双眸也弯弯如月牙儿,她突发奇想,恶作剧地问道:"楚护卫,你真奇怪,明明是我比较好看,你却总是护着你家大小姐,你是不是喜欢她啊?"

楚安阳脸一红,僵在那里,竟被毛大珠问住了。

毛大珠以为楚安阳在害羞,她本来问心无愧,却在看到楚安阳脸红以后,自己的脸也开始发烫,毕竟楚安阳是京城有名的美男子,被他喜欢可是一件很有面子的事情!

毛大珠想入非非,殊不知楚安阳是恼羞成怒,他心里已经将她杀了无数遍!

"我和小姐只是主仆,仅此而已。"

"那你为什么总是让你家大小姐多吃点,不就因为你喜欢胖子吗?!"

楚安阳的脸更红了,这毛二珠根本是在污蔑他!

不过……

楚安阳突然疑惑起来:"你怎么知道我总让大小姐多吃点?"

毛大珠没有说话,她仰面望着楚安阳,秀丽的小脸泛起淡淡红晕。

现在的她和之前那个丑胖子截然不同,连毛大虎都没看出相似,楚安阳却察觉到了什么,他下意识地说道:"莫非你认识我家小姐?"

楚安阳上上下下打量毛大珠,那种眼神让毛大珠心里发麻。

他之前根本没细看过她,因为他不屑。

如今仔细观察,楚安阳突然发现有种似曾相识的感觉。

"你的眼光和我家大小姐一样,都喜欢这种艳俗的裙子。那织金锦除了贵,没什么特点,暗色绸缎里掺杂闪闪发光的金丝,穿在身上就像穿着件寿衣火葬,傻子才会买这种反人类的东西。去年波斯只进贡了两匹,皇上赐给大小姐一匹,剩下的一匹宫里诸位公主推三阻四没人敢要,后来那一匹也送来了将军府。"

毛大珠脸色不太好,当初楚安阳可不是这样说的!

毛大珠犹记得那日,她穿戴一新站在楚安阳面前,自我感觉良好,而楚安阳眼中满满都是惊艳,竖着大拇指夸她:"大小姐眼光绝佳!能驾驭这般高贵装扮的人世间少有!只有大小姐穿出了它的灵魂!恭喜大小姐衣柜又多了件珍宝！"

呵呵，楚安阳果然在骗自己，这个两面三刀的家伙！

毛大珠张嘴想骂他，楚安阳突然捂住她的嘴，眼中的杀意，正在一点一滴消散。他不敢相信内心的猜测，可是直觉却告诉了他答案。

"这世间不会有两个人是一模一样的，对吗？"楚安阳缓缓开口。

"你说我和毛大珠吗？我们根本不一样……"毛大珠有些心虚，但她知道自己说得没错，在所有人眼里，她和以前的自己截然不同。

"你轻车熟路地找到衣柜，翻出来的都是大小姐最喜欢的衣服。"

"这有可能是巧合……"

"我不信世间有人的眼光和大小姐一样差。"

楚安阳这话是夸她还是骂她？毛大珠怎么一点都笑不出来呢……

"我也不信将军还没找到大小姐，就对一个外来女子如此照顾。"

楚安阳果然很聪明，只要他认真分析，就能猜出真相。

或许别人不信，但他相信，面前的女子，便是大小姐本人！

美女在他眼里都是一样的，只有毛大珠在他眼中格外与众不同。就算现在毛大珠变成寻常美女泯然在尘世中，她却依旧是他心中无人能替代的毛家大小姐。

楚安阳的语调忍不住发颤，他望着久违的毛大珠，只觉得眼中有泪即将落下，他紧紧抱住毛大珠，紧得差点把她勒死："大小姐，你总算回来了……"

毛大珠快要呼吸不过来了，她清晰地感觉到楚安阳胸膛的弹性。那是男性炽热的温度，好像要将她融化。

毛大珠从未与一个男子如此亲密过，虽说平日里她毫无节操，真遇到了反而拘谨得浑身僵硬，任凭楚安阳压得她动弹不得。

与大小姐重逢的狂喜让楚安阳激动不已，好半天才平静下来。

这时，他突然想起一个问题——

他刚才说大小姐最珍爱的裙子像火化中的寿衣?

楚安阳心脏扑通扑通剧烈跳动,当然不是因为害羞……

第三节

烛火在暗夜中摇曳,纱幔透射出暧昧的影光。

这一切,怎么看怎么觉得不对劲……

毛大珠内心也是有几分感动的,她推开楚安阳,通透美眸望着他,还没说话,便看到面前堂堂七尺男儿哽咽着说道:"大小姐你不知道,你失踪的这段时间我茶饭不思,万念俱灰,几次哭喊着为小姐殉情,都被老爷拦了下来,还好小姐活着回来了。若小姐有个什么三长两短,我也活不下去了……"

话未说完,楚安阳便再也说不下去了。

一滴眼泪,完美地滴落下来,溅在毛大珠的脸上。

毛大珠从未见过楚安阳落泪,她感觉心口好像被什么东西刺了一下,一开始楚安阳说过些什么,做过些什么,她全都忘记了。

她不忍地搂住楚安阳的肩膀,注意力被他成功转移:"安阳,我知道你是毛府最关心我的人……"

楚安阳暗自松了口气,感觉从鬼门关逃了出来。

危机解除了,楚安阳这才意识到他正把毛大珠压在身下,而她衣着单薄,香肩半露,要多诱人有多诱人。楚安阳大惊,脸一下子红到了耳朵根。

面前这具柔软的身体,不仅仅是他的大小姐,还是一个娇柔女子……

楚安阳连忙跳下床,退开一丈远。

毛大珠坐起身,迷茫地看着楚安阳:"怎么了?"

她青丝凌乱,脸颊微红,衣衫不整,简直诱人犯罪。

楚安阳背过身："我去给大小姐取件衣服……"

他打开衣柜,看到所有衣服都宽大无比,现在的毛大珠肯定穿不了。

楚安阳好不容易找到一件银丝披风,过来将毛大珠裹得严严实实。

毛大珠走到桌边坐下,啜了口茶,烛光映得她容颜无比纯美。

楚安阳原本没觉得毛二珠漂亮,可自从知道她是饿瘦了的毛大珠,对比了大小姐以前的身材和尊容,他觉得现在的毛大珠简直貌美倾城,比仙女还仙女!

她怎么会突然想起去爬山,莫名滚下山崖之后幸运地活了下来呢?

她上辈子一定拯救过全世界吧!

楚安阳忍不住感叹:"小姐现在更配做皇后了。"

毛大珠脸色一变,不假思索脱口而出:"别跟我提皇后两个字!颜霄那个人渣!败类!衣冠禽兽!他哪有资格做皇帝,就应该让爹把他赶下皇位!"

毛大珠气得口不择言,楚安阳吓了一跳,他四下看了看,生怕被外人听到,但随后他又想起毛大珠的身份,就算她当着颜霄的面破口大骂,颜霄也不敢多言。

"小姐,到底发生了什么事把你气成这样,你以前从来不骂人的。"

毛大珠根本没在怕的,添油加醋地将颜霄的卑鄙行径描述了一遍。

楚安阳偶尔敷衍着附和几句,神色却越来越凝重。

他没想到颜霄竟是这种扮猪吃老虎的狠角色!

可是,有因必有果。

颜霄为何对毛家如此忌惮,他不是早就知道吗……

毛大珠说得口干舌燥,楚安阳为她倒了杯茶,劝道:"别生气了,气坏了身体不值得。"

毛大珠喝了口茶,强迫自己冷静下来:"这件事我还没跟爹说过,怕爹会做出过激的事情,但颜霄那么对我,我就是越想越生气啊!谁知道他会不会再来杀我!"

楚安阳接过毛大珠手中的茶杯,嘴角浮起淡淡微笑,柔声说道:"放心吧,我会寸步不离地保护小姐,绝对不会让小姐受到伤害。"

烛火在风中摇曳,使得楚安阳眼中仿佛有团火焰在闪烁。

毛大珠心中一软,气突然消了大半。

真好,有楚安阳在自己身边……

次日,毛大珠睡到日上三竿,换上漂亮的云锦百褶裙,涂脂抹粉打算去陆家混吃混喝。

她打算继续以毛二珠的身份去看望陆霜华,找个机会把他骗上床。

啊!想想真是激动呢!

万万没想到!

她刚出门便被大群痛哭流涕的胖妞堵在门口,哀求她传授技艺。

毛大珠一头雾水,望向身边的楚安阳。

楚安阳告诉大珠,早上毛大虎已经广发告示,宣布他的宝贝女儿回府了!爱面子的毛大虎还谎称大珠之前去了昆仑山拜师减肥,如今学成归来!瘦成了天下女子梦寐以求的麻秆身材!

这不,胖妞们立刻赶来毛府一探究竟。

看到向来与毛大珠形影不离的狗腿子楚安阳竟陪着一位清瘦秀美的妙龄女子走出大门,楚安阳甚至还撑了把碎花油纸伞为她遮阳,大家顿时坚信不疑,一股脑儿冲了上来。

毛大珠面前乌压压跪了一片人,哭喊声不绝于耳,不知道的还以为将军府门口有人喊冤。

毛大珠骑虎难下,她总不能直接说你们回家不吃不喝躺上几日,保证日瘦一斤。

万一出了人命怎么办？！

毛大珠干笑着说："干吗要减肥，白白胖胖多好看呀。"

她说的是真心话，胖妞们却怒目而视，认为她在恶意讽刺她们。

楚安阳揪了揪毛大珠的衣袖，毛大珠善于察言观色，立刻话锋一转："不过呢，瘦下来也好，吃得少，不给家里添负担。至于减肥的方法，待我回去整理一下，过几日公布……"

她边说边退回将军府，楚安阳怕胖妞们挤进来，连忙关上大门。

毛大珠听到门外传来胖妞们喜极而泣的声音，有些头大。

楚安阳说道："要不，你就把你瘦下来的法子告诉她们？"

毛大珠撇撇嘴："你觉得，我让她们只吃树根、干草，她们会答应吗？"

楚安阳摇摇头，突然想到大小姐是这样瘦下来的，心里有些酸涩。

毛大珠并不知道他想些什么，她叹口气，继续说道："要是我有选择，我饿上两天肯定眼睛都绿了，见啥啃啥，连活人都不放过。她们没有经历我的遭遇，哪会轻易瘦下来。"

楚安阳脑补到京城一大片胖僵尸摇摇晃晃觅食的画面，心中不禁发寒。

毛大珠皱起眉，认真思考起来。

她完全可以不理她们，甚至趾高气扬地嘲笑她们永远都是瘦不下来的可怜虫！

可是看着胖妞们的眼泪，毛大珠又于心不忍。

要不然，还是编出一套瘦身秘诀，卖给她们吧……

奸商毛大珠突然想到了一个既能获利，又能笼络人心的好办法！

闭门三天后，毛大珠在京城最繁华的地方开了瘦身中心！

门口三个朱漆大字格外威风——大珠楼。

这原本是城内最豪华的青楼，最近因为青楼老板牵扯到一桩谋逆大案，被抄了满门,青楼就闲置了起来,刚好毛大珠有意愿,毛大虎便乐呵呵地将这青楼改造一番送给宝贝女儿。

开业第一天,便有数百位姑娘赶来拜师,其中不乏身材窈窕的美女。

女人真是不知足,明明又瘦又美,却还想要瘦成一条咸鱼。

毛大珠数银票数到手软,虽然腹诽着,心里却很高兴。

她决定要用自己的钱攒嫁妆,陆霜华知道了,一定会感动于她的心意。

毛大珠将大家分组,规定她们早晨可以吃红薯、南瓜,晚上只能喝蔬菜粥。其中最胖的那位姑娘叫王阿胖,她全家举债让她来大珠楼减肥,就为了瘦下来寻个好姻缘。听到毛大珠这样说,她充满怀疑地问:"大珠姐,我也知道要少吃,可是禁不住饿呀。"

毛大珠不急不缓地说:"所以接下来的时间,我会将你们关在这里,每日给你们定时定量送饭。除了吃同伴的肉,没其他食物。而我也会加强训练,日瘦一斤不是梦!"

毛大珠说得激情四射,大家都跟着她一起呐喊欢呼,王阿胖却还是心有疑虑:"可是大珠姐,我这人又懒又馋,你不让我吃饭,我就只能躺在床上,万一饿死过去怎么办?"

毛大珠眼中凶光一闪:"这么多事,那就先从你开始吧!"

王阿胖愣了一下,还没反应过来,就被楚安阳带到一间房。

门开了,里面黑漆漆的,王阿胖隐约闻到水果香气,忍不住吞了口唾沫。

毛大珠给她头上绑了个香蕉,推她进房间,以迅雷不及掩耳之势退了出去。

窗户上的窗帘突然落地,阳光洒进房间,落下一片明媚光华。

王阿胖被阳光耀得睁不开眼,她眯着眼,突然发现这间房很奇怪,好像一个循环的跑道,中间用木头栅栏隔开,王阿胖不明白到底发生了什么,人胖的时候反应也比较缓慢,她艰难地转动肥厚的脖子,看到一只雄壮的黑猩猩向她微笑。

房间里传来尖叫声,还有极力奔跑的脚步声。

一炷香的时间过后,毛大珠打开门,黑猩猩和王阿胖一前一后瘫在地上。

王阿胖气喘吁吁,浑身湿透,也不知道是泪还是汗,她嘴里塞着香蕉,却连咀嚼的力气都没有。看到毛大珠,王阿胖眼里露出一个"得救了"的眼神,眼泪就这样落了下来。

楚安阳见状,大声吆喝道:"大家快来看啊!我们家小姐真是绝世聪明,才一炷香的时间,就能让这位姑娘的脸小一圈儿!我依稀看到了阿胖姑娘瘦下来的绝世风华!"

本来没人相信楚安阳的话,哪有人这么快就瘦了呢!可是大家围过来发现楚安阳说得没错!是啊王阿胖跑得快累死,光身体里流的汗都有几斤!当然会瘦了!

大珠楼里响起震耳欲聋的惊叹声。

毛大珠一战成名!

· 第四节 ·

毛大珠满脑子想的是怎么赚嫁妆,却没考虑她的威名传出去会有什么影响。

她很快成了城中有名的美女减肥教练,有人将她的事迹写成很多书,书名各不相同,比如《胖女追爱瘦身计》,比如《情尽昆仑修仙路》,又比如《毛家女恶霸风流史》……

那些文字极度煽情,比如那本《胖女追爱瘦身计》,写的是毛大珠为了能配上皇帝,登上昆仑山巅,日夜在寒冰中打坐冥想,历经九九八十一难,终于瘦成美人儿回来追爱。

比如那本《情尽昆仑修仙路》,写的是毛大珠被陆霜华拒绝后,万念俱灰去昆仑山断情修仙。一晃五千年过去了,她已然成为上仙,却高处不胜寒,如今幡然醒悟,穿越时光回到五千年前,用如今的绝色容颜与火辣身材重新勾引陆霜华。

比如那本《毛家女恶霸风流史》,写的是毛大珠周旋在陆霜华和颜霄之中,虽然她其貌不扬,但性格独特,引得两位美男为她献出芳心,还屡次争风吃醋,大打出手。毛大珠天性风流,怎愿意守着两个男人活下去?她终于不堪忍受,逃了出去浪迹天涯,短短时间便成了江湖上赫赫有名的女采花贼……

那些内容编得要多离谱有多离谱,简直辣眼睛!

楚安阳不敢告诉毛大珠,他看完一本吐一次,几天后便瘦了一大圈。

他小心翼翼观察毛大珠的表情,害怕她听到什么难听的流言会影响心情。

但是毛大珠每天都面色红润,笑靥如花,根本没受到半点影响!

瘦下来的人生缤纷多彩,今天几个帅小伙送花,明天几个贵公子告白,毛大珠可没时间多愁善感。倒是那些曾被她强掳的男子整日哭天喊地,痛恨当初没赖在将军府里。

一连多日没见到陆霜华,毛大珠甚是想念,亲手绣了个荷包准备带去给陆霜华当见面礼。陆霜华不喜奢靡财宝,那她自己的手工活,他应该会视若珍宝的吧。

毛大珠握紧手里的荷包,脸颊微微有些红。

珠帘叮咚作响,毛大珠以为又是前来减肥的胖妞,心不在焉地瞥了一眼,却见一位美若天仙的白衣女子掀开帘子走了进来,那绝色容颜好似在发光,瞬间照亮了整间屋子。

朱唇轻启,她柔声说道:"珠儿姐姐,好久不见。"

能美到让毛大珠都惊呆的人,除了颜锦若,还能有谁?

毛大珠热情招手，正想问长公主大驾光临有何贵干，突然看到她身后的少年缓缓走出来，一袭素白锦衣也遮不住他身上的贵气，尽管五官俊雅无害，她却还是感觉到了杀气！

她忍不住后退一步，望着颜霄，嘴唇抖了抖，却说不出一个字来。

虽说在楚安阳面前大骂过颜霄无数遍，但见到他本人，她还是很没骨气地怂了。

颜锦若笑道："姐姐，你这是什么表情，好像见到鬼。"

毛大珠强迫自己镇定下来，紧张归紧张，她说起话来还是八面玲珑，滴水不漏："待在这大珠楼里，太久没见到长公主这样的绝色美女，我一时看呆了，长公主可别放在心上啊！"

颜锦若笑得更温柔了，娇嗔道："姐姐，你回来怎么都不来见我一面？"

毛大珠挠挠头："最近太忙了，还没顾得上，下次一定登门拜访！"

颜霄安静地望着毛大珠，他眼神纯真，睫毛微颤，好像一只萌萌的小白兔。

若不是毛大珠知道他的真面目，现在肯定忍不住捏他白嫩的小脸儿了。

颜锦若笑道："都是一家人了，还这么生疏干什么。"

毛大珠大惊："什么一家人？"

颜锦若微怔："珠儿姐姐不是我的皇嫂吗？当时姐姐突然失踪，皇兄着急得很，调军遣将去找姐姐，所有人都能看得出皇兄对姐姐情深义重，难道姐姐变心了？"

毛大珠抿着唇没有说话。

她从欢天喜地想做皇后，到现在极力想与颜霄划清界限。

这态度转变太快，要怎么解释，颜锦若才能理解？

难道直接把颜霄做的那些事情告诉她？

不行不行！看颜霄的眼神，若她说一个字，可能会马上身首异处！

毛大珠手心都是汗，她狠下心，打算拉出陆霜华当挡箭牌，就说自己成亲之前突然发现陆霜华才是真爱！做一回渣女她也认了！

毛大珠张了张嘴刚想说话，颜霄突然握住了她的手。

那双手柔软白皙，仿佛冰冷滑腻的毒蛇缠在她的手上。

她惊得呆在那里，眼前看到的是颜霄风华绝世的俊美面孔。

明明是让人脸红心跳的画面，她却觉得心惊肉跳。

"我相信珠儿姐姐不会变的，她那么善良可爱，又对我那么好。"颜霄顿了顿，望向颜锦若，眼中蕴含着满满柔情，"对吧，妹妹。"

颜锦若听到哥哥这么说，放下心来，笑道："对呢，我不该怀疑皇嫂。"

这两人一唱一和，让毛大珠根本无法招架。

颜霄将视线转回到毛大珠脸上，眼中好似满满爱意："珠儿姐姐，现在没有外人，有什么委屈你就告诉我。你是我的皇后，我怎么会让你受委屈呢？"

颜霄这话说得，她更不敢说下去了啊！

都说丞相巧言善辩，颜霄比丞相还高深莫测，毛大珠当然不敢信颜霄的话，她决定先忍一忍，等颜霄走了再思考对策。

"呃，没什么事……都是我不好，让长公主担忧了……"

听到毛大珠这样说，颜锦若松了口气，她还想再追问，但看到皇兄牵着毛大珠的手，又怕妨碍了他们甜蜜相处。

颜锦若脸一红，别开脸，柔声说："姐姐没事就好……"

• 第五节 •

颜霄松开毛大珠，抽出锦帕擦拭她的手指，动作温柔小心："怎么出了这么多汗？是不是太热了？你呀，也不知道好好照顾自己，瘦成这样，真让人心疼。"

怎么瘦的你还不知道吗?假惺惺说些什么狗屁话!

毛大珠在心里呐喊!

但她表面什么都不敢说,当初强抢民男的嚣张气焰早就被浇熄了。

颜锦若附和:"姐姐一定是因为打理大珠楼的事情,操劳过度。皇兄运气真好,珠儿姐姐漂亮贤惠,还懂得赚钱持家,真是世间难寻的好姑娘。希望姐姐快点嫁入宫中,就不用这么辛苦了。好羡慕皇兄,这么快就找到真爱。"

真爱?

这两个字和颜霄八竿子打不着好吗!

毛大珠哼哼唧唧敷衍着:"已经中午了,啊哈哈哈,吃过饭了没有?"

颜锦若道:"啊,姐姐不说我差点忘记了,我约了陆公子吃午饭。"

"陆公子?哪个陆公子?"

"还有哪个陆公子?当然是陆霜华了。我就不打扰姐姐和皇兄的二人世界了。"

颜锦若转过身,发髻上的珍珠玉簪在空中摇摆,发出清脆的响声。

毛大珠愣在那里,觉得那声音就好像自己心碎的声音。

才半个月不见,陆霜华就移情别恋了!亏自己为了他拼命攒嫁妆呢!

毛大珠也不知道是心痛还是愤怒,她心里有一团火,可是手脚却觉得冰凉。

她想追上颜锦若,颜霄却突然拉住她的手腕,在她耳畔低声说:"你要干什么?"

他力气很大,眼神充满强势,一点都不像个纯真软弱的少年。

"我要去找陆霜华!"

"找他做什么?自取其辱吗?"

颜霄的话不怀好意,毛大珠气得脱口而出:"他跟你不一样!"

话一出口,她就知道糟了!

· 148 ·

果然，颜霄的眼神很可怕。虽然他脸色未变，那眼中却微有波澜，好似暴风雨即将来临的海面。

但颜霄控制情绪的能力很强，他只是更紧地箍住毛大珠的手腕。

毛大珠吃痛地皱起眉，小声说道："陆霜华从来没有做过伤害我的事情……"

"可你忘了你对他做过些什么。"

"你乱说！我什么都没有做过……"

"所有人都知道他讨厌毛大珠，你屡次纠缠不成，便改头换面回来勾引他。"

"我没有！"

"可是在他眼里就是这样的。"

毛大珠没有说话，她紧紧抿着唇，嘴唇发白，瘦弱的肩膀微微发抖。

颜霄一点都不怜香惜玉，继续说道："你告诉他，你的身份了吗？"

毛大珠嘴唇动了一下，她想解释，可为什么她什么都说不出口？

"你回到将军府了，你恢复了毛家大小姐的身份，可你对陆霜华解释过一句吗？"

"我是想去找他的……我还打算过几日就去丞相府提亲……"

颜霄不等毛大珠说完，便残忍地打断了她："别自欺欺人了，你说的一切都是你的幻想！陆霜华什么都不知道,连你的身份都是从别人口中听说的。他现在肯定更加讨厌你，反正他从来都没有爱过你！"

毛大珠脸色越发苍白，她突然推开颜霄。

颜霄猝不及防，退后几步撞在椅子上，发出木头摩擦地面的声音。

锦若正往门外走，听到动静，诧异地回过头来望着毛大珠和颜霄。

颜霄怕妹妹起疑，也怕她担心，对她笑道："我不小心撞到椅子，没事的。锦若，你还有事就快去吧，别让陆公子久等了。我和珠儿姐姐在这里聊

· 149 ·

一会儿。"

他的表情依旧和以前一样,眼神无邪,笑容纯洁。仿佛,刚才什么都没有发生过。

锦若向来信任哥哥,听他这么说,便放心地点点头,纤纤玉手掀起珠帘,身后突然响起毛大珠的声音,简简单单四个字,掷地有声:"我也要去!"

颜锦若愣了一下,回头望向毛大珠:"什么?"

毛大珠突然挽起颜霄的胳膊,美丽的面孔露出微笑。

"带我一起去吧,人多热闹啊!"

颜霄完全没料到毛大珠会有这样的动作,他神色复杂地望着她,想要将她看透,可是此时的毛大珠好像戴了副面具,清透的眼里没有露出丝毫悲伤或愤怒,那如花笑靥绝世美丽。

她挽着颜霄一起走过去,亲昵的动作,好似他们真是一对璧人,般配无比。

"反正我和皇上也是要吃饭的,不如一起吧。我不会妨碍你们的。"

颜锦若面有难色:"其实事先我已经问过陆公子了,可他听到姐姐的名字反应很大,说他和你势不两立,让我不要在他面前提起这个女魔头的名字……"

颜锦若一点都没添油加醋,陆霜华就是这样说的!他还说了更多更过分的话,颜锦若不好意思复述出来。

毛大珠脸色煞白,她不肯相信这个悲惨的消息。

"陆霜华怎么会那样说?他对我向来温柔,连大声跟我说话都不舍得……"毛大珠这段话倒是有添油加醋之嫌,她完全忘记了陆霜华以前怎么对她的。

锦若摇摇头:"我也不知道,看陆公子那么愤怒,我没敢问他。从来没见过他那么生气……记得上次在陆府见到姐姐,陆公子确实对姐姐很好……到底发生了什么呢……"

颜锦若并没有怀疑太多,她生在深宫,天性纯真,甚至从未把毛大珠当作情敌。

可是越听到锦若这样说,毛大珠就越是伤心,亏自己日日夜夜惦记陆霜华,亏自己为了他不眠不休,绣了萌萌的小老虎荷包。

他怎么能这样对自己?!

不!自己一定要亲眼见到陆霜华,听他说出那些话来!否则自己不能相信!

毛大珠在心里嘶吼,把自己当成苦情戏的女主角。她拉住锦若的手,坚定地说:"你们约了哪儿?我有话当面对他说!"

第九章
请你别来纠缠我

CHONG GUAN　　LIU GONG

· 第一节 ·

陆霜华与锦若约在一间环境清雅的素食斋里。

这里的小菜做得精致养眼,味道也很好吃,是京城中达官贵人常来的地方。

陆霜华坐在窗边,安静地等待颜锦若。空气中飘来饭菜的香气,陆霜华却觉得一点胃口都没有。这段时间他心情并不好,自从他知道那个潜伏在他身边的可爱小丫鬟居然是丑胖子毛大珠假扮的,他就觉得好像一个大馒头卡在喉咙里,让他几乎呼吸不过来。

那个女人卑鄙无耻!处心积虑!步步为营!

而他竟然没有察觉,甚至还……

对她动了心……

陆霜华越想越生气,脸色铁青,恨不得将毛大珠生吞活剥!

正在生气,突然有几人走了过来,为首那女子穿着一袭如火的红衣,长发披肩,刚刚进来便吸引了店里所有人的视线。纵使她身后跟着肤白胜雪宛如仙子的倾城公主,她的风头却丝毫没有被夺去,她大步走到他面前,拉开椅子坐了上去。

陆霜华愣在那里。

他明明应该生气的,应该指着毛大珠破口大骂!

可是在看到她美丽的面孔时,他的心脏却忍不住猛地一跳。

他想起初次见到她,他的心跳悸动。

他想起她离去以后,他的朝思暮想。

他想起知道真相以后,他心中被背叛的愤怒。

那千丝万缕的矛盾如同乱麻纠缠着陆霜华的心脏,他愣愣地望着毛大珠,嘴唇动了一下,却什么都没说出口。

陆霜华只听到自己的心跳声,扑通!扑通!

颜锦若和颜霄分别在毛大珠和陆霜华身边坐下。

颜锦若有些不好意思,轻声说:"陆公子,我刚才碰巧遇到珠儿姐姐……"

颜霄眨着清澈如水的大眼睛,一脸无辜地问:"不打扰你和锦若吧?"

皇上都这样说了,陆霜华还有什么好说的?

他强装镇定,望着颜锦若,嘴角露出温雅笑容:"你喜欢就好。"

简简单单几个字,既表示了对颜锦若的言听计从,又表示了对毛大珠的不屑一顾。

毛大珠本来还存有幻想,此时内心的希望越来越微薄。她望着面前精致又美味的食物,却觉得胃里堵得慌。

陆霜华毫不顾忌地为颜锦若夹菜,很快颜锦若碗里就堆成了小山。

"金丝玉笋、荷塘小炒、白玉豆腐煲,都是你喜欢的菜,你尝尝看好不好吃?"

"嗯,只要是你点的都好吃。霜华,你对我真好。"

"别这么说,我对你好是应该的。"

陆霜华故意说出这样肉麻的话,心虚得让他自己都脸红。

但在别人眼里,他好像在害羞。就算旁观,都能感觉到他和锦若之间的火花。

毛大珠越听越恼火,真想把碗摔了,跳上桌子给陆霜华一个双筷子插眼!

但是……

陆霜华一定不喜欢那种泼辣的女人……

他喜欢的本来就是颜锦若这样娇弱温婉的大家闺秀……

毛大珠想装作淑女吃完这顿饭,可是拿着筷子的手却微微发抖。

颜霄注意到了她的不对劲,他轻轻握住她发抖的手,问道:"怎么了?没胃口吗?"

毛大珠摇了摇头,不知道为什么,声音居然有些哽咽:"想吃肉……"

"珠儿姐姐,你真可爱。"颜霄宠溺地笑了,"一会儿我带你去吃。"

周围有些不知情的百姓轻声感叹,这桌的两对情侣真是般配又恩爱啊!

陆霜华的动作停了,筷子上夹着的青笋掉在了碗里。

他心里也有气,毛大珠不但骗他,还带皇上来向他示威!是在炫耀自己即将成为皇后吗?一定是因为以前他对她不好,她故意接近他、引诱他,最后抛弃他,给他致命一击!

她为了报复她,真是处心积虑!

这种蛇蝎心肠的女人!就算老死不相往来也没有损失!

陆霜华以为自己这样想,心里会舒服一点……

可是看着颜霄对毛大珠嘘寒问暖,他却觉得胃里很难受。

毛大珠沉默了一会儿,突然伸出手,紧握的拳头在陆霜华面前展开。

陆霜华怔了怔,看到毛大珠手心握着一个皱巴巴的黄色荷包,上面绣着一只简单又丑陋的黄色动物——鸭子?金鱼?螃蟹?

陆霜华皱了皱眉,实在分辨不出来。

"给你。"毛大珠言简意赅。

"什么?"

"聘礼。"

"什么聘礼?!"

"我知道我不应该骗你的,但我没有恶意。"

"我问你什么聘礼?!"

"你嫁到毛家以后,我会好好对你的。"

"毛大珠,你不要自说自话了好吗?!谁说要嫁给你了?!况且我为什么要嫁给你?!"

陆霜华没想到毛大珠会说这样的话,他的脸一下子红到了耳朵根。

毛大珠努力露出微笑,笑容甜甜的:"陆霜华,你不知道吗,我喜欢你呀。"

时间好像停止了。

空气中,仿佛弥漫着芬芳的花香。

颜锦若很惊讶,颜霄的脸色也不太好,但没有人注意到他们。

整个世界,仿佛只有毛大珠与陆霜华两个人。

毛大珠见陆霜华没有收,自作主张地掰开他的手指,将荷包放在他手心。

"我知道你属老虎,所以我花了好几个晚上绣了这只小老虎,送给你。"

陆霜华的手指头僵硬,他看着手心的荷包,不知为何眼眶有些湿。

该不该再相信面前这个女人……

第二节

颜霄握紧双拳,又轻轻松开,俊美绝世的面孔,没有泄露半点情绪。

真是想不到，毛大珠敢当面对陆霜华表白，不愧是毛大虎的女儿，有胆识！

可她怎么敢在他颜霄面前对别的男人表白？

她真以为他是个任人宰割的傀儡！

颜霄凑过来，好奇地说："咦，珠儿姐姐也绣了荷包给陆公子。"他顿了顿，充满感动地说，"姐姐对每个人都这么好呢。"

陆霜华敏感地察觉到他话里的小细节，脸色一变："'也'是什么意思？"

颜霄掏出一个黄色荷包，除了上面的图案不一样，荷包大小和底布质感一模一样。

他指着上面那条扭曲的黄色虫子，眼中露出一抹甜蜜与感动："因为我属龙，姐姐绣了条龙给我，虽然技艺生疏，但她的这份心意让我很感动，这荷包我天天带在身上呢。"

毛大珠惊呆了！

她完全没有想到颜霄会有这么一手！

她从颜霄手里抢过荷包，左看右看，简直想飙脏话！

他从哪儿找到这么厉害的手艺人，能将她的手艺模仿个十成。

毛大珠还想挣扎："不是的，我没见过这荷包，我……"

陆霜华已经不想再听，他一把将手里的荷包丢在地上，暗骂自己差点又上当了！

"毛大珠！你到底有多花心，当着皇上的面又来骗我！你是把皇上不当一回事，还是把我当傻子？江山易改本性难移！我根本不该相信你！"他饭也不吃了，站起身，拉着身边的颜锦若准备离开。

锦若吓得花容失色，拍拍陆霜华的背，暗示他消消气。

陆霜华深吸一口气，面对锦若的时候，语气柔软下来："我们换个地方吃饭。"

接着,他将视线转向毛大珠,满心愤怒让他口不择言:"毛大珠,你让我恶心!我告诉你,我不会喜欢你的!以前不喜欢,以后也不喜欢!请你好好做你的皇后,别来纠缠我!"

他转过身,拉着颜锦若大步离开。

毛大珠抿着唇,看着地上的荷包,为什么觉得眼前的事物变得模糊了呢?

颜霄捡起地上的荷包,戏谑地说:"珠儿姐姐,你的手艺真差。"

毛大珠没有抬头,她低着头,看见自己的眼泪落下来,在她的纱裙上开出一朵花。

"你能仿得这么像,也不容易。陛下,你在监视我吗?"

颜霄并不否认:"知己知彼,百战不殆。我当然要知道姐姐你每天在干什么。我还以为姐姐要和毛将军密谋怎样将我从皇位上拉下来,没想到姐姐天天熬夜刺绣。如此胸无大志的女子,居然是毛将军的千金,真可惜。"他的话充满恶意。

他在等毛大珠发火,他一点都不愧疚。

可毛大珠什么都没说,低着头坐在那里。

桌上的饭菜都凉了,她面前的饭碗里还是满满的。

颜霄等了很久,等到心虚,他抬起毛大珠的下巴,看到她眼睛红红的,悬着泪。

颜霄的心脏好像被刺了一下,他从来没有这种感觉。

"有什么好哭的,你又不是第一次被陆霜华拒绝。"

"我也不想哭……可是眼泪为什么一直流出来……"

毛大珠胡乱地抹了一把眼泪,她不想被别人看到她哭泣的模样,这样一点都不好看!

拒绝就拒绝,有什么大不了的?又不是被陆霜华一个人拒绝,她就嫁不出去了!

毛大珠努力挤出一个笑,却比哭更难看。

颜霄用锦帕擦了擦毛大珠的泪,道:"被陆霜华拒绝也好,正好可以安心做我的皇后。"

毛大珠并不因他的话而心动,傻子才会相信他呢。

"你又不喜欢我,别给我这种承诺。你说着尴尬,而我也不会信。"

"感情可以培养呀,我发现我已经开始喜欢你了。"

颜霄眼神真挚,脸颊微微发红,好像正在害羞,他的这副模样使得他的甜言蜜语听起来格外可信。但毛大珠毫不留情地拆穿他:"你是怕我把你害我的事情说出去吧?"

"珠儿姐姐,你这么说我,真是让我伤心。"颜霄垂下眼,眼中碧波潋滟,仿佛所有夜色美景全部沉淀在他的眸底。

可是毛大珠怎会忘记,她差点被颜霄害死,就算再花痴,也不会再信他。

"你以为我真的看不出,你对我有没有真心?"

"可是做皇后,有坏处吗?比起陆霜华,我与你更般配。"

"我要的才不是什么般配,我绝对不会和讨厌的人成亲。就算你是皇上,我也不肯。"

颜霄危险地眯了眯眼:"你讨厌我?"

毛大珠与他对视:"你拆散我和陆霜华,难道我不该讨厌你吗?"

颜霄不屑一顾:"陆霜华又不喜欢你,如果他真的喜欢你,谁能拆散你们?"

毛大珠的表情僵了一下。

陆霜华真的不喜欢自己吗……

毛大珠感到心痛,可是颜霄完全没有打算放过她。

他站起身,微微俯下身,在她耳边轻声补了一句:"你也看出来了,陆霜华对锦若更好,他们才是天造地设的一对。"

残忍的话语,却用极其温柔的声音说出口,宛如冷风渗入毛大珠的心口。

她努力忍住没有哭,她不想在颜霄面前露出脆弱的表情,她才不要被颜霄看扁!

可这样的她却更加让人心疼,竟让颜霄坚如磐石的心微微有了些动摇。

沉默片刻,他突然伸出手,将两个相似的荷包放在毛大珠面前。

"对不起,珠儿姐姐。你的幸福和锦若相比,我自然选择锦若,因为她是我妹妹。"

颜霄转身离去,走到门口,立刻有暗卫迎上来,护送皇上离开。

毛大珠埋着头一言不发,窗外阳光洒在她丝绸般的黑色长发上,那一袭红衣似火,鲜艳耀目。楚安阳一直坐在对面的茶楼上,窗户开了一条缝,他严密监视着颜霄,生怕颜霄对毛大珠不利,还好颜霄什么都没做,等颜霄走远,楚安阳来到毛大珠身边。

他不知道发生了什么事,但看着毛大珠眼睛微微红肿,就知道她哭过了。

楚安阳将刚刚在楼下买的糖葫芦递给毛大珠,兴奋地说:"大小姐,我就知道素食斋的饭菜不合你胃口,我买了你最喜欢的糖葫芦,你先垫一下肚子,一会儿带你去吃红烧肉。"

毛大珠点点头,咬了一大口糖葫芦,嘎嘣嘎嘣地嚼着,眼睛更红了。

只不过瞬间,她便眼泪鼻涕糊了一脸。

"你买的什么糖葫芦?怎么这么辣?!"

"就是葫芦张的新品,特辣魔鬼椒糖葫芦,听说可以减肥。"

"什么鬼东西!你自己吃吧!"

毛大珠将剩下一半的糖葫芦塞到楚安阳怀里,转身大步走掉。

终于转移了大小姐的注意力,楚安阳感到庆幸,顺手将糖葫芦塞进嘴里。

一眨眼的工夫,他已经哭成了泪人……

第三节

毛大珠浑浑噩噩地睡了三天，也没心情打理大珠楼，全权交给楚安阳。

胖妞们见不到毛大珠，倒也不生气，因为有男神楚安阳镇宅啊！

毛大虎看出女儿心情低落，但他什么都没问，只要女儿没和陆霜华厮混就好。在家睡个几天几夜有什么大不了？就算睡一辈子他也养得起！

早朝过后，颜霄在大殿中批阅奏折，身边一个白净少年一边帮他研墨，一边轻声说道："陛下，毛大虎久经沙场，功夫了得，一般的刺客恐怕无法得手……"

"那就下毒吧，朕最近研制了一种奇毒。过几日早朝时朕将赐毛大虎爵位，赏他的贴身金牌上浸有此毒，只要他日日携带，不出七日便会暴毙，到时候谁也不会查出原因。"

"陛下妙计，毛大虎绝对想不到，陛下公然赏赐的令牌会有毒。"

商量完正事，少年正要退下，颜霄突然说道："等等。"

少年脚步停下，站在那里等候皇上发话。

"这一次，只许成功不许失败。"

"是！"

"还有，不许误伤毛大珠。"

少年愣了一下，没反应过来："咦，陛下当初不是这么说的……"

明明曾说过想要将毛府上上下下全部斩草除根，如今皇上怎么会放过毛大珠呢？

颜霄低头看着面前的奏折，若无其事地说道："朕变卦了不行吗？"

少年也不敢追问，老老实实地奉旨，正要离开，突然听到门外发出石子滚动的声音,这对于功夫深不可测的两人来说,再细微的声音也逃不过他们的耳朵。

少年飞身而去,只不过瞬间便打开大门。

迎面看到的,是颜锦若惊讶而苍白的美丽面孔。

少年连忙藏起手中的匕首,跪地叩拜:"拜见长公主。"

颜霄走过来,怕妹妹被吓到,他不动声色地问:"你来这里做什么?"

锦若举起手里的小竹篮,说道:"臣妹让御膳房做了好吃的梅子酥,想带给皇兄尝尝。"

颜霄接过小竹篮,打开盖子,嗅到点心散发出的香气。他将精致的小竹篮递给少年,说道:"放在桌上,朕一会儿就吃,你先下去吧。"

少年离去以后,大殿中又变得寂静,颜霄将门关上。

他没有问妹妹听到了什么。就算妹妹知道又如何?他最信任的就是她。

"这几天你和陆霜华怎么样?"

"什么怎么样啊?"

锦若别开脸,脸颊微微发红,有点害羞。

颜霄看到妹妹这样,心情也好了许多,他笑问道:"你觉得陆霜华好吗?"

"很好呀,"颜锦若点点头,"陆公子长得好看,又什么都懂,琴棋书画诗词歌赋都有所涉猎,臣妹和他在一起,好像学生一样,什么都要问他,觉得他好厉害。"

"朕也觉得你们很配,让他当驸马如何?"

"皇兄,你在说什么呀。"

颜锦若的脸更红了,这粉面含羞的模样更是纯美倾城。

颜霄本不觉得陆霜华配得上妹妹,但既然妹妹喜欢,他也不会反对。

"不敢承认吗?再这样下去,你的陆公子可就被人抢走了。"

"皇兄在说珠儿姐姐吗?"

颜霄点点头，听到锦若轻声说："我对陆公子放心。"

颜霄忍不住打趣："还没嫁过去，你就帮着他说话了？"

锦若眨眨眼睛，言语中并无恶意："珠儿姐姐虽然漂亮可爱，但陆公子不喜欢她。"

颜霄叹口气："朕本来想帮你除掉毛大珠，听你这样说，倒觉得没有必要了。"

锦若笑道："皇兄老是骗人，你怎么舍得除掉珠儿姐姐，她是我最满意的皇嫂。"

颜霄登上皇位，坐在宽大的龙椅上，他一袭明黄色锦袍，尽显王者风姿。

但他身形瘦弱，有些撑不起那沉重的龙袍，而他眼神中，更像是有着无尽寂寞。

"她又不喜欢我。我对不喜欢我的女人，向来没什么耐心。"

"珠儿姐姐只是贪玩，皇兄对她那么好，她总有一天会感动的。"

锦若以为颜霄还在记恨毛大珠当面表白陆霜华的事情，她耐心地劝慰着，冷不防听到颜霄平静的声音："你会喜欢差点杀你灭口的仇人吗？"

颜锦若愣在那里。

她以为颜霄在开玩笑。可是看他的表情，分明没有半点玩笑的意思。

颜锦若突然想起什么，有些吃惊："难道珠儿姐姐的失踪，和皇兄有关……"

颜霄没有否认："对，我想杀了她埋在武明山，没想到她自己失足跌落山崖。"

颜锦若的脸色越发苍白，在她面前，颜霄永远是纯白无瑕的模样，他说出这样的话，让她惊骇，但她同样理解皇兄。身为一国之君手握重权，背后那么多恶人觊觎，让他如何单纯无知地活着？他想做的，无非是自保罢了。

良久，颜锦若走上前，握住颜霄的手，柔软的声音，宛如山谷繁花绽放：

"我并没有把珠儿姐姐当情敌,但我们也不是朋友。就算她死了,于我也没什么损失。不管皇兄做什么,我都不会过问的。"

颜霄怔怔地望着妹妹,什么也没有说。

他们是这世上最相似的兄妹,纯真的外表下,都有一颗冷漠的心……

· 第四节 ·

中午,颜霄与锦若用过午膳,便见她一脸娇羞地说要去找陆霜华。

看到妹妹与陆霜华感情进展飞速,颜霄既欣慰又有些失落。

不过他是当朝天子,有什么好怕的?若是陆霜华婚后对锦若不好,颜霄一定将他抓进地牢,千百种酷刑用上,还愁陆霜华不哭天喊地地发誓对锦若生生世世忠诚。

颜锦若来到她常来的茶楼,坐在雅间里。

丫鬟泡了上好的碧螺春,茶水的香气弥漫在整间房里。

锦若柔柔地扶了扶发髻,吩咐丫鬟去城东买点胭脂。

一定是长公主打算私会陆公子,谁知道他们要做什么羞羞的事情。

小丫鬟想了想都觉得脸红,连忙奉命离去。

锦若插上门闩,然后走到墙边转动花瓶,墙突然转动,露出一条黑色的暗道。

锦若点燃蜡烛,走进暗道里,身后的墙壁又悄无声息地合上,她仿佛在没有尽头的黑夜中行走,手中的蜡烛光芒微弱,映得地上暗影闪动,但她一点都不害怕,神色异常平静。

走了很长一段距离,锦若停下来,玉手拉开面前墙壁上的一块小石板。

从巴掌大的窗口里,她看到一个男人坐在木椅上。

男人扭头看她,眼中波澜不惊。

锦若轻声唤道:"毛将军,方便一叙吗?"

没错,那间茶楼正是毛府心腹所设立,雅间的地道直通毛大虎的书房。

毛大虎对颜锦若的出现毫不意外,他打开暗门,让锦若坐下,顺手从果盘里拿了个橘子递给颜锦若,就像长辈对待孩子那般慈祥:"来,吃点橘子,这是江西进贡的,甜得很哪!"

颜锦若接过橘子,柔声说:"您吩咐我的事情办好了。"

毛大虎朗声笑道:"我也听说了,你和陆霜华出双入对,般配得很!这下大珠就不会将心思全放在陆霜华身上了,真想不通那家伙有什么好,把我们家大珠欺负成那样!等你和陆霜华成亲了,大珠也顺利做了皇后,事情就算圆满了!"

颜锦若沉默片刻,还是老老实实地说道:"恐怕,珠儿姐姐不能嫁给皇兄……"

毛大虎一愣,神色逐渐凝重:"什么意思?"

锦若斟酌着字眼:"珠儿姐姐好像不太喜欢皇兄……"

毛大虎撇撇嘴:"那又怎样?嫁鸡随鸡嫁狗随狗,她嫁个皇上还能不乐意?"

锦若摇摇头,索性直白地说:"将珠儿姐姐推下山崖的人就是皇兄。"

毛大虎心脏猛地一跳,他盯着颜锦若,一时难以相信。

颜锦若怕他发怒,连忙说道:"毛将军,您别生气,珠儿姐姐那时又胖又丑,心里又有别人,皇兄不喜欢她也在情理之中。而将军您向来强势,逼皇兄娶她,物极必反……"

毛大虎气得吹胡子瞪眼:"好一个颜霄,我将他扶上帝位,他居然恩将仇报!"

不过生气归生气,他并没有将气撒在锦若身上。

他来回踱着步,脸色铁青,房间里的气压都开始冷凝。

颜锦若继续说道:"皇兄还布置了暗杀计划,我不清楚详情,只知道他在令牌上浸了毒。"

毛大虎怒道:"大珠做错了什么!他竟想毒害我们大珠,简直比陆霜华还狼心狗肺!"

锦若摇头说道:"不是珠儿姐姐,皇兄要毒杀的是将军您啊。"

"……"

毛大虎的表情僵住。

颜锦若突然跪下,轻薄的雪纱无风起舞,那瘦弱的身体微微发抖,仿佛随时会幻化成风:"毛将军,我什么都告诉您了,求您千万不要伤害皇兄。"

毛大虎连忙扶起颜锦若:"你这是做什么!我又没说要对付颜霄!"

颜锦若不肯起身,仰起脸泪眼蒙胧地望着毛大虎。

她说出这些并不是想出卖皇兄,她只是不想看见皇兄和毛将军两败俱伤。

毛将军看似是个粗人,却心思缜密与陆丞相不相上下,再加上他精通兵法策略,武功盖世,颜霄的胜算很小,她不想看着哥哥自掘坟墓。况且,颜家不能失去毛大虎……

毛大虎一时心软,叹了口气:"也罢,我早知颜霄那孩子不是池中之物,只是没想到他比我想的更狠绝。唉,我实在不想对付那毛孩子。既然他想用毒,我就以毒攻毒吧。"

他从衣袖里取出一个翠玉小瓶递给颜锦若:"这瓶药,你想办法掺在颜霄的饭菜中,他最信任你,你做的食物,他不会怀疑的。放心,不是什么毒药,只能让他哑上几天,到时候我去找他,好好教育他一顿,让他再也不敢动坏心眼。哼,想跟我斗,他还嫩得很!"

颜锦若小心翼翼地收好玉瓶,没有多问半个字。

毛大虎挑了挑眉,问道:"你就不怀疑我?"

锦若垂下眉眼,纤长睫毛微微颤抖,那侧脸美到极致。

"我和皇兄的命都是毛将军给的,我相信毛将军。"

第五节

次日,颜锦若亲自做了颜霄最喜欢的桂花酥,里面掺了毛大虎给的药粉,但她毕竟心虚,怕说多了会露出破绽,便将点心默默放在他桌上。

颜霄嗅到桂花的香气,笑着看锦若:"你费心了。"

锦若福了福身,嘴角牵动一抹笑:"皇兄近日国事操劳,臣妹帮不上忙,只好做些糕点给皇兄,皇兄一会儿饿了便吃些吧,放久了不好吃。"

颜霄点点头,锦若便转身离开。

只是,人算不如天算!

锦若前脚刚走,毛大珠后脚就被暗卫抓进了颜霄的寝殿。

说"抓"有点严重了,其实是毛大珠出门买包子的时候,被暗卫恭恭敬敬请进了宫里。

颜霄坐在桌边,身上只着一件白色单衣,显得有些弱不禁风。乌黑的长发也没有束起,就这样慵懒地披散下来,衬得他唇红齿白,煞是好看。而毛大珠蓬头乱发,嘴里咬着半个包子,一脸警惕地看着颜霄。她这几天睡了吃,吃了睡,根本没有好好收拾,与美少年颜霄形成了鲜明对比。

颜霄伸手摸摸毛大珠鼓出来的腮帮子,语气带着心疼:"珠儿姐姐,你胖了。"

毛大珠坚持着将包子吞进肚子,从牙缝里挤出一句话:"不要跟我说'胖'这个字!"

颜霄怕她噎住,倒了杯茶给她,但毛大珠不敢喝,她觉得颜霄不怀好意,肯定想赐她毒酒毒茶什么的。颜霄觉得她的样子很好笑,"扑哧"一声笑出来,端起茶杯自己喝了一口:"姐姐,你看,茶里没有毒哦。"

"我……我当然知道,你才不敢害我……"

毛大珠觉得自己的样子确实很孬种。

她可是毛大虎的女儿,天不怕地不怕,怎么能怕颜霄?!

毛大珠为了证明自己,从白瓷盘子里取出一块桂花酥塞进嘴里。

香气从舌尖沁开,毛大珠眼睛一亮,没想到宫中还有这么好吃的点心!做皇上就是好啊,什么东西都是最好的。她吃得很香,完全忘记了自己的动作只是为了挑衅颜霄。

颜霄笑着看他,眉眼弯弯,一如初见时那般纯真。

"慢点吃,别噎着了。"

"你找我到底要说什么……"

毛大珠嘴里塞了满满的桂花酥,话都说不清晰。

颜霄手指轻轻抚掉毛大珠嘴角的点心渣,动作有种少见的温柔。

"我只是想知道,你为什么没有告诉你爹,是我将你推下山崖?"

这件事困扰他很久,颜霄突然想亲口问问毛大珠,就让人带她来了。

"那还用问?我爹正直无私,要知道你那么凶残,肯定会举兵造反。"

"正直无私?"颜霄喉间发出一声轻笑,好似在讽刺,"他造反不是更好吗?将我赶下皇位,重新找个听话的傀儡,皆大欢喜。"

毛大珠瞪他一眼:"我爹造反对你对我都没有好处。"

"看来你一点野心都没有啊。"

颜霄凑近毛大珠,淡粉色的唇扬起浅浅弧度。

"怪不得陆霜华不喜欢你,你的人生太无趣。"

听到陆霜华的名字,毛大珠脸色微变,她强忍着保持平静表情,颜霄却不放过她,他看着她的眼睛,饶有兴趣地观察她的表情变化:"不过也没关系，陆霜华不要你，还有我呀，我一点都不嫌弃你。想起初次相遇的时候，你白白胖胖的样子真可爱，虽然你现在瘦了，但看你现在的吃相，我知道你还会胖回去的。"

颜霄的话太刺耳了，毛大珠僵在那里，嘴里好吃的桂花酥仿佛瞬间变成了油腻腻的肥肉。她气得喷了颜霄一脸点心渣："颜霄你够了！再说我胖就掐死你！"

然而这句话，并没有发出声音。

毛大珠呆坐在那里，不知道发生了什么。

她又开口试着说了几句话，全都没有声音。

她居然哑了！

毛大珠睁大眼睛望着颜霄，以为自己遭到了他的暗算。

但颜霄什么都没发现，他捏起一块桂花酥准备放进嘴里。

毛大珠打掉了他的手。

桂花酥掉在地上，摔得粉碎。

颜霄惊讶地看着毛大珠，发现她张牙舞爪不知道在说些什么。

与此同时，她的眼泪也一串串跌出眼眶，宛如碎玉，晶莹剔透。

颜霄的心脏好像被什么东西重重地敲了一下。

他居然……也会心疼……

"珠儿姐姐，你哭什么？

"我不是说你胖，就算你胖，我也不会抛弃你的……

"好了好了，是我的错，别哭了好吗？眼睛哭肿了就不好看了……

"哎，姐姐，你什么都不说，我真不知道该怎么办……"

颜霄有些慌张，不知道自己说错了什么，让毛大珠这么伤心。

毛大珠也很慌张，怎么回事，自己不但说不出话，眼睛还一直酸酸的光想掉眼泪。自己应该耍起十八般武艺来恐吓颜霄，而不是像怨妇一样哭哭啼啼啊!

到底是肉包子有问题？还是桂花酥？

毛大珠边哭边想，她说不出话，只能呜呜地哭号。

颜霄束手无策，下意识地将她拥入怀中，用丝帕为她擦拭眼泪。

他并不知道发生了什么，但那个瞬间，他想了很多很多。

虽然毛大珠家世显赫，要风得风要雨得雨，但她其实还是个需要呵护的小女生吧。她也会寂寞，也会脆弱，也会忍无可忍哭出声来……

颜霄越是脑补，就越是心软。

没办法，男人对于女人的眼泪向来没辙。

或许在毛大珠掉泪之前，他对她还有些杀意。

而此时，全部杀意都化为乌有。

毛大珠觉得事情不对劲，她想推开颜霄，可是双手软弱无力，手掌放在颜霄胸口，就像是在撒娇，身体也软软地靠在颜霄身上，简直像是在勾引他！

毛大珠知道自己中毒了，可是她完全没办法自保啊！

她只能靠在颜霄怀里哭泣，好像柔弱惹人怜爱的少女。

虚掩的门被风吹开，颜霄见状过去关门，毛大珠吓了一跳，以为颜霄要对她行不轨之事，她跌跌撞撞地奔过去，一下子撞开了门，而她自己也跌进了院子里。

颜霄也意识到事情有古怪，他居高临下地看着毛大珠，见她满脸的泪，眼中却没有真正的悲戚神色，不由得问道："你来之前吃了什么？"

毛大珠用手比画了一个大圆圈，张开嘴无声地说："大包子！"

颜霄招招手，便有暗卫瞬间现身，跪地问道："陛下有何旨意？"

颜霄神色凝重："宣太医。"

暗卫应声离去。✿

第十章
三妻四妾臣不屑

CHONG GUAN　LIU GONG

·第一节·

院中绿草茵茵，几朵红花点缀其中，映着耀眼的阳光，殷红似血。

颜锦若回来想看看哥哥有没有吃下点心，却看到毛大珠躺在地上痛苦地挣扎着，而颜霄冷漠地站在那里，白衣无风自舞，周身洋溢着冰寒的杀气。

皇兄居然要杀毛大珠！

颜锦若大惊，完全没有看清楚，便惨白着脸转过身，一路狂奔。

她正要出宫喊毛大虎来救大珠，冷不防撞到一个人身上。

颜锦若抬起头，看到面前的青衣男子正是陆霜华。

他很少见到长公主失礼，诧异地望着她："怎么这么慌张？"

颜锦若抿着唇没有说话，她知道不能告诉陆霜华真相。

陆霜华已经恨透毛大珠，若是让他知道毛大珠将死，他或许会心软……

陆霜华也没有追问，将手里的食盒递给颜锦若，语气一如既往的温柔："你上次说浮云镇的赵家翡翠冰糕好吃，我路过时捎了一份带来给你。"

锦若接过食盒："谢谢陆公子。"

见陆霜华没有要走的意思，颜锦若下了逐客令："还有事吗？"

陆霜华微微皱眉，显然有些意外："不是长公主约我来的吗？"

颜锦若突然想起来，昨日约了陆霜华，只是没想到他来早了半个时辰。她更加慌乱，这可怎么办？若是继续隐瞒下去，毛大珠就要死了啊！

陆霜华帮锦若将快要掉了的金簪重新插进头发里，问道："长公主要去哪里？跑得这么匆忙，连发髻都要散了。平日见你都是柔柔弱弱的样子，没想到跑起来这么快……哎，我是在夸你，你哭什么啊……"

陆霜华没想到锦若会突然落泪，他手足无措地站在那里。

锦若泪眼蒙眬地望着陆霜华，终于狠心说出实情："毛大珠要死了！"

陆霜华僵在那里，耳边的声音突然全都没有了，连风声都停了。只有锦若哽咽的声音，在耳朵里回响。

"我看到皇兄用剑刺进她胸口……血……好多血……"

那声音突然在陆霜华耳膜里炸开，一下子变成了无比巨大的噪音。

毛大珠死了与他何干？

他应该高兴才对！

可为什么，他听到自己口中说出的却是："她在哪儿？"

锦若指着身后，颤声说："就在玉华宫……"

院里起风了，粉红的桃花在风中洒落如雨。

毛大珠在地上打滚，哭得上气不接下气，漂亮的裙子上全都是泥土。

颜霄怕她哭岔气了，蹲下身紧紧抱住她，让她缩在自己怀里，也不在乎她身上的泥土是否会沾在自己身上。

"难道有人在你的肉包子里下了毒？可这普天之下，从未听说过有一种毒，能让人大哭大闹又说不出话的，倒是有趣。"

毛大珠恶狠狠地瞪了颜霄一眼，恨他如今还在说风凉话。

颜霄忍住笑，点住毛大珠的穴道，让她不能动弹。

"珠儿姐姐，你沉默着哭泣的样子真可爱。若你性格真是这般温柔，我娶了你之后定会好好对你的。谁会舍得伤害这么柔弱的姑娘呢？"

这种时候颜霄还要调戏她！

毛大珠哭得更伤心了。

颜霄横抱起她，瘦弱的他从来没抱过什么重物，包括女人，所以脚步略有踉跄，但他还是坚持将她抱回寝殿，放在铺着白色丝绸的大床上。

毛大珠睡在他的床上，闻到龙涎香的淡雅气息，她浑身都紧绷了。

颜霄难道要霸王硬上弓！不！自己还是黄花大闺女！绝不能被颜霄夺走清白！

毛大珠越想越害怕，睁大眼睛盯着颜霄，眼泪怎么也止不住。

颜霄手里的锦帕都湿透了，还是擦不干毛大珠的眼泪，他索性取了块干净的白色帕子铺在她的脸上，让丝帕自然吸收毛大珠的眼泪。

就在这个时候，陆霜华冲了进来！

他看到的正是颜霄将白布盖在毛大珠脸上的动作。

陆霜华只觉心中有块巨石碎裂，那种巨大的疼痛让他表情有一瞬间扭曲。

"皇上，你把毛大珠怎么了？！"

陆霜华一步步走过去，忘记了尊卑有别，竟质问起颜霄。

颜霄眨眨眼睛，轻描淡写地说道："珠儿姐姐睡了。"

陆霜华当然不信他的话，他从颜锦若的臆想中脑补到了更多细节。

"她尸体浮肿，不知道已经死了多久！陛下居然说她睡了！"

毛大珠的眼皮跳了一下。

陆霜华来找她，她是很感动没错。可是她哪里浮肿？陆霜华是变着法子说她胖了吧！

颜霄也没有打算解释，他对于陆霜华擅闯进来非常不满，但他脸上依旧是一副单纯无害的表情:"她什么时候死的,和你没关系吧?你应该多关心锦若。"

极度的悲痛让陆霜华说不出话来,他望着毛大珠脸上的白布,连伸手掀开看她最后一眼的勇气都没有,眼睛里居然有泪,模糊了视线。

为什么自己不信毛大珠?为什么让颜霄这个刽子手找到机会害死她?

毛大珠若是真的喜欢颜霄,就不会当着颜霄的面对自己表白……

这些浅显的道理,为什么自己现在才明白呢!

可是晚了……

一切都晚了……

自己的草率,断送了她的性命……

陆霜华双腿一软,就这样跪在了地上,他的动作带动了一阵风,吹开了毛大珠脸上的白布,她就这样睁着眼看着陆霜华埋头啜泣。

毛大珠心中狂喜,陆霜华居然为她而哭!

看吧,他心里一定是有她的!

颜霄看到了毛大珠嘴角的笑意,他不喜欢这样的情景,仿佛毛大珠与陆霜华是一对生离死别的恋人,而他则是拆散他们的恶人!

· 第二节 ·

颜霄将白布重新盖在毛大珠脸上,语气不悦:"逝者已逝,你就该把所有心思放在生者身上。锦若对你那么好,希望你别辜负她。"

陆霜华仰起头看他:"臣和长公主发乎情止乎礼,根本没有半点私情!"

颜霄反问:"那你和毛大珠就有私情吗?"

陆霜华愣住。

"你根本不喜欢她,只是因为她现在变瘦变美,又主动对你献殷勤,你经受不住诱惑罢了。男人都是这样的,就算没有她存在,换个美女仍然可以替代。"

颜霄慢吞吞地说着,此刻的他已然不是那副傀儡小皇帝的软弱模样。

"陆公子,昭国近日献给朕几位色艺双绝的美人儿,你若喜欢,朕全都赐予你。以你的身份,三妻四妾有何不可?锦若那边,朕会劝她的。"

颜霄在套陆霜华的话,他并不是真心想让妹妹与其他女人分享相公。

陆霜华完全不上当,此时他满心悲愤,哪有心思垂涎什么绝色美人。

"陛下,你是一国之君,你可以后宫三千嫔妃,但臣不屑!"

颜霄微微皱了一下眉。

陆霜华此时说的话,对他可是大大的不利啊。

陆霜华继续说道:"有些人是无法替代的,其他女人再美,也不及她分毫。不知道将来陛下是否会遇到这样的人,若是遇不到,臣真为陛下感到可惜。"

这话听在颜霄耳里,分明是一种讽刺,他眼神逐渐冷下来:"你现在后悔有用吗?难道你要为了一个女人,和朕兵戎相见?"

"若陛下为了权力地位害死无辜的人,又有什么资格做皇帝!"

陆霜华竟连这种话都说了出来,可见他内心的怒火已然汹涌滔天。

颜霄握紧双拳,俊美的脸上,依然没有泄露半点真实情感。

他羽翼已丰,完全可以不动声色地将陆霜华灭口!所有看不起他的人,下场都是死!

可是……

陆霜华死了,锦若怎么办?

而目睹他杀人的毛大珠,又怎么可能原谅他……

颜霄袖间匕首已然出鞘,然而他却迟迟没有动手,心中天人交战。

陆霜华摇摇晃晃站起身,握住毛大珠冰凉的手。他是个男人,他不想哭,也不能哭！可为什么心中如此脆弱，好似整个世界漆黑一片。

"珠儿……我承认我对你不好，我承认我太在乎世人眼光……以前我怕别人说我为了毛家的权势和你在一起……后来我怕别人说我以貌取人，看你变漂亮就和你在一起……我气你骗我，我更气自己没有勇气面对流言蜚语……"

陆霜华声音哽咽，手指辗转与她相扣。他握得很紧，仿佛稍一松手，面前的"尸体"就会化为烟雾消失不见。

"我并不是真的讨厌你……我知道，现在说什么都晚了……都怪我，在你死之前没有原谅你，让你带着遗憾离开……就算是死，你也不会瞑目吧……"

陆霜华颤抖着手揭开白布，想要合上毛大珠的眼睛，却发现她正直愣愣地望着他，嘴上在笑，清莹的眸子却不断溢出泪来，看起来异常可怕。

陆霜华僵在那里。他迅速将白布又盖在毛大珠脸上，心脏扑通扑通跳得很快。

刚才他是活见鬼吗？

陆霜华好半天才平复被吓得颤抖的小心肝，他以为自己看错了，再度掀开白布，看到的还是一模一样的景象。

陆霜华盯着毛大珠，她也盯着他。

良久，陆霜华从喉间挤出发抖的音节："皇上……她到底是死是活……"

"死了啊。她中毒了，死状本来就是这样的。不信你插她一刀看看。"颜霄面无表情地递给陆霜华一把锋利的匕首，眼神无比真挚。

毛大珠脸上的肌肉抖了抖，她转动眼珠，想要证明自己是活人。

果然，陆霜华迟疑了，拿着匕首迟迟刺不下去。

颜霄就知道他下不了手，抓住他的手想帮他一把。

匕首刺下去的那个瞬间，毛大珠用尽全力，竟冲开了穴道，从床上滚了

· 175 ·

下去,她抱着陆霜华的大腿,一边哭,一边张嘴无声地说着什么。

陆霜华全身的汗毛都竖了起来,他僵立在那里不敢动弹。

御医适时地赶到,拉开毛大珠,探了探她的脉。

"陛下,这位姑娘确实中了毒,但并不致命。"

"能解吗?"

"臣不才,还未找到对策……"

御医们头上冒汗,此生他们从未见过这样的奇毒。

颜霄也没有催他们:"哦,不急,你们先想想办法吧。"

陆霜华这才明白发生了什么事情,他心中悲喜难言,好似刚刚经历一场劫难。他头发都被冷汗浸湿了,想起自己刚才说了些什么,他觉得无比丢脸。

噩梦!

简直是一场噩梦啊!

颜霄宠溺地摸摸毛大珠的头发,好像他从未动过杀机。

"太好了姐姐,你醒来了,刚才朕和陆公子都以为你死了呢。"

毛大珠被御医按倒在床上,动弹不得,心里将颜霄骂了八百遍。

御医在毛大珠身上扎满了针,在她几处大穴试了数遍,不见成效,又嚼了些草药塞进她嘴里,可就算她被扎成刺猬,嘴巴里塞满了草药,眼泪也止不住。

御医们越来越头疼,毛大珠能躺在龙榻上,说明她与皇上已经有了那种羞羞的关系,若是治不好她,后果很严重啊!可是他们从来没见过这么奇怪的毒,怎么治?

正在焦急中,突然听到有人奔进来,声音带着哭腔:"大小姐,你怎么了!上个月的工钱还没发,前几日买糖葫芦的银子你也没给我报销,你可不能死啊!"

此人不是楚安阳还能是谁?

他扑到床边,一把鼻涕一把泪哭得很惨。

毛大珠鄙视地翻个白眼,觉得楚安阳给她丢了脸。他应该威风凛凛大步走来,在两位情敌的争风吃醋中持剑对峙!哭什么哭,气势一下子就矮了一截!

毛大珠陷入幻想……

第三节

楚安阳发现毛大珠眼珠转动,他手指颤颤巍巍伸过来,探了探她的鼻息,原来大小姐还活着,他松了口气,这才发现颜霄和陆霜华站在一旁。

他无暇猜测毛大珠为何躺在颜霄的床上,陆霜华又为何一副吃了屎的表情,他对颜霄行了个礼,抹泪说道:"谢陛下收留小姐,一定是小姐吃坏了东西又中毒了,小人这儿有解药,麻烦陛下倒杯热水……"

颜霄没有喊丫鬟,而是亲自倒了杯热水过来,看着楚安阳从随身携带的玉瓶里取出一颗丹药放入毛大珠口中。颜霄狐疑地问:"你怎么会有解药?"

楚安阳正要说话,身后响起轻柔的声音:"这药是臣妹交给楚护卫的。"

众人皆惊,回头看过去,只见长公主走过来,轻声说:"臣妹觉得,既然御医说珠儿姐姐的毒并不致命,可能她只是吃到相克的食物。这药是臣妹以前偶然所得,不能解致命的剧毒,却可以中和食物相克的毒性,所以拿给楚护卫试试。"

楚安阳有些诧异,不知道颜锦若为何帮他说谎,但他还是顺水推舟地说道:"小人多谢长公主出手相助。"

颜锦若摇头:"楚护卫不必多礼,快看看珠儿姐姐好些没有。"

颜霄从来不会怀疑锦若,他甚至没有察觉到桌上剩下的桂花酥被调了包。

他凑近毛大珠，此时毛大珠体内的毒已解，她满肚子的火无处发泄，吐掉口中的草叶碎渣，跳起来一拳打向颜霄。

颜霄侧身轻易躲开，只是被喷了一脸带着口水的草药。

御医们吓呆了，没想到毛大珠这么彪悍！但想想她的身份，倒也情有可原，她可是毛大虎的女儿，谁不知道她向来凶恶，根本不把皇上放在眼里！

毛大珠怒道："颜霄，你居然要杀我！"

颜霄一脸无辜地擦了把脸，那眼神纯真得仿佛要滴出水来，任谁都不会相信他有半点恶意："珠儿姐姐，你在说什么，我哪里舍得杀你？"

"你刚才握着陆霜华的手做什么？你敢说那把匕首不是用来杀我的？"

众人越听越迷糊。

颜霄握着陆霜华的手？这信息量有点大啊……

"姐姐，你忘了吗？你刚才吃了毒蘑菇，看到了很多幻觉。"

颜霄摊开手，双手空空，那把匕首早就被他藏了起来。

一直没有说话的陆霜华听到颜霄的话，终于找到机会挽回尊严，附和道："对对对！幻觉，都是幻觉！你没有看到过我，我也没有来过皇宫……"

他转身准备逃走，毛大珠突然拉住他的手。

她泪眼汪汪，这一次不是中毒，而是发自真心。

"陆霜华，你说的每个字我都记得，才不是幻觉呢。"

陆霜华背脊僵硬，他不敢回头看毛大珠的脸，他害怕自己会心软。

知道毛大珠没有死他是很高兴，可她确实一直在说谎……

或许这一切都是毛大珠的阴谋，让他误以为她死了，让他经历悲痛到狂喜的跌宕，让她所有的错都在阴谋中消散。这种雕虫小技，骗得了颜霄，却骗不了他！

陆霜华强迫自己心肠冷硬下来，用力甩开毛大珠的手。

回过头来，他还没开口，毛大珠就用手捂住了他的嘴，红着脸说："好啦好啦,我什么都不想听,反正现在这么多人,你也不好意思说实话。等我过几日带了聘礼去陆府,我们再好好聊。等我哦。"

这种话怎么能是一个大家闺秀说得出来的呢?!

陆霜华很郁闷,满脑子想说的话,就这样化为空白。

颜霄脸色不太好,他看了一眼妹妹,她沉默着站在那里,也不知道在想什么。颜霄心疼锦若,更嫉妒毛大珠对陆霜华的态度。他故意大声说道:"锦若,你赶来送药一定很辛苦,你身体不好,快回去休息,别累坏了。"

陆霜华这才想起锦若,觉得自己失责,连忙说道:"我送你回去。"

锦若顺势挽住陆霜华的手臂,柔柔弱弱地靠在他身上:"多谢陆公子。"

俊男美女格外相配,在场所有人都以为陆霜华赢得公主芳心,对他充满艳羡,又想起毛大珠一厢情愿纠缠陆霜华,气氛稍微有些尴尬。

毛大珠吃醋了,她想起刚才吃下的解药,怀疑是不是颜锦若在搞鬼。

虽说她与颜锦若有些交情,但面对心爱男人,哪还会有什么真友谊?

陆霜华正要带长公主走,毛大珠突然拦住他们,直截了当地质问颜锦若:"长公主,你为何知道我中了毒?又为何那么巧遇到我家侍卫,把解药交给他?"

锦若露出惊讶的神色:"珠儿姐姐怀疑我?"

毛大珠直率地答道:"我们是情敌,我怀疑你很正常吧?"

锦若眉头轻蹙,眸光带着些委屈:"我从未将姐姐视为情敌。"

毛大珠却步步紧逼,字字尖锐:"你觉得我不配?"

颜锦若没有说话,脸色有些苍白,显得她更加冰肌玉骨,楚楚可怜。

陆霜华忍无可忍,此时逼问锦若的毛大珠,与当初强抢民男的那个凶恶女胖子有何区别!

"毛大珠,你别无理取闹了,锦若才不是那种人。"

毛大珠愣了一下。

陆霜华不但没有帮她查明真相，竟还不分青红皂白帮别人说话……

更过分的是，颜霄也加入进来："朕也相信，一切与锦若无关。"

而颜锦若一言不发，垂着双眸，消瘦的肩膀微微颤抖，只凭那欲言又止隐忍委屈的模样，就赢得了在场所有人的信任。

毛大珠耳边响起细细碎碎的议论声，他们不是故意想让她听到，却还是毫无遗漏地飘进了她耳朵里。

"毛大小姐也是个可怜人啊，求而不得，只能污蔑长公主了……"

"可是长公主毕竟救了她，她怎么能恩将仇报呢？我要是陆霜华，肯定也会选择长公主，不但绝色倾城，还善良温柔，就算受到污蔑也不肯口出恶言，能和这样完美的女子厮守终身，简直是八百辈子修来的福气啊！"

毛大珠没有说话，事到如今还能说些什么呢？

全世界错怪她都无所谓，唯独陆霜华的态度让她心痛。

楚安阳怕她伤心，扯了扯她的衣袖："小姐，你刚刚解了毒，身子还虚得很，不宜太劳累，咱们回府，我让王妈熬一锅熊掌汤给你补补。"

毛大珠的注意力果然被转移了："我还要吃红烧馒头和炸汤圆！"

楚安阳宠溺地笑道："好好好，大小姐想吃什么，咱们就吃什么。"

他扶着毛大珠走出颜霄的寝殿，远远看去，两人背影竟有几分相配……

· 第四节 ·

毛大珠好好休息了几日才缓过来，对于中毒事件她始终没有头绪。

解药其实是毛大虎交给楚安阳的，但他叮嘱楚安阳不可以告诉大珠，所以楚安阳严格保密，只说是长公主交给自己的，这让毛大珠始终无法对锦若释怀。

毛大虎也知道大珠怀疑锦若，但有些事，既是误会，就让她一直误会下去吧，反正知道真相也没什么好处。都怪自己低估了颜霄那小子，想要整他却反被他利用。还好不是什么致命剧毒，要不然自己的宝贝女儿可就没了。

皎洁的月夜，湖边蝉鸣声声，碧波被风吹起层层波纹。

锦若一袭白纱站在湖畔，长发上素白的发带随风飘舞，宛如仙子下凡。

林瑾天远远看着，险些被锦若的美貌惊呆。

他一步步走过去，脚下的草叶簌簌作响。

锦若回眸看到林瑾天，嫣然一笑："林将军，好久不见。"

林瑾天抱歉地说："微臣这段时间都在关外，没能及时赶回来看长公主。"

"将军公务要紧，不用在乎这些。"锦若声音柔柔的，看到林瑾天有些脸红，她不由得笑，"私下里，林将军就别自称微臣了，听起来怪生疏的。"

林瑾天双眸轻闪了一下："那长公主也别叫我林将军了……"

长公主点点头："嗯，林大哥。"

他们两人说话有一点点害羞，倒像两个情窦初开的孩子。

林瑾天的心脏扑通扑通跳动，他就是喜欢这一款的，长公主多么清纯啊，哪像毛大珠那么死皮赖脸！他越是对比，越觉得长公主好。

此时万籁俱寂，仿佛连蝉鸣声都消失了。

林瑾天望着面前美到令人窒息的面孔，问道："长公主约我见面所为何事？"

颜锦若看得出林瑾天眼中的炽热，但她却假装什么都看不出来，柔声问："珠儿姐姐说林大哥是自己的初恋，这是真的吗？"

林瑾天的脑袋好像突然炸开了。

什么初恋？！毛大珠又跟别人乱说了什么？！

"天地良心，我连毛大珠的手都没有碰过！"

"哦？那就是青梅竹马，两小无猜的纯爱了。"

"谁和她有纯爱！长公主，你可不能道听途说啊。"

颜锦若觉得林瑾天紧张的样子很好笑，她笑得眼角微微眯起来，宛如月牙儿："我只是听说珠儿姐姐以前很喜欢林大哥，还说要等你回来呢。"

林瑾天以为锦若在吃醋，心里其实有点高兴，他认认真真地解释："毛大珠可不是我的初恋，她顶多算是暗恋过我吧。我是个有原则的人，才不会屈服于她的淫威……"

话未说完，突然听到锦若好听的声音掠过他耳畔："林大哥，你能不能接受珠儿姐姐？"

林瑾天呆立在原地，剩下的话就这样消散在口中。

良久，他颤声问道："为什么……"

"我觉得珠儿姐姐很好，和林大哥很配。"锦若温柔的双眸中带着些许期待，那银白色的月光映在她绝美的面孔上，美到无法言喻。

"可我觉得长公主也很好，比毛大珠好多了！"林瑾天心里着急，忍不住说了心里的大实话。

颜锦若当然明白他的心意，可她的使命却不允许她明白，她假装没听懂，睁着清透如水的眸子望着林瑾天，继续说道："林大哥，你们都是我最重视的人，我希望你们都能幸福……"

林瑾天打断她："你是怕毛大珠会动摇陆霜华对你的感情吧？！"

锦若的呼吸一窒，心脏有点疼，但她没有否认。

林瑾天失望地看着颜锦若，那冷冽的声音隐隐有种讽刺："我不知道身为天下第一美人的倾城公主，竟然也会不自信。毛大珠跟你有什么可比性？她又胖又丑，就算她是毛大虎的女儿，可你是皇帝的亲妹妹，论身份地位你们势均力敌。你居然害怕陆霜华被毛大珠抢走，能被抢走的爱人根本不算爱人！"

"林大哥，你许久没见到珠儿姐姐了，她早已不是当初被你鄙视的那个丑八怪……"

"那又怎样？不管她变成什么样，我都不会喜欢她的！"

林瑾天态度坚决，但锦若并没有感动，她漂亮的眼溢出泪来，在月光下闪闪发光，那轻软的声音仿佛易碎的水晶，稍一触碰就会化成粉末。

"林大哥，你真的不肯帮我吗？"

林瑾天心痛了，他伸手想擦拭锦若的眼泪，却被她扭头避开。

林瑾天的动作僵在那里，沉默片刻，他叹息着表态："锦若，你求我别的，我都答应你，哪怕让我把命给你，我都不会犹豫半分，但这件事绝对不行！"

锦若的泪落在风中，然而眼中那刻意装出的悲伤，却渐渐消失。

湖畔的风微凉，吹起颜锦若轻薄的素纱，仿佛吹起一道白月光。

林瑾天脱下外袍披在锦若身上："湖边风大，我送你回去吧。"

锦若垂下眼，淡淡道："不用了，我想静一静。"

"那我就在这里守着你，等你什么时候想回去了，我再送你回去。"林瑾天后退几步，退进阴冷黑暗的树荫下。

他就那样看着她，眼中没有半点怨恨。

锦若抿着唇没有说话。

她知道林瑾天喜欢她，她从来都知道……

说出这些话来，用尽了她的勇气，每个字都让她心肝发颤，但她必须要露出冷漠的表情，因为她每一个脆弱的眼神变化，都可能被林瑾天察觉……

她不想动摇……也不能动摇……

有些事情，身不由己，却必须义无反顾……

毛大虎本以为毛大珠会对陆霜华死心，在家睡上几天就没事了。以前她总是这样，醒来就吃，吃完就睡，一点都不扰人，他最喜欢这样的大珠了。他暗暗幻想，也许过段时间，大珠就能胖回原来的样子了……

傍晚，月色清明。

忙碌一天的毛大虎走到女儿房门口，手里提着两大盒点心，想看看女儿睡醒了没有，却发现她哼着小曲儿坐在梳妆台前面，桌上放满了金光闪闪的珠宝首饰，而她正拿着一支昂贵的蝴蝶簪插入发髻，对着铜镜搔首弄姿。

毛大虎有种不祥的预感，问道："大珠，打扮这么漂亮要去哪儿？"

"当然是去找陆霜华啦。"毛大珠头也没回，将七八支金簪插进头发里，对着铜镜露齿一笑，发现牙齿上沾到了猩红的唇脂，连忙用锦帕擦掉。

毛大虎看着精心打扮的女儿，愤怒与失望交织喷涌，最终却化为深深的无力感。

"好了大珠，人家陆霜华和长公主那么般配，你做什么第三者。"

"谁是第三者？"爹这话毛大珠不爱听，她不满地回头看他，想起从小到大看过的那么多言情小说，瞬间便脑补出了一系列催人泪下的悲伤剧情，"那天陆霜华在我面前说了好多肉麻话，他还为我哭呢。他不答应我肯定有苦衷！"

毛大虎难以置信，陆霜华固执又冷酷，怎么可能为毛大珠哭？！

"男人的眼泪能信吗？只有你这种没经验的傻姑娘才会上当！"

"陆霜华不会骗人的，他根本没有理由骗我。"

"你还没嫁到陆府，就成了逆来顺受的小媳妇了？你以前不是这样的！"

"以前是女儿不懂事，现在女儿已经收敛很多了嘛。"

"老子就喜欢你不懂事的样子！"

毛大虎气得吹胡子瞪眼，怀疑陆霜华给女儿下了降头。

以前他那个嚣张冷傲，从不向恶势力低头的可爱胖女儿去哪儿了？！面前这个毫无主见的麻秆到底是谁？！

毛大珠没把爹的愤怒当一回事，她知道爹刀子嘴豆腐心，哪里舍得对她发火，等晚上回来爹的气应该就消了！毛大珠接过毛大虎手里的食盒，笑盈盈地说:"爹我出去了,晚上回来再吃。"

眼看着女儿坚持要出门,毛大虎的希望终于破灭了……

既然拦不住,不如让她亲眼看看现实有多么残酷吧!

毛大虎站在门口,状似无意地说道:"哼,陆霜华若是不见你,你也别太伤心,今晚咏琴湖畔有灯会,你可以去那里散散心,给爹捎两个灯笼回来……"

· 第五节 ·

毛大珠独自来到陆家,在门口迟疑许久,想着见到陆霜华该怎么开口。

好不容易鼓足勇气,毛大珠忐忑地敲开大门,一个蓝衣小丫鬟打开门,看到是毛大珠,立刻猜出她的来意,率真地说道:"我们公子和倾城公主出去了。"

她对这个答案并不意外,厚脸皮地追问:"你知道他们去哪儿了吗?"

丫鬟摇头,看着毛大珠的眼神带了些许同情:"奴婢不知。"

与此同时,正坐在茶楼的颜锦若收到了毛大虎的飞鸽传书。

她解下鸽子脚上的纸筒,看到上面熟悉的字体,表情有些凝重。

坐在她对面的陆霜华啜了一口碧螺春,淡淡说道:"这鸽子从哪儿飞来的啊,怎么好像认识你一样?那纸上写了什么,是不是宫里出了事?"

颜锦若微笑着摇摇头,将手中字条递过来,上面写着一首花前月下的小诗。

"可能是哪位公子哥给意中人写了首表白的小诗,结果信鸽飞错了地方。"

陆霜华未从诗中看出端倪,便也没有产生怀疑,逗弄了信鸽两下。

颜锦若垂下手,真正的信笺从袖中落在手心,被她握紧。

"陆公子,听说今晚咏琴湖畔有灯会,我们一起去吧?"

陆霜华不疑有他,点头说道:"好。"

咏琴湖果然很热闹,淡雅月光落在青石小桥上,反射出淡淡朦胧光华。恋人们站在湖畔放着孔明灯,无数孔明灯宛如星辰,带着希望与爱,在空中越升越高。

毛大珠坐在石阶上,手中捧着串糖葫芦,微微觉得有些孤独。

别人都是成双成对,只有她孤家寡人的……

啊,想起回家之后爹又会冷嘲热讽,毛大珠就头疼。

她还以为能够顺利见到陆霜华,破除所有误解重归于好呢。

算了算了,以后肯定还会有见面机会,也不急于一时!

毛大珠吃了一颗糖葫芦,坐在那里仔细分析起来。

自己以前确实太莽撞了,都怪爹,把她教成了直来直往的女汉子,哪有颜锦若温婉可人、知书达理。虽说是情敌吧,人家的优点必须要承认!既然男人都喜欢那种类型,她更要投其所好,先把陆霜华骗到手再说啊!

毛大珠眼睛一亮,举起手里的糖葫芦,把它脑补成陆霜华,学着颜锦若的神色语气,柔声说道:"陆大哥,我有好多优点,其实你都没有发现呢……"

毛大珠一边说,一边又吃掉一颗糖葫芦,腮帮子里鼓鼓的,她深情凝视竹签上最后一颗糖葫芦,轻声细语地说:"我有钱,我爹有权,你想吃什么就说,不管多贵我都买给你。我爹脾气不好,但我会罩着你的,只要你不惹他老人家生气,不欺负他的宝贝女儿,我包你在将军府横着走……"

毛大珠越说越兴奋,已然陷入幻想,完全没有察觉到画风已经开始改变:"我们成亲以后,你在家好好相夫教子,我在外面风流快活,我们分工合作,幸福快乐,吼哈哈哈……"

她笑得惊天动地,吓得身后几位过路男子一哆嗦,躲远一些小声议论。

"哎,那姑娘看起来长得挺漂亮,咋是个傻子呢!"

"嘘,小声点,别让她听见了。"

"听见就听见,老子还怕一个黄毛丫头不成?"

"那是一般的丫头吗?那可是毛大虎的宝贝女儿!"

"什么!"六位男子不约而同地惊呼,"她就是天下第一美女毛大珠、草菅人命的恶霸毛大珠、瘦身成功的白富美毛大珠、修炼飞升的上仙毛大珠、被皇上痴心爱恋的未来皇后毛大珠、被陆霜华残忍拒绝的土肥圆毛大珠……"

众人七嘴八舌,毛大珠一句也没听清,就觉得太吵,回头看了一眼。

那几位男子反应各异,有的怕她冲过来杀人,吓得飞奔逃走;有的则为她的美貌倾倒,呆在原地流口水;还有的跪倒在地上哭求她饶命……

陆霜华陪着颜锦若走到青石小桥上,听到不远处有些喧闹,好像是些杂乱的哭喊求饶声。他正要扭头看过来,颜锦若突然捧住他的脸,那美丽的面孔离他咫尺之遥。

陆霜华愣在那里,周围的声音好似突然都消失了。

"陆公子,你没有什么话想对我说吗?"

颜锦若有些娇羞,脸颊微红,显得她肌肤白里透红,秀美动人。

陆霜华的头半点动弹不得,只能看着她,不知情的围观群众还以为是一对恋人在痴痴对望。他想了想,轻声说:"是有些话想对长公主说……"

颜锦若并不吃惊,她微笑着看他,眼神中是满满的鼓励。

但陆霜华根本不解风情,轻轻松松便打碎了空气里小小的暧昧:"我很好奇,最近长公主为何频繁约我见面,我们又不是恋人。"

颜锦若的表情僵了一下。

陆霜华不是应该顺水推舟向自己表白吗?

这和自己想的完全不一样啊!

情急之下，颜锦若也没工夫摆出矜持被动的模样，她蹙起眉，眼中波光流动，带着些许委屈："陆公子，你难道没看出我对你的心意吗？"

"心意？"陆霜华更迷茫了，"长公主有何心意？"

颜锦若红着脸说道："我很喜欢你，你可愿与我长相厮守？"

陆霜华一时有些惊讶，他没想到颜锦若会对自己表白。

他看着面前女子美丽的眼，那双眼睛晶莹剔透，好像点缀着无数星辰，可他却没有看到真正的爱意，那只是一双倒映星空的漂亮眸子。

他以前也不懂什么叫作眼睛里的爱意。

但自从毛大珠日日纠缠他开始，他逐渐懂了⋯⋯

可，为什么自己会想起毛大珠？

颜锦若见陆霜华没有回答，有些意外，她向来受尽宠爱，从来不需要主动争取什么，而第一次主动，却换来对方的沉默。她内心忐忑，余光看到毛大珠正朝这边走来，她有些着急，生怕计划失败，让毛将军失望。

颜锦若突然踮起脚，在陆霜华脸上印下一个轻柔的吻。

万千星辰好像都洒落下来，让整个世界变得星光璀璨。

而他们两人，在那皎洁星光中美得不像话。❀

第十一章
愿用此生守护她

第一节

毛大珠的脚步猛然停住,可她后面跟着的那人却没收住脚,一下撞在她身上。两人一路滚到湖边,毛大珠差点掉下湖,危急关头她抱住一棵树才没掉下去,站起身正要开骂,突然发现躺在地上的竟然是面如死灰的林瑾天。

表哥在跟踪自己?莫非他也是想趁这么个好日子表白?

毛大珠脑补好了整部戏,她神色悲伤,自顾自地说道:"对不起,表哥,珠儿刚刚失恋,还没办法立刻接受下一段感情……"

林瑾天喃喃说道:"我们青梅竹马,你怎能对我这么残忍……"

毛大珠抹泪:"我知道你心里苦,可你为何当初不珍惜我?"

林瑾天苦笑:"都怪我来晚了,我本想回来就去提亲……"

毛大珠于心不忍,安慰道:"以后还来得及。"

林瑾天摇头:"来不及了,你已经接受了陆霜华……"

毛大珠不懂他在说什么:"陆霜华有长公主了啊……"

"对啊,陆霜华已经有了你……"林瑾天神色更加痛苦,他口中轻轻溢出几个绝望的字,那狭长双眸已是死寂一片,"锦若,为何你不肯等我……"

毛大珠僵在那里。

原来他在和颜锦若对话!

毛大珠心中的不忍荡然无存,她用脚尖踢了踢林瑾天,生气地说:"喂,姓林的,你醒醒,看看你面前的人到底是谁?!"

踢了好几脚,林瑾天才有了反应,他抬眼看到面前一位锦衣少女正居高临下地看着自己,虽然她姿色出众,但穿金戴银太庸俗了,哪有锦若清丽脱俗。

林瑾天又合上了眼,他太痛苦了,以至于没有力气起身。

毛大珠拽着他的衣领,说道:"你喜欢长公主,喜欢就去追啊。"

林瑾天猛然睁开眼睛,惊讶地望着毛大珠:"你怎么知道?"

毛大珠松开他,拍拍身上的泥土:"你刚才自己说的。"

"是吗……"林瑾天觉得自己失忆了,完全不记得刚才说过些什么,最后的记忆就停留在颜锦若亲吻陆霜华的那个瞬间……

想到这里,他的心又痛了。

毛大珠发现林瑾天好像不认识她,心里的小恶魔又蠢蠢欲动了,既然表哥对她无情,她也无义好了:"男子汉大丈夫,什么事不能用拳头解决,在这里暗暗伤心有什么用?"

毛大珠暗示林瑾天应该为了锦若,与陆霜华好好打一架。陆霜华肯定打不过他啊,到时候颜锦若移情别恋,她再去给陆霜华送药,嘘寒问暖,乘虚而入。

啊!多么完美的计划啊,想起来真有点小激动呢!

可是林瑾天完全没听懂毛大珠的意思,怒道:"打女人算什么英雄好汉!"

毛大珠郁闷地抓抓头发,表哥以前挺聪明的啊,怎么失恋了脑筋也不好使了:"你是不是不想活了!谁让你打长公主了?我是说你可以和陆霜华比武决斗,谁赢了长公主就是谁的。"

林瑾天眼睛一亮，但很快，双眸又暗淡下来，他颓然地坐起来，低声说："不，锦若又不是一件物品，怎么能让别人决定她的归宿。既然她选了陆霜华，我就该尊重她的选择……"

毛大珠恨铁不成钢："尊重什么啊，再尊重她就成别人的老婆了！"

林瑾天抬眸看向毛大珠，突然问道："姑娘爱过别人吗？"

毛大珠愣了一下，想到陆霜华，没有说话。

林瑾天一字一顿地说："爱一个人，就是想要她幸福。"

毛大珠脑中嗡的一声，耳边是林瑾天冷冽的声音，在冷风中萦绕："如果锦若喜欢我，她就不会拒绝我，既然不喜欢，我又何必纠缠。我愿用此生守护她。看到她幸福，我应该高兴，再痛苦都要装作高兴！若她不幸福，只要她一句话，我会义无反顾把她抢回来！"

这番话说得深情又自带霸气，让毛大珠无法反驳。

她突然开始怀疑，自己对陆霜华的纠缠是对是错。

她已经看到了结果，陆霜华选择的是颜锦若，他们甚至旁若无人地在自己面前拥吻。

陆霜华从来没有说过喜欢她，就算将他强留在身边，他也不会对自己温柔……

为何还要强求呢……

毛大珠刚才还留有一丝希望，如今却被林瑾天的话彻底浇熄，她心情一下子变得很差，想起陆霜华与颜锦若在她面前亲昵的画面，她越想越不是滋味，眼泪突然落了下来。

林瑾天吓了一跳，不知道面前的少女怎么突然就哭了。

他站起身递给毛大珠手帕："你哭什么？"

毛大珠将头埋在他胸前，呜呜地说道："没什么，我只是感动你对长公主的感情。"

林瑾天身体有些僵硬，男女授受不亲，他应该推开毛大珠的，但看她哭得那么伤心，又觉得推开她太残忍。良久，林瑾天终于还是不忍地拍拍她的肩膀，让她在自己怀里哭泣。

其实毛大珠只是害怕被熟人看到她在哭，毕竟是堂堂将军之女，要面子。这不，埋在林瑾天胸口就没人看得到她的脸了，只能看到她脑袋上十几支耀眼的金簪子随着她的抽泣而晃动。

还是很显眼好吗！

颜锦若以为毛大珠会过来和她吵闹，她甚至想好应该怎样应对，但是很久都没有迎来想象中的情敌对决，锦若忍不住扭头看了一眼，发现毛大珠不见了！

难道是不敢面对，逃掉了？

这和毛大珠的性格不符啊！

颜锦若有些不放心，小心翼翼地左右看了看，突然发现岸边一个穿金戴银的锦衣女子正扑在一个男子怀里，那头上十几支价值连城的金步摇在风中摇摆，不是毛大珠还能是谁！

而那男子一袭黑衣，侧脸英挺绝世……

颜锦若的心脏猛地一跳，竟有种窒息的痛楚。

耳边忽然传来陆霜华的声音："长公主，我可能没办法接受你……"

这简直是双重打击！

颜锦若望向陆霜华，哀怨地问："陆公子不喜欢我吗？"

陆霜华的声音虽轻，却很认真："我一直把长公主当朋友……"

颜锦若问："那为何我每次找你，你都没有拒绝过？"

陆霜华张了张嘴，却不知该如何回答，细想起来，他有时候只是为了气毛大珠……

他承认颜锦若是世间少见的美人儿，他们度过了很多愉快的时光，但他从锦若眼里没有看到过爱意，从他自己心里也没有感受到期待。他就那样随意而自然地与锦若约会，谈天说地，好似对待一个什么都不懂的妹妹，他没有主动约过她，但她的邀约，他又没有理由拒绝……

思及此，陆霜华心中掠过一丝迷茫……

颜锦若很难过，她办砸了毛将军交代的事情，亲耳听到陆霜华拒绝她，还亲眼看到林瑾天与毛大珠抱在一起。这所有的一切如同一套重磅组合拳，残忍打碎她的梦，她忍不住啜泣出声。

· 第二节 ·

月光映照的青石小桥上，长公主埋在陆霜华怀里哭泣。

碧波潋滟的咏琴湖畔，毛大珠埋在林瑾天怀里哭泣。

赶来寻找大小姐的楚安阳看到的就是这么奇怪的场面。

到底是冲到陆霜华那边骂他负心汉呢，还是冲到林瑾天这边安慰大小姐呢？

楚安阳想了想，当然是要以大小姐为重了！他绝不能让不懂珍惜的林瑾天把大小姐拐跑了！

楚安阳持剑大步走来，一把将毛大珠拽入自己怀里，对一头雾水的林瑾天说道："大庭广众之下，跟我们小姐搂搂抱抱的，成何体统！"

林瑾天认得楚安阳，他下意识地反问："你不是毛大珠的狗腿子吗，什么时候换了主子？哼，我早该看出来你对毛大珠并非真心，惺惺作态！"

楚安阳察觉到林瑾天根本不认得焕然一新的毛大珠，也难怪，他常年在关外，根本不清楚京城的局势。

楚安阳冷笑道："我对大小姐的心意从未变过。"

林瑾天不屑地指了指毛大珠:"那她是谁?"

毛大珠连忙表明身份:"表哥,是我啊!"

听到这熟悉的称呼,林瑾天表情有些僵硬。

他唯一的表妹,除了毛大珠还能有谁……

但是怎么可能?毛大珠好吃懒做,除了削肉,她根本不可能瘦下来!

"表哥,我知道你不会忘的,当年我们策马江湖、把酒言欢……"

不等毛大珠忆完往昔,林瑾天就面色铁青地打断了她:"够了,你别说了……"

他已经完完全全确信,面前这姑娘就是毛大珠本人。

这世间除了毛大珠,怎么可能还有如此厚颜无耻之人……

锦若说过,毛大珠今非昔比,林瑾天虽然已有心理准备,看到的时候却还是难以置信。但又如何?拥有漂亮皮囊的女子千千万万,却只有一人是他的锦若……

想起锦若,林瑾天又心痛了,一张俊脸苍白如纸。

楚安阳可不知道林瑾天在想什么,他冷哼一声,无情地冤枉了忠贞痴情的林大将军:"我们家大小姐绝对不会吃回头草。林将军,请你以后不要再纠缠她。"

楚安阳拉着毛大珠转身就走,不给林瑾天一句辩驳的机会。

林瑾天无辜又委屈,愤怒又绝望,可是有什么办法呢?他的大脑因失恋的打击而反应迟钝,等他想到绝妙的话来反驳的时候,早已不见楚安阳和毛大珠的身影,而青石小桥上的长公主和陆霜华也不见踪影。

林瑾天满心的挫败感,一拳砸在树上,落叶漫天飞舞。

月光洒落在回家的小巷里,石头地面发着光,宛如暗夜星河。

楚安阳好像什么都知道,却又什么都没有问,只是牵着毛大珠的手带她回家。

毛大珠低头看着脚下的小路，平静地宣布："我不喜欢陆霜华了。"

楚安阳从喉间"嗯"了一声，毛大珠没想到他会这么冷静，有些惊讶："你不问我为什么吗？"

楚安阳若无其事地答："我看到陆霜华和长公主在一起。"

毛大珠的心脏轻颤，苦涩地说："你也觉得他们很配，是吗？"

楚安阳嘴角扬起不屑的轻笑："他们配不配我不知道，我只知道，陆霜华配不上大小姐。"

毛大珠愣了一下，仰起脸看着楚安阳，他依旧是一副玩世不恭的模样，但他眼中并没有玩笑的成分："小姐那么好，又对陆霜华全心全意，他不珍惜是他的损失，将来他一定会后悔的！"

毛大珠心里暖暖的，鼻子也酸酸的，她不想深究楚安阳到底是在恭维她还是真心夸她，能在她最脆弱的时候说些甜言蜜语安慰她，就算是谎话也算是份心意啊。

毛大珠握紧楚安阳的手，由衷地说道："楚安阳，你对我真好。"

楚安阳不假思索："大小姐发我薪水，我当然要对大小姐好了。鞠躬尽瘁，死而后已！"

毛大珠眼睛亮晶晶地望着楚安阳："那我要是没钱了，你还会跟着我吗？"

"会啊，"楚安阳笑着看向毛大珠，嘴角的笑容比阳光更加温暖，"这些年在将军府也贪了不少，够养活小姐你了。不过每天只能吃一顿肉哦。一天一只猪我还是买得起的。"

毛大珠佯怒："谁一天吃一只猪，你可别污蔑我。"

楚安阳大笑："啊哈哈，说错了，是一顿吃一只猪。"

毛大珠瞪他："楚安阳，你是不是不想活了！这个月的月俸没有了！"

"呃……小姐，我说的是小猪……二两那么大的小猪……"

· 195 ·

"哪有那么小的猪？你明天带一只过来给我，找不到的话扣你两个月的月俸！"

"小姐……我错了……"

毛大珠看着他的样子，忍俊不禁。

还好有楚安阳在她身边，她每次不开心的时候，他都会买好吃的肉包子、糖葫芦，转移她的注意力，哄她开心。也许她感情路不顺，是因为遇到楚安阳，用光了她一生的运气了吧。

可是，她并不想因为楚安阳变成嫁不出去的老女人啊……

锦若并不知道她的计划成功没有，她只得将那晚的情形一五一十告诉毛大虎。

她确实按照毛将军的吩咐，当着大珠的面对陆霜华做出了亲昵的举动，可陆霜华并没有接受她，而毛大珠也没有像想象里那样扑过来又哭又闹……

那天晚上到底发生了什么，颜锦若到现在还不明白。

毛大虎回到将军府，特意去大珠的院落看了一眼，她的宝贝女儿看起来气色还不错，正在院子里画画。她穿件浅绿色纱裙，长发披散下来，不施粉黛，却清雅美丽，那轻薄的绿裙宛如春季的绿草，美得清新脱俗。而楚安阳负手立于毛大珠身畔，正在对她拙劣的画作赞不绝口。

这两人看起来，竟有种难以形容的般配……

毛大虎突然想到，楚安阳武功出众，一表人才，若能入赘毛家倒也是件好事，以楚安阳的身份自然不敢奢望做正房，只能做个偏房照顾大珠，只要他安分守己，毛家不会亏待他的。

不过，楚安阳的身份他还没有查过，万一楚安阳在老家有老婆孩子可怎么办，他虽然没有节操，却也不愿让女儿成为拆散别人家庭的坏女人……

这一瞬间，毛大虎脑补了许多。

毛大珠看到爹站在院门口发呆，热情地招手："爹，你又给我带啥吃的来了？！"

毛大虎拍拍脑袋："唉，爹忘记给你带点心了。这两天忙昏头了。"

毛大珠也不计较，问道："忙什么呢？昨天一天都没看到爹。"

毛大虎坐在石椅上，隔着圆桌看着大珠，试探着问道："大珠，你已经不喜欢皇上了吧。"

毛大珠眼神闪了一下，有些心虚地说："我哪有喜欢过他。"

毛大虎松口气："那就好……"

毛大珠觉得有些古怪，追问道："爹，怎么了，和皇上有什么关系？"

毛大虎道："宋国派来公主和亲，所以这皇后的位置，你怕是坐不了了。"

毛大虎知道颜霄对大珠不太好，所以说这话的时候，他表情带着遗憾，内心却是庆幸的。

毛大珠很吃惊，她并没有听说过这件事，不过颜霄有新欢就不会再想着杀自己了吧。毛大珠可不想跟争权夺势的朝堂阴谋扯上关系，她好奇地追问："公主漂亮吗？"

毛大虎朗声笑道："虽然不及锦若倾国倾城，但也是国色天香，绝对配得上皇上！"

毛大珠看爹的表情，就知道他所言非虚，她掩唇笑道："皇上肯定很感激爹的。"

毛大虎叹口气，语气微微有些不满："皇上还小，对感情懵懵懂懂的，见了公主也不知道说些甜言蜜语，只会脸红红地站在那里听任我摆布，不知情的人还以为他真是我的傀儡呢。"

毛大珠撇撇嘴，颜霄又演戏了，真不知道他怎么会同意和亲，他铁石心肠，哪懂得爱人？

毛大珠忍不住有些同情那位素未谋面的公主了。

毛大虎不知道大珠在想些什么，他怕女儿会失落伤心，毕竟曾经爱过。

为了避免大珠还对颜霄留有念想，毛大虎站起身，轻描淡写地说道："大珠，我一会儿要去宫里，你随我一起去吧，顺便一睹未来皇后的风采。"

·第三节·

毛大珠来到皇宫，远远看到颜霄在御花园里等候毛大虎，那烂漫缤纷的簇簇花团绽放在他身畔，衬得他宛如画中走出的美少年。

颜霄身后站着一位高挑的黄衣女子，应该就是那位和亲的公主了。她看起来比颜霄还要高一点，显得不那么般配，但毛大珠承认，公主确实是少见的美人儿，那温婉的眉目有几分像锦若长公主，却比锦若更加风情万种。

听说公主比颜霄大三岁，女大三抱金砖嘛，姐弟恋其实也蛮带劲！

毛大珠想入非非，忍不住傻笑出声。

也不知道颜霄是不是察觉到了什么，眸光淡淡飘过来，不同于平时的软弱怯懦，他的眼神有些冷，好似深不见底的寒潭。

毛大珠吓得浑身都僵硬了，她默默后退，把整个身子都埋进灌木丛里。

为什么她会在灌木丛里呢？

因为毛大珠心里对颜霄仍有惧意，死活不敢走上前和皇上打招呼，她说在御花园里四处看看，不打扰爹和皇上谈正事。她打算等毛大虎走了以后，再找个隐秘的地方偷看颜霄和公主，俨然一个变态偷窥狂。

毛大虎不知道和颜霄在谈些什么，好半天都没结束话题，毛大珠等得困了，坐在灌木丛里昏昏欲睡。也不知过了多久，她听到环佩叮当的声音，毛大珠睁开眼，从树叶缝隙中看到一袭黄纱，正是那位宋国的公主。

听说公主叫宋雪盈，真是人如其名，肌肤如雪，笑意盈盈。那微微上翘的嘴角好像天生带着种善意,左眼下一颗泪痣妖娆美艳。

毛大珠忍不住吞了口唾沫,这样的绝色佳人,连她自己都把持不住,颜霄如何能控制?怪不得他会同意和亲,娶这么漂亮的公主,显然赚了啊!

毛大珠正想从灌木丛里爬出来和宋雪盈把酒言欢,突然听到一个陌生的男声说道:"公主,那个颜霄就是皇上吗?看起来病恹恹的,一点威胁都没有。"

毛大珠吓了一跳,这才发现宋雪盈身后跟着一个高大俊朗的黑衣侍卫。

宋雪盈柔柔地点了点头,深情地望着侍卫:"阿轩,你在吃醋吗?"

那侍卫嗤笑道:"雪盈你的心和身体都在我这里,我吃什么醋。"

宋雪盈娇嗔着捶了捶他的胸口:"讨厌,小心被听见了。"

毛大珠大惊!

这画风不对啊!

侍卫就势将宋雪盈拥入怀中,逗得公主开怀大笑,她对他郑重承诺:"放心吧,我不会让别人碰我的。"

侍卫却有些担心:"可你贵为皇后,始终不圆房,说不过去吧。"

宋雪盈嘟起小嘴:"可我心里有你,怎么能对别的男人投怀送抱呢?"

侍卫心疼她:"我是怕公主没有生下太子,地位会受到威胁。"

"阿轩,还是你为我着想。"宋雪盈钩住他的脖子,柔软的唇在他脸上印下细细碎碎的吻,"我想过了,到时候我给颜霄吃些安神的药,让他每晚浑浑噩噩什么都做不了,等他睡着你再过来找我,我们夜夜云雨,何愁无后。"

毛大珠吓得哆嗦。

这样的对话简直丧尽天良,十恶不赦!

更可怕的是,不远处的树荫下站着个眼神阴鸷的少年……

毛大珠听到的话,颜霄也清清楚楚地听见了。

风骤起,吹起颜霄明黄色的袍子,吹得他黑发凌乱不堪,脸色显得有些

· 199 ·

苍白。

尽管颜霄穿着龙袍，却没有君王的霸气，因为此刻他的眼神已经变回怯懦的小白兔。他后退几步，想要装作什么都没有看到的样子离开，但他的脚步声却被那侍卫察觉，侍卫抽出匕首正要过去，被宋雪盈伸手拦住。

她对着颜霄喊了一声："皇上。"

颜霄僵立在那里，良久，他走过来怯怯地说："雪盈姐姐……"

宋雪盈摸摸他的头发，眼中充满姐姐般的宠溺："你听到什么了吗？"

颜霄摇了摇头，宋雪盈爱怜地抚摸他白皙的脸颊，指间露出一颗黑色药丸："陛下，你的脸色看起来不太好，一定是最近国事操劳。我这里有安神的药物，来，吃一颗去休息吧。"

她将药丸往颜霄嘴里塞，颜霄紧紧抿着唇不肯张嘴。

侍卫也跟着宋雪盈一起，箍住颜霄的下巴，想要将药丸硬塞下去。

此情此景，简直像是毒妃携情郎谋权篡位！

毛大珠再也忍不住了，拨开灌木丛冲了出去，怒吼："住手！"

众人皆惊！

颜霄望着突然冒出来的毛大珠，冰冷的双眸在看到她以后燃起微弱的暖光，袖间匕首被他藏了起来，那眼中的隐隐杀气荡然无存。他并不是无法自保，只是没有想到会有人出手相助，更没想到，那人竟是毛大珠。

宋雪盈不知道面前灰头土脸的少女是什么身份，看服饰应该也是富贵之人，她松开颜霄，身边的侍卫立刻训斥道："你是何人，敢对我们娘娘无理！"

毛大珠才不吃这一套，顿时恶霸上身："听说过毛大虎吗，那是我爹！"

宋雪盈吓了一跳，刚刚她才见过毛大虎，那气势不容小觑。听说这半壁江山都在毛大虎手里，她敢对颜霄不敬，却万万不敢对毛大虎不敬。

宋雪盈连忙露出笑脸："是毛大小姐啊，失敬失敬。"

毛大珠无视公主的殷勤，拉住颜霄的手问："没事吧？"

颜霄红着脸摇摇头,那模样像极了被欺负的单纯少年。

毛大珠把他护在身后,对宋雪盈说:"还没成亲呢,你就对皇上动手动脚的。堂堂宋国公主,怎么一点教养都没有?"

宋雪盈脸色不太好,她以为毛大珠是任性刁蛮的千金大小姐,肚子里除了脾气什么都没有。宋雪盈表面一副优雅端庄的模样,心里暗想等她做了皇后再慢慢收拾毛大珠:"珠儿妹妹你误会了,我刚才看到陛下脸上有东西,帮他擦掉而已。"

"哦?看来我是错怪姐姐了。"毛大珠昂首挺胸,把自己脑补成正在教训嫔妃的正宫娘娘,"我与陛下青梅竹马一起长大,他虽然傻了点,但是很善良。刚才一见雪盈姐姐,我就知道姐姐聪慧贤淑,最能配得上这皇后称号。希望姐姐日后好好服侍陛下,若有人对陛下不敬,尽管来告诉我,我绝不轻饶!"毛大珠说出这番话滴水不漏又气势磅礴,这全仰仗于她最近看的宫斗小说。

颜霄眉毛抽了抽,毛大珠说谁傻呢?这简直就是指桑骂槐。

不过,看着毛大珠为自己出气,颜霄心里好似有暖阳在冰天雪地中升起。

毛大珠拉着颜霄要走,那侍卫突然伸手拦住他们:"公主,别上当了!"

宋雪盈愣在那里,扭头望向侍卫,他抽出匕首,锋利的刀刃在阳光下闪闪发光:"你相信堂堂一国之君是个敢怒不敢言的孬种?你相信毛大虎的女儿会是个仗势欺人什么都不懂的草包?别被他们骗了,这两人若是走了,咱们可就完了!"

侍卫的话点醒了宋雪盈,可面前站着的是当今皇上,总不能杀人灭口吧!

宋雪盈慌乱极了,问道:"阿轩,你说要怎么办……"

侍卫深情望向她:"雪盈,你愿不愿意跟我走?"

宋雪盈惊讶地看着他,不明白他说的是什么意思。

侍卫揽住她纤瘦的腰肢,霸气地说:"我早就厌倦这种任人摆布的生活了！为什么我非要看着我心爱的女人嫁给别人？！为什么我要做见不得光的情人？！我想带你走，到一个谁都不认识我们的地方！雪盈，你愿意跟我走吗？"

宋雪盈感动地流下眼泪，声音哽咽着说："我愿意……"

这真是贫民与公主的浪漫神话啊，毛大珠感动得要哭了，冷不防一把匕首横在她脖子上，耳边传来侍卫冰冷的声音："毛大小姐，对不起，你知道得太多了！"

毛大珠差点忘了，刻骨铭心的爱情总是伴随着悲剧的。

而她，就遗憾地成了那个悲剧……

第四节

毛大珠浑身都僵硬了，完全没有刚才的气势，哭丧着脸说："你要做什么？我死了我爹不会放过你们的，天涯海角也要把你们挖出来鞭鞭鞭……鞭尸！"

侍卫冷笑："我们公主会亲自做证，你想做皇后，但皇上忌惮毛家势力不肯答应你，争执之中你失手杀死了他，我们亲眼看到你跳入荷花池畏罪自杀。"

毛大珠大惊："什么，你们连皇上也要杀？"

侍卫好像看傻瓜一样看着她："你都死了，皇上还能帮我们保密？你们关系这么好，他定然会为你报仇，不如全都杀了，一劳永逸。"

毛大珠双腿发抖，她突然推开颜霄："快去找我爹！"

大力的动作导致她身体一晃，脖子被匕首割伤，流出鲜红刺眼的血来，毛大珠疼得倒吸一口凉气，以为自己就要死了，如此危急的情形，就算爹来了也来不及救自己！但颜霄能把消息带出去，至少爹会给自己报仇啊！

毛大珠把最后的希望寄托在颜霄身上，然而颜霄却站在那里没有动，风吹起他明黄色的龙袍，吹乱他漆黑的长发，吹得他身上那股怯懦的气息全然不见。

毛大珠见他没有反应，有些着急："你发什么呆啊！再不跑我们都要死了！"

"死？"颜霄喉间溢出一声轻笑，"你怕死，我又不怕，你救我做什么。"

"哎！你这家伙，怎么这样啊？！"毛大珠异常悲愤，她刚才脑子被门挤了？怎么能救颜霄呢？！

说话间，宋雪盈已经反应过来，卡住毛大珠的脖子，让侍卫有机会持刀刺向颜霄。然而那一瞬间，宋雪盈还没看清发生了什么事，侍卫手中的匕首突然掉在地上发出脆响，同一时间，他捂着小腹倒在地上，表情痛到狰狞。

宋雪盈惊得呆在那里，她不知道发生了什么，下意识地松开毛大珠，跪倒在地上，抱着侍卫颤声说："阿轩，你怎么了……"

侍卫指着颜霄，脸色煞白，一句话都说不出。

宋雪盈仰起脸望着颜霄，看到他手中握着一把血迹斑斑的匕首。

宋雪盈突然明白发生了什么事，她气得发抖，扑过来想与颜霄同归于尽，可颜霄轻易便避了过去，染血的匕首横在了她的脖子上："雪盈姐姐，你的痴心真是让我感动。若不是你伤了我最爱的珠儿，我真想放你们一马。"

宋雪盈一动都不敢动，震惊占据了她的内心。是她太低估面前这个瘦弱的少年，在感受到颜霄杀气的瞬间，她突然感到巨大的恐惧向她逼近。

"你最爱毛大珠？怎么可能？！她可是毛大虎的女儿！"

"比起没有实权的和亲公主，毛大虎的女儿这个身份强太多了。"

"既然毛大珠更有用，你为何要答应与我成亲……"

"因为珠儿不爱我啊，我只好找个乖巧的女人，帮我管理后宫，可没想到雪盈姐姐并不是盏省油的灯,将我的后宫交给你,真是不放心呢。"

颜霄看了一眼呆若木鸡的毛大珠,她的脖子还在流血,她一定很疼。

颜霄冰冷的双眸如同湖水动荡,说不清是生气还是心疼,向来柔和的声音也冷了几分:"雪盈姐姐,我现在有些生气,你觉得怎么样才能让我原谅你?"

毛大珠羞愧地低下头不敢去看颜霄,她怎么就忘了颜霄武功高强内心邪恶呢!想起自己居然试图保护这个比她强数倍的混世小魔王,毛大珠感到无地自容。

宋雪盈抖得厉害,此时已经不是愤怒,而是满满的无助。她低头看着阿轩,漂亮的大眼睛闪动着惊惧的泪光,阿轩想爬起来救她,挣扎几下却无能为力。

颜霄道:"放心吧,你的情郎不会死。我的匕首没刺进他的要害。"

宋雪盈松了口气,却突然感觉到脸颊一凉,那锋利的刀刃竟然抵在她娇嫩的肌肤上。颜霄眼中露出一丝恶意的笑意:"我会让他亲眼看着你被毁容,你猜,到时候他还会不会爱你?"

宋雪盈声音颤抖变调,大滴的眼泪涌出来:"不要毁我的容,不要……我不能失去阿轩……和亲是父皇的命令,我只想和阿轩在一起……"

颜霄听着公主的哀求,心中没有半点波澜。

"如果我没听到你们的对话,也许你就顺利带着奸夫入宫,生下他的孩子,夺走我的皇位。雪盈姐姐,我只要想起来就觉得后怕,将你千刀万剐也不解恨。只是毁你的容,你该谢天谢地才对,还想和我谈条件?你凭什么?!"

宋雪盈脸色煞白,颜霄说出的每个字都像利刃刺入她的心。

她本以为颜霄是个容易操控的傀儡,殊不知他竟是冷血修罗!

若是时间倒流,她绝对不敢在颜霄面前放肆……

可现在后悔又有什么用呢……

宋雪盈的视线移向躺在地上的侍卫，他手上全都是血，还挣扎着想要爬过来救她。宋雪盈好怕阿轩会死掉，什么尊严骄傲，她全都不要了，就这样哭着抱住颜霄的脚，苦苦哀求："陛下，求你救救阿轩，他没有错，他只能眼睁睁看着我答应父皇……陛下，你实在恨我，就杀了我吧，只求你放了阿轩……全都是我的错……"

颜霄望着摇尾乞怜的宋雪盈，眼中掠过一丝同情。可他并不想放过宋雪盈，只要想到那把匕首刺伤了毛大珠，颜霄就很不爽。他看了一眼毛大珠，正想说几句好听的话安慰毛大珠受伤的心灵。

万万没想到！

毛大珠正跪在侍卫身边，非常专注地在他衣服里摸来摸去！

颜霄脸色一黑，觉得很丢人："毛大珠，你好色也分一下场合好吗？！"

毛大珠白他一眼："反正都要死了，让我摸摸他身上有没有值钱的东西。"

颜霄叹口气："我以前怎么没觉得你这么贪财呢，都说毛大虎富可敌国，我看倒也未必，不知毛大虎怎么就赔了钱，要宝贝女儿做些小偷小摸的事情。"

·第五节·

毛大珠扒开侍卫的衣服，在宋雪盈心疼又嫉妒的目光中，找到一块成色上好的玉佩揣进怀里。侍卫上身赤裸，苍白的脸上浮起羞愤的红晕，想要反抗却没有力气。毛大珠偷完了他身上的值钱货，从身上拿出个小瓶在他流血的伤口撒了些金疮药，宋雪盈有些惊讶，脸色这才好了一些。

"有钱人再多钱也不嫌多，比如我毛大珠。"毛大珠站起身走向颜霄，恬不知耻地放话，"话说雪盈姐姐确实大方啊，这翡翠扳指、这祥云玉佩、这大金链子，都是货真价实的好东西，宋国真富裕。"

颜霄看着毛大珠:"宫里值钱东西那么多,你想要什么,只管来问我拿。"

毛大珠却突然问:"陛下,你真的要杀了宋雪盈吗?"

颜霄愣了一下:"不杀她,还留着她做皇后吗?"

毛大珠又问:"杀了她,你怎么跟宋国交代?"

颜霄不假思索:"就说她跟南宫轩私奔了。"

他连侍卫的名字都知道,显然早已做过调查。

毛大珠撇撇嘴:"陛下好像经常做这种事情,驾轻就熟呢。"

颜霄听出她话语中的讽刺,若无其事地笑道:"那珠儿姐姐说怎么办,我就怎么办。"

毛大珠挑眉:"就让他们真的私奔,怎么样?他们离开皇宫,肯定会有人看到,宋国便不能怀疑陛下害死宋雪盈,而宋雪盈做出这样大逆不道的事情,也没脸再回去。不用脏了陛下的手,还能让有情人终成眷属,也算美事一桩。"

聪慧如颜霄,立刻便明白了毛大珠的意思:"怪不得你拿走南宫轩身上的值钱东西,是想让他们身无分文流落在江湖上吧,这主意不错。"

宋雪盈听着他们的对话,心中却燃起了一丝希望。

毛大珠这是在救他们吗……

就算和阿轩一起出去乞讨,也比毁了容被所有人骂作淫妇要好……

毛大珠道:"我只是不想亲眼看着你杀人,我可不想和你变成同犯。"

颜霄一笑,也没有与她争辩,他准备学着毛大珠的模样,把宋雪盈身上的值钱东西偷光,手还没碰到宋雪盈的衣服,突然觉得不妥,他可不能像毛大珠一样轻浮!

颜霄做个手势,立刻有暗卫出现,将宋雪盈和南宫轩拖走。

毛大珠看着颜霄的暗卫,脸色不太好:"刚才他们怎么不出来?"

颜霄微笑着看她:"他们知道我能自保,不会贸然出现的。"

毛大珠很伤心,她觉得自己好像被颜霄整了。

颜霄扯下龙袍一角,为毛大珠包扎脖子,这让毛大珠受宠若惊。

那可是龙袍啊!

虽然布料有点硬,不是很舒服……

但那是龙袍啊!

颜霄衷心地说:"珠儿姐姐,你能出手救我,我很高兴。"

毛大珠小声嘀咕:"可我不高兴……"

颜霄假装没听见:"想要什么赏赐?"

毛大珠摇头,她什么都不缺:"我只想回家,陛下,今天的事就当没有发生过……我没看见你被戴绿帽子,我什么都不知道……"

毛大珠转身就走,颜霄跟着她,又变成了那个单纯无辜的小白兔:"可我的皇后没了,珠儿姐姐,都怪你多管闲事,你得赔我个皇后。"

颜霄明摆着没事找事,可毛大珠不差钱,头也不回地说:"要多少钱?"

颜霄就在等她这句话:"多少钱能买个皇后?姐姐你自己想想。"

毛大珠停下脚步,财大气粗地说:"我出钱,来个秀女选拔怎么样?"

颜霄不屑一顾:"那些庸脂俗粉,没兴趣。"

毛大珠回过头,耐着性子看他:"那你要什么?"

"要你。"颜霄眼中浮起一丝笑意,"我看全天下的女子,就你最好。"

这孩子的甜言蜜语说得越来越得心应手,但毛大珠早就免疫了:"你乱说什么呢,我只是看你被他们欺负,帮你解围罢了。"

颜霄冷笑:"我不需要你解围,你要是没来,他们早就死了。"

"你整天就知!道用杀人解决问题,依我看啊,宋雪盈罪不至死,你不喜欢她,干吗娶她。你无心,她无爱,本就是孽缘。"

"我是皇上,他们让我娶谁,我就必须娶谁,他们说这是对国家最有利的选择,我哪有资格说三道四。"

毛大珠反问："那你有没有拒绝过？"

颜霄愣了一下，竟然无话可说。

毛大珠道："你把一切都埋在心里，他们要你娶公主，你就顺从照做，你真的愿意和不喜欢的人共度一生吗？身为皇上，就没有选择的权利吗？"

颜霄抿着唇，他耳边传来毛大珠好听的声音，仿佛花朵绽开在冰川："颜霄，你不可能让所有人都满意，你只要如实表达自己的想法就好。"

那一瞬间，颜霄内心的冰川好像开始解冻……

毛大珠没发现他表情的微弱变化，她转身继续走，嘴里碎碎念："给你介绍一个皇后，你杀一个，这样下去，天下的适龄女子总会被你杀光，还不如找个两情相悦的……"

颜霄跟在她身后。

两情相悦……

这个要求看似简单，却又那么苛刻……

"不知道我今生有没有两情相悦的机会，只能祝福锦若婚后幸福。"

颜霄状似无意地说着，每个字却都清晰刺进毛大珠心里。她的脚步竟然有些踉跄，这被颜霄看在眼里，他继续说道："姐姐，你还不知道吧，锦若说想要我为她赐婚。我这个妹妹向来害羞，她能主动说出这样的话，应该很喜欢陆霜华吧。虽然我没有遇到过真心对我的女子，但我妹妹能遇到真爱，我也是为她高兴的。"

毛大珠脑中嗡嗡作响。

她应该哭的吧，可为什么眼睛干干的？

所有的爱恨，好像渐渐被陆霜华的冷漠所磨灭。

颜霄快步走到毛大珠面前，他看着毛大珠微红的眼睛，小心翼翼观察她的表情。他想过如果毛大珠崩溃，他可以拥她入怀，然而她却强撑着，坚强得让他心疼。

毛大珠越是对陆霜华痴心，颜霄就越是不爽，他故意恶毒而残忍地刺痛她："你没有哭，应该已经移情别恋了吧。大家都知道珠儿姐姐花心得很，身边男宠无数，没有陆霜华的日子，还有楚安阳陪伴。"

"你乱说什么，楚安阳才不是我的男宠，他是我最重要的人，我不许你诋毁我们的关系！"毛大珠脱口而出。

说起楚安阳，她眼中的光柔和了一些，好像楚安阳是她最后的稻草，有楚安阳在，她就绝对不会依赖颜霄半分。这让颜霄心中升起莫名的妒意，他故意露出一副好奇的模样："珠儿姐姐，你知道楚安阳的身份吗？"

"什么身份？"毛大珠皱眉，以为颜霄又想编造谎言挑拨离间。

颜霄笑望她，眼神中有种异样的温柔，肉麻到骨髓里。

"姐姐，我告诉你一个秘密，就当感谢你的多管闲事。"❀

第十二章
楚安阳的身份

第一节

风渐冷，天边泛起乌云。

山雨欲来风满楼。

毛大珠站在飘摇的树影下，金丝长裙在风中飘舞。

她不知道颜霄要说什么，她也不必在意，可为什么心中那么忐忑？

颜霄平静地问她："你了解楚安阳吗？"

"当然！"毛大珠不假思索，"他是这世上除了我爹，对我最好的人。"

"你就没怀疑为什么你中毒以后，他会有解药？"

"解药是颜锦若拿来的，跟楚安阳无关。"

"锦若怎么会害你，我相信我妹妹，她那么单纯，绝对没有坏心眼。"

毛大珠有些惊讶："你是说，长公主和楚安阳串通一起来害我？"

颜霄不太高兴："我不是那个意思，毛大珠你别曲解。"

毛大珠继续猜测："那是什么意思？难道他们要害的不是我，是你？"

颜霄越听越不爽，索性挑明："我查了楚安阳的身份。"

"所以呢？"

"你知道容瑄吗？"

"你说那个江洋大盗！啊呸！他化成灰我都认得！"

毛大珠说起那个家伙还愤愤不平！当年容瑄是江湖上有名的侠盗，以劫富济贫为特点行走江湖，偷过毛家无数宝贝，还捉弄她数次，害她不是跌下粪坑就是吃包子咬不到馅儿，连续八十个包子都没有馅儿，你们知道那是多么绝望无助的感觉吗？！那是没有配菜，干吃了八十个大馒头啊！

毛大珠发誓与容瑄势不两立！爹也派人全力追捕他，可他前几年突然销声匿迹了，京城中再也没有容瑄所犯的大案，好似这个人根本不曾出现过。难得颜霄有容瑄的线索，毛大珠立刻摩拳擦掌："那家伙在哪儿？！"

颜霄偏着头看她，白皙肌肤在树荫下闪动着明暗难测的光。

他幽幽说道："那你怎么没认出来，他就是楚安阳呢？"

毛大珠惊得呆在那里，耳朵里的声音好像突然没有了。

"你在乱说什么？"

毛大珠忍不住笑了，她觉得颜霄的话太荒谬了。可看着颜霄的表情，毛大珠的笑容却越来越勉强，她摇头申辩："不，不可能的……你在说谎，楚安阳不会骗我的……我信他，就像你信颜锦若一样……"

颜霄竟意外地没有反驳，他莞尔一笑，牙齿如编贝般齐整："珠儿姐姐，你很清楚楚安阳的身份神秘，他突然出现在毛家，武功高强，又对你忠心耿耿，那时的你只有钱，没有半点姿色，凭什么笼络他的忠心呢？"

颜霄的话不好听，他露出本性的时候，说话从来都不好听。

"也许你爹曾经杀了他双亲，他留在你身边是为了报仇。又或许，他是邻国奸细，为了窃取情报。姐姐你要不要直接去问他？但我劝你最好带上武器自保，万一他恼羞成怒杀人灭口怎么办？唉，凡事还是小心为妙。"

毛大珠恶狠狠地瞪颜霄："够了！我才不会信你！"

颜霄耸耸肩，没有说话。他知道怀疑的种子已经种下，很快就会迎来毛大珠与楚安阳自相残杀的时刻。真是期待那一刻呢。

毛大珠转身便走，颜霄静静站在原地看着她的背影消失在视线里，直到毛大虎找过来："皇上，你见到大珠了吗？刚才不是还在这儿……"

"珠儿姐姐说她先回去了。"

颜霄望着毛大虎，表情从腹黑到清纯，转换之快让人叹为观止。

"哦，"毛大虎没有多想，又问，"公主呢？"

颜霄双眸清澈："公主姐姐刚才说不想做皇后。"

毛大虎大惊："什么？！"

颜霄面不改色地说谎："她说她喜欢的是南宫轩，和亲是被迫的。她本想杀我，幸亏珠儿姐姐相救，后来公主就扶着受伤的南宫轩逃走了。"

毛大虎看到颜霄衣服上的血迹，不由得信了几分，神色变得凝重："宋雪盈竟做出这种人神共愤的事情，微臣一定会为陛下讨回公道！"

颜霄低着头站在那里，看起来有几分苍白消瘦。

毛大虎担忧地问："陛下，你没受伤吧？"

颜霄摇摇头，毛大虎去搀扶他，他却站在那里没有动。

他抬眸看着比他高壮许多的毛大虎，双眸闪烁如星辰："毛将军，如果我说宋雪盈的出逃让我感到庆幸，你会生气吗？"

毛大虎愣在那里。

颜霄从未当面说过忤逆他的话语。

颜霄知道毛大虎肯定会生气，但他脑中响起刚才毛大珠的话，脆弱的内心仿佛长出一根藤蔓，让他的坚强攀附着生长。颜霄坚持着说完他曾以为永远不会倾诉出的真心："我知道宋雪盈心里有别人，我早就调查过她的一切。我不喜欢她，想到将要和她同床共枕我就觉得恶心。可是皇后这位置总要有人来坐，对于皇帝来说，爱情太奢侈。就算知道我的皇后是个蛇蝎毒妇，我还是不敢拒绝，我害怕林将军的训斥，害怕陆丞相的埋怨。我害怕自己做不好这个皇帝，害怕让你们失望……"

他努力让自己的语气显得冷静，然而那柔弱的声音却还是忍不住发颤，这次并非他的伪装，是太多的压力在宣泄，宛如奔腾的江河。

"宋雪盈和南宫轩私奔了，我并不生气。我不想找回他们，不想报复，不想向宋国兴师问罪，我只想撤销这次和亲，就当什么都没发生过……"

说到最后，颜霄的声音越来越小，他以为毛大虎会暴跳如雷，他一直低着头，等待暴风雨来临。然而很久过去了，都没有想象中的训斥。

颜霄隐约听到抽泣声，他诧异地抬起头，看到毛大虎早已老泪纵横。

"毛将军，你哭什么？"

颜霄惊讶无比，他从未见过毛大虎这副样子。

"陛下终于懂得拒绝了，微臣很欣慰啊……"毛大虎抹着泪，他背过身，不想被颜霄看到他流泪。

"陛下向来乖巧，微臣说怎么做，陛下就怎么做。微臣从来都不知道陛下真正的心意，有时候擅作主张，难免不合圣意……陛下要是不讲，臣可就一错再错下去了……宋雪盈确实不配做皇后，陛下的决定很对！陛下将来有什么不愿意的，一定要说出口。你是皇上，没必要顾忌那么多……"

颜霄以为自己听错了，为何这和他记忆里独断专横的毛大虎截然不同。若他当初再大胆一些，当面说出自己的心意，事情会不会不一样……

第二节

毛大珠失魂落魄，也不知道怎么走出的皇宫。

楚安阳手里拿着几串糖葫芦守在外面，一见毛大珠过来，他就屁颠屁颠地跑过来,邀功似的说:"大小姐!你要黄瓜糖葫芦还是茄子糖葫芦?这儿还有土豆的……"

他话未说完,毛大珠突然扑在他怀里哭了出来。

楚安阳愣在那里,手上的糖葫芦掉在了地上。

"小姐,你怎么了……"

"呜……楚安阳,我不该怀疑你的……"

"小姐,你在说什么啊……"

"你答应我,不管我做什么,你都原谅我!"

"你明知道,不管你做什么,我都不会怪你的。"

毛大珠不依不饶:"我要你现在答应我!"

楚安阳拍拍毛大珠的背:"好好好,我答应你……"

他话音刚落,毛大珠突然伸手撕他的脸。

楚安阳突然明白了怎么回事,他以迅雷不及掩耳之势推开毛大珠,然而还是迟了一步,毛大珠的指尖留下了一块小小的人皮面具碎片。

毛大珠没想到,楚安阳居然真的戴着人皮面具。她只是想证明楚安阳没骗她,她哭也是害怕误会了楚安阳让他难过,所以提前求个免死符……

可……怎么会这样?

毛大珠盯着楚安阳:"你是谁?"

楚安阳神色复杂地看着毛大珠,嘴唇动了动,却什么也没说出口。

毛大珠已经无法相信他了,原本的愧疚全部化为恐惧,她死死盯着楚安阳,眼圈有些红:"是你给我下毒的吗?你想让我死?"

楚安阳摇头:"没有……"

毛大珠追问:"解药哪儿来的?"

楚安阳只得如实禀告:"你爹给我的。"

毛大珠心头一沉:"我爹要杀我?还是要杀颜霄?"

"我不知道,但你中的毒并不致命,你爹应该不想杀任何人。"

"我爹知道你的身份吗?"

"什么身份?"

毛大珠从牙缝里挤出那两个字:"容瑄……"

楚安阳的肩膀抖了一下,然而,他并没有否认。

毛大珠脸色苍白,刚刚她还是天真无邪的少女,如今突然被残忍的现实击垮,她死死地看着楚安阳,眼前的世界仿佛瞬间颠倒了黑白。

楚安阳见她久久不说话,有些担心,怕毛大珠会晕倒,他伸手扶她,却被她拍开,她颤声道:"你为什么跟在我身边,想要报复吗?想杀了我是吗?什么时候动手?我已经知道真相了,你现在不应该杀我灭口吗?"

楚安阳于心不忍:"我没想过杀你。"

毛大珠的声音陡然拔高:"可你骗了我!"

楚安阳没有说话,他知道这一天总会来临。

毛大珠心中是期待楚安阳辩驳的,然而他却只是沉默。毛大珠越想越伤心,忍不住哭着捶打他:"我就知道,这世上除了我爹,不会有人真心对我好,你说我漂亮全都是骗我,你让我越吃越胖,没有人喜欢我。楚安阳,我们毛家到底哪里对不起你,你要这样整我!"

楚安阳抓住毛大珠的双手:"小姐,小心手打疼了。"

他神色有几分心疼。

他不否认,起初他确实有捉弄她的意思,他诱惑她越吃越胖,而她也吃得很香,看到她往嘴里塞包子的幸福模样,他就觉得心里最柔软的地方被什么东西刺了一下。

毛大珠真是没有心机啊,就算被百姓暴打,她还是宁愿相信他们认错人了。

楚安阳知道,他不能离开毛大珠了,他要保护她。

可他内心埋着的秘密如此阴暗,他又有什么资格永远守在她身边呢?

"对不起,小姐,我骗你是有苦衷的……"

"什么苦衷?"

毛大珠泪眼蒙眬地望着楚安阳,心中还期待听了他的理由能原谅他。可是楚安阳什么都没说,千言万语最终化成三个字:"对不起……"

毛大珠觉得自己很蠢,事到如今自己怎么还能相信这个骗子!

毛大珠用力推开楚安阳,自己踉跄后退几步差点摔倒。

楚安阳本想去扶她,动作突然僵住,耳中听到不同寻常的风声。他缓缓扭头,看到不知何时,毛大虎带了一队官兵围了过来。

"大珠,离他远一点!"

毛大虎有些紧张,刚才他离开皇宫之时,颜霄告诉他楚安阳的真实身份,还说毛大珠去找楚安阳对质了。毛大虎紧张万分,找了一队武功高强的官兵跟过来,果然看到宝贝女儿在楚安阳面前哭得伤心。

毛大珠擦了擦泪,虽然恨楚安阳,却不想让爹把他抓起来,她强颜欢笑:"爹,你怎么了?我和楚安阳闹了点小别扭,没事的。"

毛大虎怒道:"还说没事?你忘了他以前怎么捉弄你的!"

毛大珠的表情僵了一下,难道,爹都知道了?

一定是颜霄说的,那家伙唯恐天下不乱!

毛大虎做个手势,士兵们立刻冲过来抓住楚安阳。

以他的武功,逃出去是易如反掌的事,可让所有人意外的是,楚安阳竟然没有反抗。

是的,他心中有愧,无法逃之夭夭。

他怕这次逃走,他再也没勇气回来……

"容瑄,你也能有今天!"

毛大虎走过去,毫不留情地撕下楚安阳脸上的人皮面具。

毛大珠当然见过这张脸——属于容瑄的脸!

比起楚安阳的英挺俊朗,容瑄的五官有一丝令人心醉的阴柔绝美,他的肌肤白皙无瑕,大概是久不晒日光的缘故。那双狭长的丹凤眼天生带着种吊儿郎当的不羁,他冷冷看着毛大虎,嘴角扬起一抹嘲讽的笑:"毛将军,很值得骄傲吗?我在将军府待了这么久你才发现。"

"住嘴!本将军只是不想怀疑自家人,没想到人心险恶!"毛大虎脸色铁青,不想在女儿面前丢了面子,他扭头对士兵说道,"将他押回地牢!"

毛大珠一看情况不妙,连忙求情:"爹,事情还没搞清楚,先别把他关进地牢啊。我有好多话想问他,能不能把他交给我……"

毛大虎不假思索地拒绝:"不行!"

"那能不能答应女儿,别对他用刑……"

"大珠,事到如今你还为他求情?你忘了他怎么对你的?"

"他以前对我不好,可是进入将军府以后,他对我很好……"

"那都是他的阴谋诡计!谁知道他想做什么!这次我一定会派人严刑拷打,看他有没有什么同伙,势必将他们一网打尽!"

毛大珠听得双腿发抖,没想到爹这么愤怒,爹明明一向最听她的……

她看着楚安阳,虽然这张脸是她所陌生的,可现在她的脑海里全是楚安阳平日里对她的好,就算他没有苦衷又如何?他对她的那些好,全部都是真实的啊!

毛大珠站在那里,伸出双臂拦住士兵,不肯让他们带走楚安阳,她身体抖得厉害,泪水模糊了眼前的视线。

楚安阳伸出手,指尖轻拭毛大珠眼角的泪水。

"我早就知道会有这么一天,"他的声音很轻,仿佛只有对毛大珠的时候,眼底才会有些许温柔,覆盖他玩世不恭的轻嘲,"从三年前那个雨夜,我就知道了……"

可惜人算不如天算，我没有想到，你会成为我的软肋……

这句话，在楚安阳心中千回百转，却没有说出口。

这个结局是他自找的，他曾以为谎言揭开时，他可以全身而退，却从未想过，他竟会依赖他自己编织的谎言，他竟然想要沉溺在梦里不愿醒。他多想将这一切都抹去，让她活在他编织的梦里，让她以为他永远都是那个忠心耿耿的暖心侍卫……

如今她知道真相了，虽然比他预料的要快，虽然让他害怕……

可他也庆幸，他不用再戴着假面具活在谎言里了……

毛大虎害怕楚安阳说错话，有些秘密只能他自己知道，哪怕永生永世被埋葬。

他抽出长剑，抵住楚安阳的咽喉，用愤怒的语气来掩饰他内心的慌张："容瑄，你利用大珠，十恶不赦！就算死一万遍也抵消不了你的罪！"

说完，他给了身边侍卫一个眼神，立刻有人冲过来架住毛大珠的双臂，毛大珠用力挣扎，却还是眼睁睁看着楚安阳的身影渐行渐远……

已经过了很久，很久……毛大珠还站在那里。

落日的余晖洒在她脸颊上，映出那闪闪发光的泪痕……

第三节

夜深了，湖畔的风微凉，毛大珠坐在湖边凉亭中发呆，她是被爹赶出来的，就算她再怎么撒娇哭闹，甚至以死相逼，毛大虎都不为所动。

爹从来没有对她那么决绝，她不明白，到底是为什么……

不远处的树影下，陆霜华一袭白衣，衣袂在风中翻飞。

他听说了楚安阳被抓，也知道毛大珠的反常，所以专程赶来，远远看着她。毕竟毛大珠穿金戴银一看就是富家小姐，很容易被坏人盯上。

可今天的毛大珠真的不同以往，她没有佩戴任何首饰，只穿着一件朴素的白裙，眼睛哭得有些红肿，那种安静而柔和的美，真是让人心碎。

天空飘落零星小雨，风更加冷了，陆霜华走进凉亭，假装自己在躲雨，他假装得很刻意，连自己都觉得尴尬，没想到毛大珠抬眼看了他一眼，居然没什么反应，又趴在了冰凉的石桌上。

她已经完全不在乎自己了吗……

陆霜华居然觉得心痛。

他忍不住主动开口："真巧……"

毛大珠很敷衍地回应他："对啊，真巧。"

陆霜华在她身边坐下，没话找话："这么晚了，怎么不回家？"

毛大珠望向陆霜华，眼里似有水光，楚楚可怜，那种有气无力的声音，听起来就像是一种引诱："我不想回家。陆公子，你能收留我吗？"

陆霜华一怔，脸居然有些红了。

毛大珠怕他误会，又说："你放心，我已经不喜欢你了，也不会再纠缠你的。我知道你和长公主的事，我觉得……你们很般配……"

这些话说出来的时候，毛大珠心里有些刺痛的感觉。

可她不知道，陆霜华心里，并不比她好受。

他想解释，想告诉她，他对长公主并无爱慕……

可是，突然说这个，是不是太奇怪了？

陆霜华张了张嘴，话出口却变成了："你在担心楚安阳吗？"

毛大珠望着陆霜华，猫一般圆圆的瞳孔晶莹闪烁，说道："我当然担心他，他是这世上最在乎我的人，如果失去了楚安阳，就再也没人真心对我好了。"

你还有我啊……陆霜华握紧双拳，这话在他心里反反复复回响，却怎么也说不出口。

他有什么资格对她说这些？

在她需要的时候，他从来没有站在她身边啊……

在他以为她死去的那个时候，他就明白了，毛大珠对于他的意义有多重要。可是为了那荒谬的自尊，他却冷漠相对，他伤的不仅是毛大珠，还有他自己真实的内心。

其实，只要毛大珠开口，他愿意付出一切。可毛大珠不曾开过口，他也不曾主动承诺什么，或许在她心里，他只是个冷血无情的浑蛋吧……

这样的他，哪里值得她喜欢呢……

陆霜华满心的挫败感，他不忍看到毛大珠憔悴的容颜，她应该是属于阳光的。

陆霜华轻声问道："有什么我能帮得上忙的吗？"

毛大珠微怔，抬眸看到的是陆霜华认真的表情，她突然想起陆霜华的武功也不错。毛大珠眼中闪过一丝希望，不假思索地提出："你可不可以带我去救楚安阳？"

陆霜华愣在那里。

毛大珠话音刚落，也觉得自己要求太过分，她连忙说道："我会付给你报酬的，虽然我知道你并不在乎钱，但我除了钱也没什么了。陆公子，看在我们相识一场，你就帮我这个忙吧。从此以后你要我做什么我就做什么，我可以不喜欢你，我可以再也不跟你说话，我……什么都可以……"

毛大珠说着说着，清澈的眼里又溢出泪来。

陆霜华手忙脚乱地为毛大珠擦拭眼泪，他心里不是滋味，也不知是嫉妒毛大珠对楚安阳的心意，还是心痛她卑微的态度："帮你可以，我们是朋友，我不需要回报。"

毛大珠以为自己听错了，激动得没有时间思考真假了，万一陆霜华反悔了怎么办!

毛大珠站起身拉着他便走:"事不宜迟,我们现在就去吧!"

关押楚安阳的地方看守森严,时不时有狱卒巡逻经过。

陆霜华打晕了两个狱卒,扒下他们的衣服,递给毛大珠一套。此时雨已经停了,冷风吹拂毛大珠的裙裾和头发,她完全不避讳,站在树后就脱衣服,陆霜华不小心看见了,脸一下红到了耳朵根,自己背过身说道:"毛大小姐,你就不怕被偷窥吗……"

毛大珠头也不回,将衣服从脑袋套进去,不假思索地说:"怕什么,这里只有我和你,要是被你偷窥,我心里挺乐意的。"

陆霜华的脸更红了,毛大珠的话让他如何回答!

这姑娘,撩起人来真是毫无廉耻,直接自然,一气呵成。

毛大珠全神贯注,并没有察觉到陆霜华的异常,她将换掉的衣服用树枝埋起来,跟着陆霜华潜入地牢。

最尽头的牢房是看守重犯的,门口的狱卒见他们两人面生,刚想询问,就被陆霜华打晕了,陆霜华取下狱卒腰间的钥匙开了门,毛大珠连忙钻进牢房。

情况比她想象的更加严重!

楚安阳被铁镣铐吊在架子上,双脚离地,他闭着眼,即使满身血污,也无法折损他的绝美容颜,脸上没了人皮面具,有些陌生,却又如此熟悉。

毛大珠没想到爹下手这么狠,看到楚安阳的第一眼,她就心疼地落泪了,她跑过去抱住楚安阳,抽泣着说:"楚安阳,我来救你了。"

摇了好几下,楚安阳才慢慢睁开眼,他扯动嘴角,露出一个苍白的微笑:"小姐,别摇了……再摇,我就真的不行了……"

毛大珠破涕为笑:"你吓死我了,别怕,我这就带你走!"

楚安阳鼻子发酸，经受怎样的酷刑他都能承受，可为什么听到这话，他竟然想哭？从来都是他对她说"别怕"，这一次，居然要她保护他……

毛大珠试着用钥匙开他手上的枷锁，一串钥匙太多了，她手忙脚乱地一把把试着，急得额头都冒出了汗。楚安阳轻声说："小姐，你回去吧，不要管我了……要是被你爹发现你来救我……他一定很生气……"

"他生气又怎样？难道他会杀了我吗？！他会杀你，但他绝对不会杀我！楚安阳，你是我最重要的人，无论如何我都不会让你死！"

楚安阳心中一颤，他没有想到，毛大珠明知他欺骗她，却还是愿意用真心回报他。嘀，真是个单纯的傻姑娘……

楚安阳虚弱无比，却还有心情开玩笑："想要你爹不敢杀我，倒是有个办法……"

眼看毛大珠停下手中动作期待地望着他，他笑道："你娶了我，你爹就不敢杀我了……啊啊啊疼……大小姐饶命……"

毛大珠居然不顾他身上的伤，给了他一个猴子偷桃，可惜楚安阳被吊在空中，行动受限，没办法捂裆，脸色疼得更白了。

毛大珠白他一眼："还能开玩笑，看你也不是很疼嘛。"

楚安阳苦着脸说："小姐对我这么好，我以为说什么你都不舍得打我……"顿了顿，他小心翼翼地问，"太疼了，能给我揉揉吗？"

第二个猴子偷桃，比上一次更加炉火纯青。

楚安阳疼得连发声的力气都没了……

在外面望风的陆霜华听到动静，进来看了一眼，发现楚安阳面容扭曲，身体蜷成奇怪的形状，不由得问毛大珠："他怎么了？中毒了吗？"

"呵呵呵呵，这要问他自己了。"

毛大珠打开了镣铐，楚安阳摔倒在了地上。

第四节

陆霜华扶起楚安阳,正要带他逃走,突然有人走进了牢房。

他步伐轻缓,气定神闲,明明还是个孩子,却有着极其强悍的气势,因为此时的他没有任何单纯无辜的伪装,漆黑眼底仿佛无尽的冰冷深渊。

毛大珠突然意识到为什么今天地牢比平日容易攻破,只靠陆霜华一人便畅通无阻,一定是颜霄在里面搞鬼!她立刻跑到陆霜华前面,护住他们两人,紧张地望着突然到来的颜霄:"我不会让你伤害楚安阳的!"

"怎么,我就一定是来伤害他的吗?"颜霄故意露出一副伤心的表情,"珠儿姐姐,你这样说真让我失望。"

"你不是来杀他的吗?那你来做什么?"

"我是来帮你们的啊,楚安阳对你那么重要,我怎么会伤害他?"

"你帮他?你哪有这么好心?颜霄,你想要什么就直说。"

"咦,珠儿姐姐比以前聪明了许多呢。"

颜霄的话也不知是褒是贬,他看了楚安阳一眼,啧啧叹息:"毛大虎居然把你伤成这样,真是残暴。容瑄,难道你不想报仇吗?"

楚安阳冷漠地说:"你与毛大虎的朝堂之争,与我无关。"

颜霄挑眉:"你说笑了,哪里有朝堂争斗?将真相公之于众,这叫替天行道。到时候天下百姓都会感激你,你侠盗的美名会流芳百世。"

楚安阳明白颜霄在说什么,他的眼神逐渐冷凝。

毛大珠觉得不对劲,她问:"到底发生了什么?"

颜霄道:"我曾与容瑄有过一面之缘。"

地牢里烛火摇曳,有些闷热,颜霄的声音却像风,幽冷萧瑟。

· 223 ·

他盯着楚安阳,轻声说:"还记得吗,那天风雨交加,太子在宫中饮鸩自尽,这件事除了我和毛大虎,应该只有你最清楚了吧,容公子?"

毛大珠的心跳很快,她有些惊惶地看着楚安阳,良久,他的声音诚实地传进她耳中:"是的,那日我去皇宫盗取玉玺,看到太子自尽……"

"所以毛大虎会追杀你。因为你看到太子自尽之时,他就在场!"

楚安阳犹豫着说:"我并没有看到毛大虎动手……"

"你还要袒护他吗?"颜霄皱了皱眉,"容瑄,只要你将你所看到的真相公布出去,我便保你不死,从此金银财宝取之不尽。"

楚安阳却问:"太子与你势同水火,你怎会为太子报仇?"

"谁会为了那个草包报仇?"颜霄不屑一顾,"太子已经死了,对我威胁最大的是毛大虎。他能杀了太子,也能杀了我。他能扶我上位,也能废了我,自己做这个皇帝。这天下,从来都是掌控在毛大虎手里的!"

"不对!我爹不会这么做的。"毛大珠不想听到颜霄颠倒黑白,她泪眼汪汪地看着楚安阳,轻声哀求,"楚安阳,你不能出卖我爹……"

楚安阳不想看到毛大珠哭泣,他伸手拭去她的眼泪,苍白的脸上露出一丝笑:"小姐,你的要求,我什么时候拒绝过?"

颜霄终于明白,不杀了毛大珠,楚安阳根本不会听话。

颜霄袖中匕首已经出鞘,可看着毛大珠梨花带雨的小脸蛋,他又狠不下心。在他心里,毛大珠是与众不同的,她或许是这世上最懂他的人……

真是棘手,杀又杀不得,放又放不了。

颜霄异常苦恼,但他表面不动声色,冷冷说道:"那你就去死吧!就算只靠我一个人,我照样可以扳倒毛大虎!至于毛大珠,我倒是愿意饶她一命。让我想想,该把她卖到青楼,还是流放边疆呢……"

颜霄说得很认真,仿佛正在思考这件事。成功看到楚安阳的脸色变化,颜霄嘴角扬起绝美的弧度:"她又没什么才艺,不管卖去哪里恐怕都活不下去。算了，念在我们相识一场，我就勉为其难留她在宫中为妃吧。让她为我生几个注定会夭折的孩子，最后在冷宫孤独终老。"

这是更过分的威胁，尽管用温柔的语气说出来，却充满恶意。

他一步步走近毛大珠，对她伸出手，手指纤长美丽。

毛大珠不住地后退，她才不想做冷宫嫔妃，以她的身份，只能做嚣张跋扈的正宫娘娘！不对！她想什么呢！只要颜霄是皇帝，不管是皇后还是嫔妃，她都坚决不做！她才不想被逼死在颜霄的冷宫里。

危急时刻，突然有风从毛大珠耳畔掠过，她惊讶地扭过头，看到身后的陆霜华竟然拔剑指着颜霄，薄如蝉翼的剑身在空中发出嗡嗡震颤。

颜霄停下脚步，他没想到，即将成为驸马的陆霜华竟然对当今皇上出手。

"陆公子？你会帮毛大珠，真让我意外。"

"我只是看不惯你欺负一个弱女子。"

"毛大珠是弱女子？哈哈哈，陆霜华，你不会喜欢上她了吧？！"

陆霜华脸一红，却没有否认。

颜霄本来在笑，看到陆霜华的表情时，笑容渐渐僵冷下来。他确实没想到，提到这件事的时候，陆霜华居然眼神闪烁。

"世人都知道你多厌恶毛大珠，你怎么可能喜欢她？！"

陆霜华手中宝剑微微有些颤抖，他其实是想解释的，但颜霄不容他多说。他逼近陆霜华，无视陆霜华锋利的宝剑，即使他比陆霜华矮一些，那气势却无比强势："我一直以为陆公子是正人君子，放心将锦若托付给你，没想到你竟也会朝三暮四，难道堂堂长公主还配不上你吗？！"

"感情这种事情，没什么配不配……"

"够了，别给你的花心找借口！"

颜霄气到恨不得一刀刺死陆霜华，给锦若出气！

第五节

突然有人冲进地牢，跪在颜霄面前慌张地说："陛下，大事不好！"

颜霄低头望着面前吓得发抖的少年："怎么了？"

少年道："长公主晕倒了！"

说话间，两名侍卫搀扶着颜锦若走进地牢。

颜霄惊讶极了，连忙扶住锦若，看到她脸色苍白，睫毛上还挂着泪痕，颜霄又心疼又生气，质问少年："锦若怎么会在这里？"

少年眼神闪躲："长公主不放心陛下，悄悄跟了进来……"

"那么说，刚才我们的对话，锦若都听到了？"

少年没敢说话，作为颜霄的心腹，他知道皇上生起气来可不得了。

颜霄脸色阴沉，他强忍着没有发火，冷冷看了陆霜华一眼。那眼神分明在警告陆霜华，要是锦若有个三长两短，他也别想活了！

陆霜华也在担心颜锦若，虽然他与颜霄敌对，但锦若是无辜的。他收回剑，道："先把长公主带回宫中，找御医看看吧。"

颜霄冷声道："不用你提醒！"

颜霄一个眼神，几个侍卫便一拥而上围住毛大珠等人。颜霄从密道离开的时候，侍卫们也跟在后面，将毛大珠等人一路逼到皇宫。

颜霄抱着锦若躺在床榻上，命人唤来御医。

御医为锦若切了脉，紧张的神色逐渐缓和下来，对颜霄说道："长公主只是受到打击昏了过去，没有大碍。"

"受到打击"这四个字让颜霄心中烦躁不已，他俯身轻抚锦若的鬓发："没事的，妹妹，若陆霜华负你，我绝不会让他活到明天！"

毛大珠听见这话觉得有些尴尬，毕竟她和长公主算半个情敌，颜霄杀人灭口肯定不会漏了她。还好锦若被御医扎了几针后，缓缓醒了过来。

毛大珠连忙说道："锦若妹妹，你没事吧？"

颜锦若幽幽看了毛大珠一眼，没有说话，这哀怨的眼神配上她绝色的容颜，美到极致，却又脆弱无比，哪有男人舍得对这样的美人儿残忍？

颜霄很不爽，推了陆霜华一把，他踉跄几步跪倒在锦若床前。

颜锦若挣扎着坐起来，握住陆霜华的手："陆公子，你要离开我吗……"

陆霜华感觉到那只手的柔软，浑身都僵硬了。眼前是长公主倾国倾城的容颜，能得到她的垂青，是天下多少男人梦寐以求的……

可是，感情如何能强迫？

当他剖开自己的心，才发现，那里从来都没有颜锦若的位置……

颜锦若看到陆霜华沉默，她已然知道他内心的选择。碎玉般的眼泪落下，她的声音充满无助："陆公子，如果失去你，我会死的……"

颜霄最见不得妹妹伤心，匕首立刻抵在陆霜华脖子上。

"陆霜华，你好好想清楚怎么回答锦若，这关乎人命。"

陆霜华低着头没有说话，额前碎发遮住他黑不见底的眼。

楚安阳可不喜欢陆霜华的优柔寡断，他虚弱地靠立在石柱上，看着陆霜华冷笑道："你看长公主楚楚可怜的样子，怎么舍得让她伤心？快点接受吧，好好做你的驸马，以后别来勾引我家小姐。"

毛大珠听到这话，心里也有些伤心。

以前陆霜华对她，冷血起来真是六亲不认。

可如今面对颜锦若，他半点狠话都说不出。

很明显，陆霜华对颜锦若的在乎，胜过对她毛大珠。

正在气氛紧绷的时候，突然有人冲破重兵把守，破门而入！

颜霄以为毛大虎带兵攻来，定睛一看却发现是林瑾天，他抓住锦若柔软的小手哭道:"锦若,我来晚了……你为什么不等我……"

众人面面相觑。

林瑾天哭得凄惨,眼泪模糊了视线,完全没发现颜锦若还活着。

直到她抽出手,冷漠地说:"林将军,请自重。"

林瑾天愣在那里,他擦干泪,看到锦若活生生坐在床上。林瑾天又是高兴又是尴尬,从牙缝里挤出一句话:"是哪个浑蛋说长公主死了的……"

锦若低着头,看着自己的手,那上面似乎还有着林瑾天的温度。

她第一次看到林瑾天流泪,竟然是为了她……

颜锦若想到初次见到林瑾天时,他是武艺超群的天才少年。她喜欢看他练剑,趁他睡觉的时候用狗尾巴草逗弄他。纵使他武功一流,也不会伤她半分,他总是被她欺负,那神情无奈又宠溺。

后来,颜锦若听说了林瑾天的初恋,那个叫毛大珠的神秘少女。

她对毛大珠有些好奇,内心那种奇怪的感觉,大概叫作嫉妒吧……

她总是拐弯抹角问他关于毛大珠的事情,可林瑾天的表情很奇怪,提起毛大珠他就气得半死,捂住她的嘴巴让她不要多问。那时锦若以为,一定是毛大珠伤他太多,让他不敢提起,让他想起就心痛……

看到林瑾天这副模样,锦若表面笑着调侃他,心里却很不好受。

林瑾天爱谁不好,偏要爱毛大珠。只要毛大珠想要,锦若必会将林瑾天拱手相送,谁让她是毛大虎的千金女儿……

可是,她又不是铁石心肠……

就算早已明白自己的命运……

可还是会心痛的啊…… ❀

第十三章
幸福的抉择

第一节

颜锦若心口一阵抽搐,一滴眼泪忍不住滴在被子上。

那滴眼泪,晶莹剔透,很快渗入丝绸之中,只留下花瓣般的水痕。

林瑾天看到锦若的眼泪,有些不知所措,他很心疼,却怕自己太冲动让锦若讨厌他,他就站在那里痴痴望着颜锦若,眼神里满满都是爱。

毛大珠竟然有些羡慕了。能被林瑾天痴心爱慕,是个女人都会动心吧,怎么长公主偏要嫁给陆霜华呢?她越想越觉得不能理解,忍不住问道:"锦若妹妹,表哥对你那么好,你为什么不喜欢他呢?"

林瑾天重重点头,表示毛大珠说得对。

颜锦若双眸闪了一下,一时想不到合理的解释,有些不知所措。

毛大珠善于察言观色,立刻发现事有古怪。颜锦若在面对林瑾天的时候,那眼神里闪动着的分明有不忍。她眼中的哀痛,也并不全因陆霜华。

毛大珠轻声问:"莫非,你也喜欢表哥?"

她怕说错了气氛会尴尬,所以声音很轻,只有她们彼此才能听见。

锦若的肩膀颤抖了一下，她抿着唇，唇瓣微微泛白。

毛大珠顿时相信了自己的猜测，又追问："你喜欢表哥，又为何要和陆霜华在一起？"

锦若轻轻抬眸，眼波流转间，美得让人肝肠寸断。

她依旧温柔，依旧优雅，依旧是那个芳华绝代的倾城公主。

可她眼底的黑雾却越来越阴冷，好似恶魔正在蛰伏而出。

"因为我不喜欢你啊。毛大珠，我想夺走你喜欢的男人。陆霜华喜欢你又怎样？他不可能拒绝我，因为我是公主，因为我比你漂亮呀。"

那么轻的声音，只传进毛大珠耳里，震得她心脏发颤。她甚至不相信这是颜锦若说的话，她盯着颜锦若，看到的依旧是清纯透彻的眼，连她的柔弱都那么真实。就算毛大珠把锦若的话转述出去，也不会有人相信。

没错，连毛大珠自己都不相信啊！

她生气地说："我不相信你是这种人！所谓相由心生，长公主一看就是善良贤惠的大家闺秀，要不然表哥也不会那么喜欢长公主。"

颜锦若愣了一下，这话听起来怎么这么舒服呢……

不得不说毛大珠夸人的技术一流，大概是跟楚安阳学到了些拍马屁的精髓。尽管听不出她是真心还是假意，颜锦若的心里还是软了一下。

可她不能心软，不能被毛大珠牵着走！

颜锦若问陆霜华："陆公子，最后一次机会，你选我还是毛大珠？"

陆霜华察觉到了颜霄的杀气，也看见了林瑾天的失望。但最让他心痛的，是毛大珠那种紧张的表情，她好像在恐惧着什么，却又强装不在意。

他从来没有付出过，总是让毛大珠厚着脸皮纠缠他。

那么多次的伤心，再浓烈的爱也会被磨灭的吧。

陆霜华突然害怕毛大珠失望，怕她这一次凉了心，就再也暖不起来。人生苦短，他不想留下遗憾。陆霜华突然拉住毛大珠的手，将她揽入怀中。

毛大珠惊得呆在那里，浑身僵硬地靠在陆霜华的胸膛上。她仰起脸便看到陆霜华俊美的面孔，他粉色的唇轻轻开合，声音有种少见的温柔："有那么多人喜欢长公主，却没有人喜欢毛大珠，如果失去我，长公主没有任何损失，毛大珠却孤零零的很可怜，这让我实在于心不忍……"

陆霜华这是在表白吗？

虽然他的表白听起来不是很爽，但他在颜锦若面前选了自己啊！

毛大珠很没出息地感动了，楚安阳可看不惯，嚷嚷道："喂喂喂，陆霜华你说什么呢，喜欢我家小姐的人可是从城东排到城西呢！"

陆霜华冷冷地说："以后我会保护毛大珠的，没你什么事。"

楚安阳怒道："你对小姐又不好，我可不能把她交给你！"他冲过来想和陆霜华理论，却忘了自己身上还有伤，扑通一下跌了个狗吃屎。

毛大珠红着脸，脑补自己是被两大美男争夺的绝世美女。

颜锦若从来没有这样被忽视，她低头啜泣起来。

颜霄的理智几乎要在妹妹的哭泣声中崩溃，嗜血的杀意从他身上溢出："锦若，你放心，我一定会杀了陆霜华为你解气，但在此之前，我会先杀了毛大珠，让陆霜华眼睁睁看着心爱之人死在自己面前。"

"不……皇兄，没必要赶尽杀绝……"颜锦若仍旧愿意给陆霜华最后一次机会，"只要陆公子答应与我在一起，皇兄便放了珠儿姐姐吧，臣妹想要得到姐姐的祝福……"

毛大珠立刻摇了摇陆霜华，着急地说："快答应长公主呀！"大丈夫能屈能伸，不能为了逞一时之快惹上杀身之祸！

可陆霜华却干脆利落地拒绝："为什么要和不喜欢的人成亲？为什么要我喜欢的人来祝福？"

哎呀，这话说得真好听，毛大珠都不知道该说陆霜华不知变通，还是该说他太会哄女孩子开心呢。不过现在说这话，是想逼死她吧……

果然，颜霄很生气，后果很严重！

"来人！"

一队暗卫冲进来，列队排好，手持弓箭对准毛大珠。陆霜华和楚安阳不假思索地冲过来护住毛大珠，完全不在乎自己被当成箭靶。

颜霄正要下令，锦若突然抓住他的手。

她抓得那样紧，好像连同整个身体都在颤抖。

颜霄回头看她："锦若，还要说什么吗？你放心，皇兄会为你做主的。"

锦若摇头，泪水再也忍不住，夺眶而出："皇兄，请你放了她……"

颜霄愣住。

"你在说什么？毛大珠可是你的情敌！放了她，你怎么办？"

"不，不是的……是我介入他们的感情，错误的源头都是我。"

"你太心软了，你想要什么，皇兄就给你什么。你想要陆霜华，那么他就是你的，任何妄想和你争夺的人都是有罪的！"

"可是，皇兄，我爱的不是陆霜华啊……"

屋里突然静下来，只有颜锦若的哭泣越发大声。

第二节

林瑾天见不得锦若哭泣，他冲过来，却不知该说些什么，只能默默用锦帕擦拭她的眼泪。然而锦若却哭得更加伤心，她抱住他，头埋在他怀里，眼泪弄湿了他的衣服。林瑾天僵立在那里，脸红得像苹果。

颜霄强迫自己冷静下来，他挥了挥手，屋内的黑衣人瞬间消失。他困惑地望着锦若："你不爱陆霜华，为何求朕为你们赐婚？"

颜锦若哽咽着说："因为我不想让毛大珠和陆霜华在一起。"

颜霄问:"不是因为你爱陆霜华,不是因为你嫉妒毛大珠吗?"

"不是……"颜锦若顿了顿,狠下心说出真相,"因为毛将军觉得,毛大珠和陆霜华在一起只会伤心,他要我拆散他们……"

此话一出,颜霄无比震惊。

心爱的妹妹怎会和毛大虎扯上关系?!

"毛大虎威胁你了是吗?怎么不告诉皇兄?"

颜霄的眼神比任何时候都可怕,他气得想将毛大虎碎尸万段!可锦若口中的话,却让他如坠冰窟:"皇兄,若不是毛将军,我们不会有今天……"

她挣扎着下了床,跪倒在颜霄面前,泪眼蒙眬地讲述那段尘封的记忆:"三年前,先皇病重,册立燕妃之子颜敏为太子。燕妃向来嫉恨母后,那日臣妹亲眼看到她给母后灌下毒酒,她狂笑着说颜敏登基后,便是你我的死期。臣妹躲在屏风后吓得发抖,明明看到母后被她害死,却不敢反抗,臣妹知道若是燕妃发现臣妹在偷听,一定会杀人灭口。臣妹听说母后曾经爱慕毛将军,但是毛将军心中只有娇妻,母后被拒绝后心灰意冷才入了宫。在这钩心斗角的后宫中,母后无权无势,只靠着先皇那一点忽冷忽热的旧情,她过得异常辛苦。"

颜锦若想起曾对她百般宠爱的母后,心痛欲裂,她仰头望着颜霄,泪流满面:"臣妹斗胆去找了毛将军,哀求他为母后报仇。毛将军知道太子并非良君,也可怜母后为先皇献出青春仍落得悲惨下场,他查出太子贪污等等罪状,本想用这些把柄压制太子,让太子以后对我们兄妹俩好一些。谁料太子见大势已去,又做贼心虚,竟畏罪自杀,燕妃自知没了依靠,也服毒自尽。毛将军便顺水推舟,扶持皇兄登基。世人都说毛将军毒死太子,将皇兄视为傀儡,只有臣妹知道,毛将军是我们的恩人,他没有下过毒,他是被冤枉的,而他却从来没有解释过,任由世人误会他是残暴不仁的恶人。皇兄,你我都欠毛将军太多了。他要臣妹做什么,就算肝脑涂地,臣妹也在所不惜。"

颜霄呆立在那里。

他听到了什么？

好像有一个声音告诉他，这么多年的执念，全都是错的。

不！这不是真的！颜霄手指颤抖着指向楚安阳，仍然不肯相信现实："我明明看到，毛大虎杀了颜敏，容瑄也在场……"

楚安阳摇头："我说过了，我没看到毛大虎下手。那日我在颜敏宫中撞见他，我们交了手，他招招狠辣，分明想置我于死地。后来我侥幸逃离，很快江湖上便遍布我的追杀令。我一直以为毛大虎是想除掉唯一的目击证人，可他越是想杀我，我就越不服气，我隐姓埋名藏在离他最近的地方。就是要他看着，他最忌惮的人原来就在身边。"

说到这里，楚安阳回身，充满愧疚地看了一眼毛大珠："对不起，大小姐，我承认我来意不善，但我对你真的没有恶意。"

"没有恶意？那你把我喂那么胖是什么意思？"

毛大珠此时已经回过神来，心中五味杂陈。她气楚安阳的欺骗，可看着他遍体鳞伤的模样，她又很心疼。

更何况，楚安阳嘴那么甜，他真诚地回她："既然是我养的，我自然愿意负责。大小姐，我愿带你到天涯海角，远离陆霜华这个负心汉。"

听到这样的话，毛大珠心都酥了。

陆霜华脸色更冷："谁是负心汉？楚安阳你给我说清楚了！"

楚安阳不甘示弱地回："当然是你！陆霜华你说说，你惹哭我们小姐多少次了！"

"总比你骗她要好！好好一姑娘，被你喂成了猪。"

"你说谁是猪呢？大小姐怎么样都好看！"

"你这么说谎脸不红吗？我说话不好听，可我不会骗她。"

"哎呀你这家伙，气死我了，来咱们打一架！"

"打就打，谁怕谁！我可不会看你受伤就手下留情！"

眼瞅着两位帅哥就要打起来了，毛大珠连忙劝架："好了好了，有什么恩怨，上了床再打……啊，不对，是回家关了门再打……"

接着，她走过去扶颜锦若。

虽然长公主的话让毛大珠震惊，但她也同样庆幸，她没看错人！爹不是玩弄职权的奸恶之人，锦若也不是蛇蝎心肠的坏女人。

"锦若妹妹，我知道你和爹都是为我好，我不怪你们。"

颜锦若抬眸看着毛大珠，漂亮的大眼睛泪光闪烁。

毛大珠又问："你喜欢的是林瑾天，对吗？"

颜锦若脸一红，没有说话。

毛大珠将颜锦若交到林瑾天手里，看着又惊又喜的林瑾天，说道："表哥，我把长公主交给你了，你可要好好照顾她。"

原本气氛肃杀的宫中，突然一片祥和。

第三节

一切就要结束了，毛大珠满心喜悦，却没察觉到颜霄眼中的阴暗。

但很快，颜霄眼底澄澈一片，那些阴暗被他完美地藏起。

颜霄下令："陆霜华，你先带楚安阳去太医院，他身上的伤需要治疗。"

陆霜华有些不太情愿："楚安阳有脚自己能走，臣想送毛大珠回去。"

颜霄却阻止："不行，朕还有话和毛大珠说。"

陆霜华谨慎地看着颜霄："陛下想干什么？"

颜霄微笑，他青涩的脸上又恢复了初时的纯真："陆公子难道怕朕杀了毛大珠吗？如今一切真相水落石出，朕感激她还来不及呢。"

陆霜华有些迟疑，毛大珠大大咧咧地摆摆手："没事的，我和皇上聊聊天，事情解决以后我会去找你们的。"

既然毛大珠这样说了，陆霜华也不便阻止，所有人都离开颜霄的寝殿，宫中又变得冷冷清清。颜霄走近毛大珠，伸手撩起她耳畔微乱的鬓发，轻声说道："珠儿姐姐，我知道错了，你会原谅我吗？"

毛大珠很大气地说："知错能改，善莫大焉嘛！"

她还没察觉到事情的重要性，满脑子都是刚才楚安阳和陆霜华争抢她时的场面，她觉得这辈子都没有这么神气过，等她回去就可以过上左拥右抱的幸福生活了！她小时候的幻想就要成真了，哇哈哈哈！

颜霄垂下眼："姐姐愿意原谅我，可我自己却不能原谅自己。"

毛大珠终于察觉到不对劲，总觉得颜霄用这种语气说话的时候，他一定在谋划什么。果不其然，颜霄下一句便是："珠儿姐姐，做我的皇后吧。"

"陛下，你在说什么？我一定是听错了，对！听错了！"

毛大珠转身想走，颜霄却抓住她的手，他语气中带着几分委屈："我是真心喜欢姐姐的，我想用一生来弥补我的错。"

"可你刚才还想杀了我……"

"那都是误会，我以为姐姐会伤到锦若……"

"在你心里，我没有锦若重要，对吗？"

颜霄没有说话，毛大珠笑道："所以啦，陛下并没有那么喜欢我。"

颜霄深深望着毛大珠："毛大珠，有时候太聪明不好。"

此时的颜霄虽然依旧眉目如画令人心醉，但语气中却多了威胁的成分，那神色仿佛一个要不到糖的任性孩子般："我承认我欠毛家的，我不会伤害你们父女二人。但是，我与楚安阳没什么交情，若姐姐拒绝，他可就没命了。"

颜霄的呼吸近在咫尺，他身上龙涎香的香气，伴随着他给予的巨大压力，让毛大珠心跳加速，耳边的声音好像变得不清晰起来。

"楚安阳在太医院，朕想杀他轻而易举，我劝你好好考虑一下。"

颜锦若和林瑾天来到将军府，告诉了毛大虎一切，他很着急，正要去救宝贝女儿，却见毛大珠闷闷不乐地推开院门。她依旧穿着狱卒的衣服，容颜清丽，只是眉间一抹悲伤，衬得她格外柔弱，这让他心痛不已！

毛大虎冲过去抱住大珠，哭得一把鼻涕一把泪："大珠啊，颜霄那个龟孙是不是对你用刑了？受什么委屈了告诉爹，爹现在就去为你讨个公道！"

毛大珠被爹勒得脸色发白，她用力推开毛大虎，在林瑾天和颜锦若震惊的表情中说出那句考虑许久的话："爹，我想做皇后。"

毛大虎也无比震惊："你忘了颜霄对你做过的事情了吗？"

毛大珠笑得没心没肺："皇上已经向我道歉了，他说以后会好好对我的。反正楚安阳骗我，陆霜华又不爱我，追寻真爱什么的太难了。还不如做个逍遥自在的皇后，在后宫兴风作浪，为非作歹。"

毛大虎一听，确实有几分道理！

他的宝贝女儿谁都配不上，只有身为皇上的颜霄，勉强配得上。

可他还是有些不放心："你真的想好了？"

毛大珠笑道："当然啦，这可是女儿一生的幸福，怎会儿戏呢？"

颜锦若知道皇兄做错了很多，但毛大珠能原谅他，她真的很感动，握住毛大珠的手说道："珠儿姐姐，我就知道，只有你和皇兄最配。"

毛大珠笑盈盈地望着颜锦若，心里却无比惆怅。

毛大珠又一次要成为皇后了！

举国同庆！

哦，不对，事实是经过上次"逃婚"事件之后，百姓们都不太相信皇上愿意娶她第二次，爱慕毛大珠的帅小伙们依旧来大珠楼给她送花，崇拜她的胖姐们也积极为她做媒，都想让毛大珠成为自己的嫂子、弟妹、儿媳、继母……

毛大虎对于这门亲事还是有些顾忌的，他希望大珠幸福，可是看到宝贝女儿郁郁寡欢，他心里实在不是滋味。既然问毛大珠问不出什么名堂，毛大虎索性来到丞相府，亲自找了陆霜华。

陆霜华心情也不好，每次去找毛大珠总是吃个闭门羹，这次看到毛大虎亲自拜访，他索性直接问道："毛将军，大珠又不喜欢颜霄，为什么答应做皇后？"

毛大虎摇头："莫非大珠有什么把柄握在颜霄手里？"

陆霜华道："她能有什么把……"

话未说完，他突然想到楚安阳，陆霜华愣在那里。

毛大虎见状追问："怎么了？"

陆霜华问："楚安阳回去了吗？"

毛大虎嗤之以鼻："谁知道那个浑蛋逃到哪里去了！"

看来毛大虎还不知道真相，要不要告诉他呢？

陆霜华有些挣扎，在他心里，楚安阳可是自己的情敌！他可以假装什么都不知道，借颜霄的手杀掉楚安阳。可他这样做的话，又觉得对不起毛大珠，他才不屑于借刀杀人！

陆霜华只考虑了短短时间，便下定决心，告诉了毛大虎整件事的来龙去脉。有些事情颜锦若没有说清楚，此时通过陆霜华之口，毛大虎才更加清楚事情脉络。

回到将军府，毛大虎不动声色，只是看到女儿憔悴的容颜，心中不免难过。虽然皇后这个称号很配大珠，但她的幸福才是最重要的啊……

第四节

大婚前夕，颜霄怕毛大珠悔婚，宣她进了宫。

桌上摆着凤冠霞帔，黄金首饰闪闪发光，毛大珠坐在梳妆镜前，颜霄将一支金光灿灿的梅花簪插在毛大珠发髻上，笑盈盈地说："朕知道珠儿姐姐喜欢这种奢华的首饰，特命能工巧匠赶制了一批。你看，这发簪上镶嵌着玉石玛瑙，九十九颗东海珍珠，全都是世间少有的珍品。"

毛大珠穿着镶金嵌玉的华美锦袍，歪着脖子说："我知道这首饰贵重，可镶嵌的东西太多太重，我脖子要断了……"

颜霄一个眼神，丫鬟立刻上前帮毛大珠捧着坠落下来的珠宝，她的脖子顿时轻松起来。颜霄温柔地说："你将来可是权倾后宫的皇后，怎么可能让你来承担这发簪的重量呢？"

这话说得……

好像当了皇后，出行只需瘫在轿子上，吃饭只需张张嘴……

毛大珠看着铜镜里的自己，满头珠翠，要多富贵有多富贵。颜霄显然是投其所好，他自己只着一袭单衣，纯真美好得不像话，却给毛大珠穿金戴银。镜中的两人虽然男俊女美，却根本不是一个画风。

丫鬟在门外禀报："毛将军求见。"

颜霄道："进来。"

毛大虎乐呵呵地走进来："大珠，你看我带谁来看你了。"

毛大珠回过头，看到他身边那蓝衣男子，可不就是楚安阳嘛！

毛大珠惊呆了，她几乎不敢相信自己的眼睛，楚安阳不是还在太医院被颜霄软禁着吗？难道爹救了他？可他们明明势同水火……

毛大珠来不及思考太多，歪着脖子冲了过去，抱着楚安阳大哭："皇上没把你怎么样吧……呜……楚安阳，我好怕你死掉……"

她头上首饰太重，脖子和身体几乎呈直角，看起来像个白痴。

楚安阳摘下她头上的金簪，笑道："没事的大小姐，我身上的伤都好了，将军今日来看我，带我一起过来祝贺。"

颜霄脸色阴沉，虽然楚安阳说得轻描淡写，但他知道毛大虎肯定是冲破重兵把守救出了楚安阳，这两人，居心叵测！

颜霄假装没有看到楚安阳，他捧起红色嫁衣，眼神柔情万分："珠儿，来试试嫁衣，看看合不合身？"

毛大珠没有过去，她抿着唇，不知该不该把真相告诉爹。

婚姻这般大事，怎能容她随意改口？

不如，就这样嫁给颜霄……

要是乖乖听话，颜霄不会对她不好……

不行不行，她胡思乱想什么呢！明明不爱颜霄，为何要昧着良心答应他？

思及此，毛大珠毅然决然地说："嫁衣我不试了！本姑娘向往的是女皇一般左拥右抱的生活，怎能做孤独的皇后，看着自己夫君嫔妃无数呢？"

这般霸气，颇有毛大虎的风范。

颜霄僵在那里，手中的嫁衣滑落在地上。

他爱毛大珠吗？

或许不够爱，否则他怎会想过杀她。

可是听到毛大珠拒绝，他为什么会心痛呢？

她是这世上第一个走进他心里的人，若她对他没有威胁，他愿意娶她，只要想到每天醒来看到毛大珠在身边，他就觉得生活都有了期待。

可如今，这份期待被打碎了，好像唯一的阳光都被黑暗埋没。

颜霄想将毛大珠绑在身边，可他心底对于毛大虎依旧有着一些忌惮，再加上知道毛大虎其实是他们兄妹俩的恩人,他就没了底气。

他双手微微颤抖,眼中竟闪过一丝脆弱。

毛大珠将颜霄赐给她的耳环、项链全部丢在地上,本想说几句硬气的话,可是看着颜霄苍白的面孔,她又有些不忍。毛大珠走过去,轻声说道:"皇上,想开点,失去我没什么损失,你又不爱我。"

这话听起来真不像是安慰。

颜霄大可发火,反正他本就是任性的孩子。

然而他却轻轻拉住毛大珠的手,颤声说:"别离开朕……"

那眼中的脆弱并非演戏,毛大珠甚至有些心软了。

可想想颜霄的所作所为,毛大珠就没了念想,她抽出手:"陛下,你会找到真心爱你的皇后,从此幸福恩爱一生,我不能摧毁你的幸福。"

颜霄迷茫地望着毛大珠:"朕的幸福,不是你给的吗……"

毛大珠轻轻摇了摇头:"陛下心里明白,幸福不是别人给的。"

颜霄身体微微战栗,眼中的失望幻化成浓重的绝望。

楚安阳害怕颜霄动怒,他将毛大珠拉回自己怀里,道:"我家小姐凶恶霸道,不适合陛下,这样刁蛮的姑娘还是我来守护比较好……"

毛大虎从衣袖中取出长长一卷纸,附和道:"对对,微臣已经拟好了名单,这上面都是知书达理的大家闺秀,皇上随便挑!"

颜霄没有说话,事到如今他还能说什么呢。

他不在意毛大虎说些什么,也不关心楚安阳说些什么。

他在意的,是毛大珠的态度。

就算他已坐拥天下,就算他已万人之上,有些事好像还是不能勉强。

就像陆霜华不爱颜锦若,就像毛大珠,好像……真的……从来都没有爱过他……

第五节

毛大珠很不爽楚安阳的话，以前他甜言蜜语信手拈来，怎么在颜霄面前，他就拐弯抹角贬低她呢？毛大珠揪住楚安阳的耳朵："谁凶恶霸道了？谁刁蛮了？楚安阳，你总算说实话了！你以前说我好，果然都是骗我的！"

楚安阳苦着脸求饶："我错了，小姐，我这话没过脑子……"

毛大珠给他下套："没过脑子，说明这些话一直都在心里，对吧！"

楚安阳无言以对，大小姐啥时候这么机智了？不好骗啊！

"哎呀呀，我的耳朵要熟透了。"

"那正好，晚上咱们吃凉拌猪耳朵。"

两人正在厮打，啊不对，在颜霄眼里，他们只是在打情骂俏。

陆霜华跟着陆知秋走进来，陆丞相准备了大礼送给未来皇后，却见毛大珠揪着楚安阳的耳朵，宛如泼妇教训自家相公。他有些尴尬，回头看陆霜华："这怎么回事？啊，一定是我老眼昏花看错了……"

他话还没说完，就见陆霜华走过去，霸气地宣示："毛大珠，你不是想嫁给我吗？我同意了！连聘礼我都带来了。"

陆霜华的身后，是抬着重礼面面相觑的家丁们。

这些金银珠宝不是代表丞相府送给皇后的吗？！

到底发生了什么事？

陆知秋以为自己在做梦，他揉揉眼睛，发现梦还没醒。

虽然陆知秋不讨厌毛大珠，但他还是觉得很丢脸。他知道儿子不擅甜言蜜语，能说出这样的话，已经说明很喜欢毛大珠了。可是这种表白实在太白痴，连动物都能说出更好听的话好吗？！想他陆知秋年轻时靠着一张巧嘴在情场所向披靡,而他儿子的撩妹技术简直是负分!

陆霜华看似洒脱,其实心中异常紧张,脸颊浮起一抹可疑的红晕。

毛大珠想起当初她抬着重礼来到丞相府却被陆霜华冷漠拒绝,真是风水轮流转啊,如今陆霜华居然也重复了她所做的一切。哎呀,这种感觉真是太美好了。

楚安阳更紧张啊!他知道毛大珠有多喜欢陆霜华。

楚安阳严肃地劝毛大珠:"大小姐,嫁给陆霜华跟做皇后有什么区别,一样不自由。"

然而,毛大珠一点都不严肃:"可陆霜华长得好看呀。"

楚安阳痛心疾首:"小姐怎么会是这么肤浅的人?!"

毛大珠羞答答地说:"没错,我就是这么肤浅。"

楚安阳眯了眯眼:"那我呢,长得不好看吗?"他语气仍然温柔,然而眼神里那种气势,分明是告诉毛大珠说话之前想清楚!

毛大珠有些犹豫了,容瑄失踪前,一直都是无双美男榜的榜首,可见他长得多么好看。而陆霜华向来低调,虽然没有登上美男榜,却也不亚于容瑄。此时他们一个青衣如墨,一个白衣胜雪,五官均是完美得如天神赐予,站在一起不分上下。这让她怎么选呢?!

"怎么办呢?你们都喜欢我,那谁做妻谁做妾啊……"

毛大珠烦恼地抓抓头发,余光看到陆霜华和楚安阳危险的表情,她有些心虚,试探着问:"要不?两个都做妻?"

两人异口同声:"不行!"

毛大珠自言自语:"难道两个都做妾?那谁做妻呢……"

一直没说话的颜霄突然开口:"当然是朕!"

"一妻两妾,不太好吧……"

毛大珠假装为难,眼睛里的亮光却暴露了她内心的亢奋。

不过三位美男的脸色都不好看，显然不会让毛大珠的春秋大梦成真。

毛大珠思来想去，商量着说："那要不然，抓阄决定？"

陆霜华冷声道："毛大珠，你认真一点行不行？！"

毛大珠眼看没办法糊弄下去，掩面假装哭泣："可是皇上很可怕，陆霜华以前又不珍惜我，楚安阳也骗过我……你们都欺负我，现在又突然要我选，这是我的终身大事，怎么可能几句话就做决定……我被你们伤得千疮百孔的心还没有痊愈呢……"

毛大珠演起戏来惟妙惟肖，那委屈的声音，让在场三人既是心疼又是愧疚。

没关系，一生还有很长，反正他们对毛大珠是死心塌地了。

这辈子，绝对不会让她跑掉……

陆霜华认真地说："珠儿，我再也不会让你伤心了。"

楚安阳坚定地说："大小姐，我发誓以后再也不会说一句骗你的话。"

而颜霄，竟面不改色地许下毒誓："珠儿姐姐，我愿为你一生不纳妃，永远只对你一个人好。若违此誓，就让我跌进茅坑淹死。"

陆霜华和楚安阳不约而同地望向颜霄，都在想他的誓言够毒。

毛大珠从手指缝隙中偷看了一眼，心里美滋滋的。

这不就是她小时候的梦想吗？家有良田万顷，终日不学无术，带一群狗奴才，去调戏道貌岸然的穷秀才，从此三妻四妾走上人生巅峰……

如今梦想就要实现了，而对方全都来头不小。

忍住！万万不可把心里的得意表现在脸上！毛大珠故意露出悲伤为难的表情，心中暗暗决定，这次她可要好好装一把矜持，感受被追求的快感。

哎，幸福虽然来之不易，只要像毛大珠这样死皮赖脸……不对，是持之以恒！五彩斑斓的碎梦会渐渐拼凑成幸福，就像黑夜终会迎来黎明，种子终究会开出璀璨的花朵。而平淡如馒头一样的人生，也会像夹了肉馅儿的大包子一样香气四溢。

　　说起包子，她又饿了。

　　她得先去吃几个包子冷静一下……

❀ 完结 ❀

【官方QQ群：555047509】

每周丰富多彩的群活动，好礼不停送！
作者编辑齐驾到，访谈八卦聊不停！

扫一扫看更多图书番外，作者专访

后记

CHONG GUAN　LIU GONG

　　林音是我的新笔名,以前用过"静静爱"这个笔名,曾写过数百万字的虐恋,最爱的女主角便是我文中一位叫"夜绫音"的腹黑少女,所以改名叫林音,谐音"绫音"。现在洗心革面开始写欢萌类型啦,果然还是这种类型写起来开心。

　　写这本书完全是心血来潮,连女主角的名字都那么随意,总觉得只有毛大珠和毛大虎这样的名字才配得上大老粗将军的审美。

　　虽然毛大珠有权有势,但是换位思考了一下,陆霜华那样眼高于顶的贵公子,怎么可能喜欢又丑又胖的毛大珠呢。如果男神莫名其妙爱上土肥圆,连我自己都无法说服,所以文中毛大珠努力追求,阴魂不散地出现在男神周围,渐渐走进了他的心……

　　原本的人设:男一号陆霜华,男二号颜霄,男三号林瑾天。

　　楚安阳只是毛大珠身边忠心耿耿的侍卫,有点小暧昧什么的。

　　但编辑大人超喜欢楚安阳,我也觉得楚安阳好像更对读者的胃口,大家一般都比较喜欢陪伴在女主角身边、照顾她、保护她的那位骑士。

平时写虐文呢，是读者喜欢谁我就虐谁。如今写欢萌，就应该反过来啦，所以我改了后文大纲，楚安阳晋升为男主角之一，以便让林瑾天始终如一地爱着善良的公主妹妹。

话说我不太喜欢写无缘无故恶毒刁蛮的女配角，因为我相信这个世界还是真善美存在多一些，即使是坏人也有其真实的人性，所以本文没有纯粹的坏人。

毛大珠对陆霜华一见钟情，却被男神无情打击。但她锲而不舍，毫无自知之明地纠缠着男神。故事转折点在她饿成瘦子（此处请勿模仿）。当然，陆霜华并非看她变美就爱上她，毛大珠内心依旧是那个与众不同的贪吃土肥圆，即使变瘦也没有成为气质女神。我想表达的是，千万不要幻想男神从天而降爱上毫不起眼的你，那都是小说套路啦！想要得到幸福，先要努力让自己变得优秀！

至于我们的腹黑小皇帝颜霄，起初被迫娶毛大珠时，他内心是崩溃的。他表面不动声色，却暗藏杀机。可是渐渐地，他发现毛大珠并非他想的那样，她甚至于危难之中救了他。颜霄对她动了心，然而，她始终抵不过他的江山社稷。这是帝王的本性，尤其像颜霄这样受尽苦难的人。所以也很好理解，他爱她，但又没有爱到愿意为她抛弃一切。

如果时光倒流，当初颜霄肯定会欢天喜地迎娶毛大珠。

可惜，世事没有如果。

楚安阳曾经的身份是侠盗容瑄，他恶整毛大珠的一系列事迹也能写半本书了，碍于篇幅限制并未详写，不过容瑄并没有做过太恶劣的事情，两人打打闹闹属于欢喜冤家吧。

后来楚安阳改头换面潜伏在将军府，本意是来挑衅毛大虎，但他也确实尽职尽责保护着毛大珠。要不是他寸步不离守着她，毛大珠早就被义愤填膺的群众暴打千万遍了。

毛大珠失踪时，楚安阳最担心。大小姐琴棋书画诗词歌赋样样不精通，流浪在街头可怎么办啊！好在她没什么姿色，不会被坏人看中卖去青楼或拐到村里当媳妇。就算真被卖了，以她的胃口，没几天就会被赶出来。没错，我们的楚护卫就是这样想的！

只是他没料到，大小姐会变成白瘦美出现在他面前。看见这位陌生美人儿的时候，楚安阳一点儿兴趣都没有。天下美人何其多，他的心里只有大小姐！

写到这里觉得萌萌哒楚安阳好有爱，作者本人表示对毛大珠羡慕嫉妒恨……

三位男主各有优势，又都很强势，不能接受多夫侍一妻的结局，毛大珠也很苦恼。作者我是大珠的亲妈，当然要制造机会让她左拥右抱，过上女王一般的幸福生活，于是我心里已经默默开始酝酿第二部，名字就叫《宠惯六宫2·宠惯七宫》吧。哈哈，开个小小玩笑，光是宠可不行，还要小虐一下，小虐怡情，大虐伤身嘛。

大家喜欢哪位男主角可以提出来，以便为他加戏。可虐可宠哦。

心里有好多好多故事，我要飞快地写出来，让我喜欢的角色在书中鲜活起来。

希望大家喜欢！ ❀

林音
3月14日